便衣边江②

江湖凶猛

另类警察的卧底生涯

不周山散人 著

天津出版传媒集团

天津人民出版社

图书在版编目（ＣＩＰ）数据

便衣边江.2 / 不周山散人著. –– 天津：天津人民
出版社, 2019.9
ISBN 978-7-201-14995-0

Ⅰ.①便… Ⅱ.①不… Ⅲ.①侦探小说 – 中国 – 当代
Ⅳ.①I247.5

中国版本图书馆 CIP 数据核字 (2019) 第 179154 号

便衣边江.2
BIAN YI BIAN JIANG . 2
不周山散人 著

出　　　版　天津人民出版社
出 版 人　刘　庆
地　　　址　天津市和平区西康路 35 号康岳大厦
邮政编码　300051
邮购电话　（022）23332469
网　　　址　http://www.tjrmcbs.com
电子信箱　reader@tjrmcbs.com

责任编辑　章　桢
封面设计　王　鑫

制版印刷　北京温林源印刷有限公司
经　　　销　新华书店
开　　　本　787×1092 毫米　1/16
印　　　张　15
字　　　数　152 千字
版次印次　2019 年 9 月第 1 版　2019 年 9 月第 1 次印刷
定　　　价　49.00 元

目 录

·第一章 诡异实验·

边江独自一人坐在一家很小的烧烤店里，点了六十根羊肉串、几个大腰子，撸得正起劲儿。

还没到饭点，店里没有别的客人。老板过来，给边江递上一根烟，说："兄弟，一向少见啊！不住这儿吧？"

边江几乎是一口一串，撸得飞快。他嘴里含糊着说道："路过。老板，你这串儿烤得真地道，肥而不油，嫩而劲道。怎么店里没客人？"

老板掏出打火机给他点烟，说："这不还没到饭点嘛！你要再过一个小时来，恐怕就得排队了。"他看了看边江的桌上，上来不到十分钟，串儿已经撸了一大半了，笑着说："兄弟，你这吃肉可以啊！怎么不喝点儿？撸串儿不喝酒那还叫撸串儿吗？我请你吧！"

边江又拿起一串大腰子，一口就下去了一个，说："不了。晚上还有饭局呢！现在先垫补点儿，晚上再照死了喝。"

"就这还只是先垫补点儿？"老板目瞪口呆，他打量着边江肌肉饱满、有款有型的身躯，"兄弟你这肚子可真不含糊啊！你是干什么工作的？"

说话间边江已经风卷残云，将桌上的串儿一扫而光。他深深地吸了一口烟，吐了一个完美的烟圈儿，说："我什么都不干，瞎混。老板，你知不知道有一种人，有家不能回，有亲不能认，即便是死了，也无人知道他的真实身份？"

烧烤店老板愣住了，迟疑着说："你是……逃犯？"

边江差点儿被烟呛着，说："你看我像逃犯？有我这样衣着光鲜、一表人才，还开着车满大街找烧烤店撸串儿的逃犯吗？"他指了指自己停在店门口的车。

烧烤店老板也"嘿嘿"地笑了，说："要不你是卧底？跟《无间道》里的梁朝伟一样。"

边江严肃地道："你猜对了！别人都说我长得像梁朝伟，尤其是眼神。你看我像不像？"

烧烤店老板哈哈大笑："当然像！其实有很多人也说我长得像刘德华，只不过是胖版的。"

边江也笑了。他拍了两张大红票在桌子上，说："其实我是个杀手。你没看电影、电视？就是里面演的那种平时隐姓埋名，一出手就爆别人头的神秘高手。"

烧烤店老板笑得更厉害了，他起身拍了拍边江的肩膀，说："兄弟，你可真有意思。得，您这样的神秘高手光顾小店，是本店的荣幸。下回再来，我请你喝酒。"

边江大笑，他笑得肚子疼，笑出了眼泪。

自打做了卧底，边江已然分不出自己是人是鬼，同伙说他是个天生的骗子，浓眉大眼、憨厚老实，比那些生就贼眉鼠眼的先天条件高出许多。而在帮派之间争斗时，他强健的体魄和自小习武的功底镇住了很多人，在江湖上已经声名在外。恐怕谁也不会相信，这位"柴狗"老大所信任的心腹、头号打手，居然会是一个便衣。

边江觉得，自己快疯了。或许，他已经疯了。

边江回到自己的车上，刚发动车子，副驾驶那边车门突然被拉开，上来一个陌生男人。边江吓了一跳，马上做出防御姿势："你谁啊？想干吗？"

他快速扫了一眼这个不速之客。对方戴着一顶黑色沿帽，大热天穿着黑色长袖宽松卫衣，卫衣的帽子戴在头上，下身则穿着一条深蓝色牛仔裤。

那人把卫衣的帽子摘下来，扭过头来看着边江，低声说了句："我是零度。赶紧开车，回大学。"

边江又细细看了一眼身边男人，之前他在诊所下面的密室里收集一些证据，还有后来发现的一段车载录像，凌哥让他把这些证据都寄给一个叫"零度"的人，原来"零度"就是他。他看起来三十岁上下，脸上棱角分明，戴着一副黑框眼镜，胡子也没刮，头发有点儿油腻，身上的衣服也不大干净，看他双眼通红的样子好像两天没合眼了，而且好像正在被人追杀。边江没再多问，立即发动了汽车，等开出去两公里后，才问身边的人："你在跟踪我？"

零度摘下眼镜，揉了揉发红的双眼："凌哥出事了，是他让我来找你的。"

"凌哥怎么了？他刚才还给我发短信，说要去酒吧街见我……"边江忽然想起，刚才他给凌哥打电话，那边信号不好，然后就发来了一条短信，让他去酒吧街，整件事是有点儿不对劲儿。

零度看了边江一眼，面容更加冷峻："那是个陷阱，你要去了，就暴露了。还好我来得及时，拦住你。"

边江意识到事情的严峻，越发紧张起来："凌哥到底怎么了？"

"昨天晚上你和凌哥见面，他暴露了，被柴狗的人下了黑手。其实凌哥身手很好，但扛不住对方人多，好在最后逃了出来，现在他在我实验室里，伤得挺重。"

边江整颗心都悬了起来，他忍不住想，如果凌哥暴露了，那岂不是意味着他也暴露了？

"什么也别说了，你现在赶紧跟我回去，凌哥有重要的事情要跟你交代。"零度着急地说道。

他们当即返回 B 大学，零度让他直接从大学校园的侧门进入，经过门口时，零度跟保安说了一声，就被放行了。边江注意到，那保安对零度十分客气，便问他："你是大……大学教授？"

"嗯。"零度双手交叉紧紧握在一起，眼睛盯着前方，"到前面的路口右转。"

边江照做，又问零度是教什么的。

"我教好几门课，主要是生物学方面的课程。"他显然没想好好介绍自己，当然边江也没有心情在这个时候详细打听。之后一路无话，在零度的指挥下，边江把车开到了一栋实验楼下。

下车后，零度先谨慎地看了看四周，然后对边江做了个手势，低声说："跟我来吧！"

边江忐忑地跟在零度身后，走进了阴凉的实验楼，里面充斥着各种药物混合在一起的味道。

楼里并没有太多人，空旷的走廊里传来他们脚步的回声，边江只觉得更加心慌了。

之后他们乘坐电梯到了八楼，走出电梯，零度带着边江径直来到走廊尽头的金属大门前，先用钥匙打开门，拉开之后，边江才发现，隔着两米，里面又是一扇银色金属门，角落里有摄像头，闪着红色的亮光，显然摄像头是开着的。

这扇银色金属门是靠识别瞳孔才能进入的。零度把眼睛对准识别区域，门发出"哔"的声音，打开了。

"进来吧！"零度扭头看了眼边江；待他们进去后，身后的厚重大门自动关上。零度这才松了口气，"好了，终于安全了。"

边江觉得这情景很像谍战片，而他此时正处于某个秘密基地或者研究中心，即使没有电影里那么玄乎，也一定涉及了很高的机密。

"这是什么地方？"

"你就把这儿当成生物实验室好了，只不过实验内容机密性很高。"零度轻描淡写地说。

边江点点头，没再说什么。随后他们爬了一层楼梯，来到了九楼，眼前是一个长长的走廊，白色的墙壁和门窗，配着一尘不染的灰色大理石地面，所有装饰简洁而又质感，就连房顶的射灯都充满了科技感。

"咱们刚才怎么不坐电梯上来？"边江不解。

零度回头看他一眼："因为九楼根本就不存在。"边江不解，零度便解释道："你刚才肯定也看到了，电梯里是有9这个数字键的，但实际上那个数字键对应的是10楼，真正的九楼必须从楼梯走上来。"

边江朝走廊两边看看，都是一扇扇紧闭的房门，房门上只是简单地标了序号。房间的大小，大部分都和普通教室差不多。走廊的墙上有窗户，但全都拉着百叶窗，并不能看到窗户里面的情形。

"这里具体研究什么的？"

"抗癌疫苗。"零度敷衍道，继续快步朝前走着。边江没再问下去。他们一直来到走廊尽头的大门前，门上安装的是指纹锁；零度先输入密码，又把右手食指放在指纹识别处，门发出"哔哔"两声，打开了。他推开门，神情凝重地看了边江一眼，"进去吧，凌哥在里面。"

边江和零度一起进入房间，房门随后关上，并传来上锁的声音。边江回头看了一眼关上的大门，心想这里确实安全，但要是有人被关在这里，怕想出也出不去。

这间屋子里并没有任何器械，只有五六排书架，像图书馆里的布局，每排书架差不多有三米高。中间留有一条狭窄的走廊供人通过，书架上面放满了档案袋、文件夹，全都上了编号。

零度带着边江直接走到最后一排书架后，边江见到了李刚。他躺在一张可折叠简易钢丝床上，闭着眼睛，脸色惨白，整个人仿佛笼罩着一层死亡的气息。

边江来到李刚面前，轻轻掀开他身上的毯子看了一眼，心里"咯噔"一下。李刚上身赤裸着，腰部缠着厚厚的绷带，但仍有血渗出来，染红了一大片绷带。

"凌哥。"边江蹲在床边，轻声叫了叫。

李刚睁开眼睛。通过那双混浊的眼球，边江看不到李刚有任何生机。

"柴狗知道我一直在追查他们，这次抓住机会，就对我下了狠手……好在……咳咳……好在没有查出你和翠花……"李刚剧烈咳嗽起来，暗红色的血液从嘴里喷出来。

"对不起凌哥，是我连累了你……"

李刚摇摇头："不怪你，他们早就盯上我了。"

"为什么不去医院？"边江回头瞪向零度。

零度叹了口气："你以为我不想？一旦去了医院，柴狗一定会派手下跟过去，到时候，只会更加危险。"

边江重新看向李刚，他感觉到，生命之火正从李刚的体内逐渐减弱，但他不愿意相信。

李刚的身体一直很好，这点儿小伤不会打倒他。

"凌哥，你先好好休息，不要说太多话……"

李刚摇摇头："我的情况，我知道。叫你来，是有重要的事。你听好……"

边江红着眼睛点了点头。

"我一直没告诉你，我曾经负责'打狗'行动，一共有四名卧底，其中有三名都牺牲了，还有一名生死未卜，我一直怀疑他被柴狗控制了。通过你从密室里收集的头发等，证明了我的猜测；密室里关押的人就是第四名卧底，名字叫江海生，我们叫他大江。"

"为什么柴狗单单留下大江？"边江问。

李刚皱着眉头，缓了一口气，继续说道："之前柴狗的每一次行动，我们都从大江口中得到了准确的线索，总以为可以抓住他的犯罪事实，将柴狗团伙一网打尽，结果每次都扑空，总是差一点点，后来我才想明白，大江已经被柴狗控制了，柴狗利用他，给我们发送错误的信息，跟我们打起了游击战。"

李刚喘了口气，看着边江继续说："如今大江已死，'打狗'小组，就只剩下你、我还有翠花三人，但是……"

李刚的气息忽然有些不稳；边江让他别急，慢慢说。李刚的眼中流露出一丝歉疚："但是有件事，我一直没有告诉你，也很对不起你。"

"凌哥，跟我还说什么对不起。"边江心里一阵难过。

虽然李刚对他和翠花进行魔鬼式训练，平日里也很严厉，常常训斥他，但他知道李刚很关心他，是个好大哥。

李刚摇摇头："不是，你听我说。我曾经答应你，将来完成了任务，可以恢复你的警察身份，但其实我骗了你和翠花，'打狗'行动，根本就是我一人主张，组织上也并不知道你和翠花是卧底警察……"

边江震惊地看着李刚："凌哥，你说什么？"

李刚愧疚地看着边江："之前我领导的'打狗'小组，因为行动屡次失败，组织便撤销了行动小组，但我不甘心，就从学员里挑中了你和翠花，成立了秘密调查小组。如今组织发现我滥用职权，擅自调查柴狗团伙，对我进行了严厉处分……"

"你怎么能一直瞒着我们，我和翠花以后怎么办？"尽管李刚在边江的心里一直是个老大哥，可是这样的隐瞒，让边江仍然感到气愤和委屈。

站在一旁的零度拍了拍边江的肩膀："别急，让凌哥说完。"

看着李刚奄奄一息的样子，边江没了脾气，心里叹了口气，耐心地听李刚继续说下去。

"是我骗了你和翠花，组织不会不分青红皂白处罚你们，更不会不管你们，但具体计划，我并不清楚，也无权再过问。等你从这儿离开，就去找王志，他会告诉你以后该怎么办。"

边江听完，不禁替凌哥感到委屈，说道："我们追查柴狗，又不是为了一己私利，组织为什么不能理解，还要降罪？再说了，柴狗这么大的犯罪团伙，我就不信领导不知道，他们为什么睁一只眼闭一只眼？如果上头不让咱们继续查了，那我就自己查！"

"绝对不行……咳咳……"李刚一着急，又猛咳了起来，他紧紧抓住边江的手腕，目光异常坚定，"你记住，对付柴狗这样的犯罪团伙，一两个人的力量远远不够，没有组织的支持，是很难进行的。我就是因为一意孤行，才落得这个下场。我相信，上头对抓捕柴狗肯定有其他计划，只不过我不知道，但无论如何……你都要相信组织，相信国家！绝对不能再像我一样……听见没有……"

李刚说到最后，气息已经十分不稳，边江听了他的话，恍然大悟，为自己刚才的冲动感到了一丝惭愧。他对李刚说："凌哥，我明白了，你放心，我会去联系王教练。"

李刚欣慰地点点头，看向零度："笔。"

零度连忙把随身携带的钢笔和便笺本拿出来，递给了李刚。李刚用颤抖的手，写下了一串电话号码，对边江说这是王志的联系方式，要尽快取得联系；叮嘱完边江，他的目光突然变得涣散，身体紧跟着抽搐起来。

边江以为凌哥不行了，慌忙握住他的肩膀，焦急喊道："凌哥，凌哥你坚持住。"

零度连忙上前，把边江推开了："别摇晃他，本来死不了的，被你一晃没准儿就过去了。"

边江一愣："凌哥还有救？"

零度点了下头："把那个箱子递给我！"

边江顺着他手指的方向看去，在床尾处发现了一个小型的医药箱，立即拿过来放到了零度手边，并帮他打开了箱子。

零度从里面拿出一支药剂，敲破玻璃瓶的顶端，用一次性注射器抽出药剂，让边江摁着李刚的身体，然后全都注射进了李刚的身体中。李刚渐渐恢复了平静，他的呼吸依然急促，但至少不再抽搐了。

"你给他注射的是什么？"

零度没抬头，把注射器和用过的玻璃小瓶装进了自己的兜里："止痛的。"

"凌哥现在到底什么情况？"

"暂时稳定了，剩下的就看他自己造化了。"零度一边说，一边整理着药箱。

边江默默地坐在李刚的床边，双手紧紧攥着拳头，额头上青筋暴起。零度看了他一眼，说道："与其在这儿恨柴狗，不如赶紧联系组织，好好计划下一步行动，早日铲除柴狗那祸害，为凌哥报仇。"

"凌哥在这里安全吗？"边江问。

"安全。这间屋子的密码就我和我恩师知道。恩师最近去美国交流学习，暂时不会回来。"

边江放心地点点头，目光落在身侧那些落了灰的架子上，随口问了句："这些资料都是实验室的研究报告吗？"

零度撇撇嘴说道："大概是，我也没看过，我第一次来的时候，这些资料就堆在这儿，都好几年了，没人管，我也懒得扔，就这么放着了。"

零度说着往外走："走吧，我送你出去。"

边江趁零度不注意，随手抽了一个档案袋，揣进外套里，不动声色离开了实验室。零度一直送边江到楼下，从兜里拿出一张名片，递给边江："找我的话，就打这上面的电话。"

边江接过来看了一眼号码，默记了一遍，便把名片换给了零度："记住了。"

零度走后，边江回到车上，关上车门，朝四周观察了一下，才从怀里把档案袋拿出来。

边江快速浏览文件内容，这看起来是一份试药报告。药物的名字是一串英文，而通篇讲的都是一个试药人的情况。

· 第二章 试药之人 ·

　　文件中详细记载了试药人的身高体重、健康指标、家庭住址以及试药过程中出现的症状。

　　试药人是一个四十岁健康男性，共经历了四个试药阶段：第一阶段没有任何问题，但从第二个阶段开始，该男子出现了短暂性休克现象，第三阶段则更为严重，除了休克，还有惊厥以及幻听，在第四阶段的最下方只写了一行字：因试药人健康出现严重问题，终止试药。

　　看完后，边江把资料放好，心里隐隐有些不安。

　　不过，对边江来说，眼下最重要的事情，不是九楼实验室，而是联系王志，与组织取得联系。边江拨通了王志的电话。

　　"王教练，我是边江，凌哥让我找你。"

　　"我一直在等你电话，关于你执行的'打狗'行动，老李应该已经都跟你说了吧？"

　　"说了。"

　　"现在方便见面吗？"

　　"方便。"边江答道。

　　"来红星菜市场最东头的熟食店，到了直接说你是边江。"

　　边江没有多问，当即驱车赶往红星菜市场。一个小时后，他找到了那家熟食店，熟食店老板是个三十多岁的壮汉，正拿着一把小刀麻利地剔肉排。

　　边江自报家门之后，壮汉挥着剔骨刀，往里屋方向一指："进去吧。"

边江掀开油腻腻的布帘子，来到了充满肉腥味的里屋，屋里放着几台大冰柜，没有人，但里面还有一间屋子。

边江来到最里头的屋子，王志和另外一个国字脸的中年男人坐在沙发上。边江不是第一次见王志，但那中年男人很面生，看年龄有四五十岁了，神态凌厉，一身正气的样子。

王志站起来，向边江介绍说："这是公安局赵长春局长，也是'打狗'行动的总指挥。"

边江眨了眨眼睛，心里有些困惑，凌哥说过，"打狗"行动是凌哥私自计划的，组织上并没有"打狗"行动。

赵局似乎看出了边江的困惑，拍拍他的肩膀，说道："你先坐，我叫你来，就是打算好好跟你说一说这件事。"

边江收起平日里伪装出来的痞子气，端正坐在双人沙发边的椅子上。

赵局告诉他，其实"打狗"行动一直在秘密进行，李刚之前带领的行动小组，没能成功把柴狗抓捕归案，还搭进去四条卧底警察的生命，李刚的性格太过急躁和强势，加上兄弟惨遭柴狗杀害，他复仇心切，已经不再适合担任组长，而且柴狗也已经提高了警惕，组织上这才进行了调整，撤销了李刚的调查组，重新秘密成立了一个"打狗"小组。

但因为李刚擅自进行调查，破坏了组织的一次重大行动，不然，柴狗已经入狱。因此组织对李刚进行了严厉处分。

边江听到这才算明白了一些，与此同时，他也产生了更多担忧，他和翠花都已经被除名，失去了警察身份的他们，如今就是一名黑社会的成员，今后又该何去何从？

"赵局，我不知道我们的行为破坏了组织的计划，但能不能再给我们一次机会？"他神情急切，身体微微前倾。

赵局长审视边江片刻，看着边江的眼睛，认真说道："你们虽然无意破坏了组织的一次重大行动，但也发现了一些重要线索，使我们意识到，'柴狗团伙'不只是盘踞在火车站附近的诈骗组织，他们同时涉黄、涉赌、涉黑，甚至有可能在研制毒品。鉴于你是在不知情的情况下违反了组织纪律，且已经具备一定的卧底警察素养，从身份上来说，你甚至比一些卧底警察，更不容易引起柴狗怀疑，因此组织上愿意再给你一次机会。你现在需要用行动证明自己的能力，以及对组织的忠诚，只要确定你确实具备卧底警察的素养，就可以正式加入'打狗'行动小组。将来，无论何种情况，你的身份都是一名人民警察。"

赵局长的一番话，让边江那颗彷徨的心一下子有了着落。他不再感到迷茫，内心深处的正义感、使命感、荣誉感在这一瞬间全部被点燃，就像一团熊熊烈火将他的前路照亮。

边江的眼眶里泪光闪闪。他站起身来，端端正正地向赵局长行了一个礼。赵局长欣慰点头，也站起身来，握了握边江的手，继续说道："边江同志，我个人是很看好你的，也非常期待你的归队。今后，你的直接上级是王志教练，他将向你传达组织的命令，也会将你收集的信息第一时间汇报给组织。这期间，你们尽可能少见面，多以电话形式联系，一定要见面的话，就来这里。好了，我要说的就这些。边江，你还有什么问题，现在可以提。"

边江想了想，问赵局长："刚才您只提到了我将来的行动计划，翠花怎么办？"

赵局长看向王志："关于翠花的安排，我想听听你的想法。"

王志眉头紧锁，思索片刻后，对赵局长说："翠花是否能成为一名合格的卧底警察，还有待考量。我建议暂时不撤回翠花，但也不委以重任，等时机恰当，再把翠花撤回。关于翠花的工作，就由边江作为他的直接汇报上级。关于老李，以及我们今天见面所说的一切，都不应该让翠花知道。"

对于这个决定，边江十分不解，他和翠花是兄弟，一起受训，一起混入"柴狗团伙"，翠花的付出不比他少，为什么组织对翠花如此不信任？

"王教练，我不明白，翠花和我一样，为什么你们会考虑撤回他？"

王志沉吟片刻，问边江，作为卧底警察，最重要的是什么？边江说：是对组织的绝对忠诚。

王志点点头："你说的对，但说得更清楚一点儿，就是要有不怕牺牲的精神。这绝非一句口号，如果不能从心底有这种随时赴死的决心，对于卧底警察来说，是致命的；对整个行动，也是致命的。翠花本性忠良，却太容易动摇，这也是为什么连老李都不对他委以重任的原因。"

边江回想翠花过去的言行，发现翠花的确产生过迷茫，可是在大是大非面前，他没有犯过错误。王志的分析或许有道理，但边江一想到翠花将没有机会再做卧底，难免替翠花感到失落。

可边江转念一想，如果做不成卧底，能做一名警察，过相对安稳的生活，又何尝不是一种好的结果？

边江就问王志，将来翠花还能不能做警察。王志沉默了片刻，说道："这就要看他自己的选择了。如果他在犯罪团伙中，非但没有协助组织抓捕罪犯，反而破坏行动，甚至帮助罪犯，那他就要背负刑事责任了。"

王志的话，点醒了边江，他和翠花既然已经走上了卧底警察的路，就容不得有半点儿动摇之心。他不能保证翠花做一名合格的卧底警察，但至少在他身边提点着，别让他犯下重大错误。

赵局长说："我也是这个打算，边江，对于翠花，你现阶段的任务是稳住他，并且要对他严格保密我们的行动。"

边江点头答应，又问王志："零度到底是什么人。是否可以信任？"

对于边江的这个问题，王志没有马上回答他，而是看了一眼赵局长，这才对边江说："零度是大学教授，这一点你已经知道了，其次他也是一名法医，但他法医的身份，是对外保密的，你可以信任他。"

边江听出来了，零度是个有故事的人，他是怎么加入组织的，目前担任什么角色，都是谜。但既然是不方便他知道的事情，他也就不再多问。

其实边江心里还有别的疑问，比如还有谁是卧底，将来他好配合对方。但他也知道，这些问题，问了，赵局长和王志也不会告诉他。为了保障卧底行动的机密性和安全性，卧底之间彼此不认识、不联系是非常正常的。现在，他不需要考虑太多事情，把王志交代的任务完成，把眼前的事情脚踏实地做好，才是最重要的。

之后，三个人一起讨论了今后的行动计划，边江把目前自己掌握的一切信息，集中向赵局长进行了汇报，包括从实验室里拿到的那份档案。

赵局长让边江直接把档案拿给零度去看，也只有零度能给出一个准确的解释。

至于这个熟食店的功能，则是将来边江在遇到极其紧急的情况时，可选择的一个避风港。如果他与王志失联，也可以来这里，与组织直接取得联系。

而且熟食店所在的菜市场，离边江居住的地方很近。他来这儿买熟食，也不容易暴露身份。

之后赵局长因为局里有要事，先行离开。领导走后，边江的神经稍微松弛了一些，对王志说话时，也就不那么拘谨了。

"王哥，你怎么会突然加入'打狗'小组了？"

王志叹了口气，苦笑道："其实我和你一样啊，也是戴罪立功。当初老李不顾组织纪律，私自调查柴狗，我虽然警告了他，却没有阻止他的行动，我这算是知情不报罪，又因为我是训练基地的教练，柴狗对我不熟悉，更利于今后行动。不管怎样，我们都要记住老李的教训。咱们不是超人，一个人的力量再大，没有了组织的支持，是无法成功的。"

关于边江下一步的任务，王志让边江首先去医院安抚翠花。翠花是被柴狗的手下瘦子打伤的。当时瘦子因为嫉妒边江被柴狗重用，就绑走了边江，想对他痛下杀手，而绑走边江的时候，翠花正好在，因此连带着把翠花也带走了。

后来边江和翠花都先后被救出来，但翠花也受了重伤，一直到现在还住在医院里。

王志给边江的第二个任务，也是一个长期任务，就是随时汇报柴狗的行动。

目前柴狗让边江调查竞争对手神龙老板的事情。据边江所知，神龙是个毒枭，身份神秘，且喜欢独来独往。柴狗对神龙感兴趣，想跟他建立合作，却无法主动联系上神龙，这才让边江开始调查神龙，包括他的喜好、经常出入的场所等。

对于毒枭神龙的调查，其实组织上早就开始了，但也是一直没有取得突破性进展。因此边江的行动，就变得极其重要。如果一切顺利，在神龙和柴狗见面的时候，就能将两人一并抓捕归案。

为了达成这个目标，边江要做三件事：第一，伪装出为柴狗效力的样子，用神龙的有效信息，换取柴狗的信任；第二，在神龙和柴狗见面之前，收集足够多柴狗犯罪的证据，否则以现在手头上的证据，就算到时候抓住他，量刑也会很轻；第三，配合组织，给柴狗和神龙设下埋伏，将柴狗和神龙一网打尽。

眼下，边江只有一条线索，就是通过神龙手下的一名外围人员——小童，来获取更多神龙的信息。小童，平常的身份是 B 大学的一名美术生，边江决定在见过翠花之后，就去找小童。

明确了自己的任务，边江心里有了底，和王志先离开熟食店后，直接驱车前往医院，见到了翠花。

翠花已经基本恢复了，但还得再过两天才能出院。翠花实在不想住院了，就让边江跟医生好好说了说，这才提前出了院。

"可以啊兄弟！两天不见，你连车也搞到手了。"地下车库里，翠花拍了拍边江那辆小奔驰，好生羡慕。

边江看他一眼："不过就是给我点儿好处，让我踏踏实实地给他当腿子。行了，赶紧上车吧，吃饭去。"

翠花坐上副驾驶，扭头看了眼边江，发现他表情凝重，就忍不住问："刚才就看你摆着张苦瓜脸，出啥事？"

边江考虑了一瞬，决定连凌哥受伤的事情，也对翠花保密，就说："没什么，就是我要从田芳手下调到另一家去了，柴狗还给我分配了一些特殊任务，比较麻烦。对了，凌哥说，最近柴狗警惕性很高，暂时凌哥只跟我联系，有重要指示的话，由我转达给你。"

翠花想了想："就是说，你以后是我直接上级了呗？"边江点点头："可以这么说。"

翠花又想了想，问边江："那要是你出事了，我就跟组织失联了呗？"

边江皱起了眉头："你想说什么？"

"我心里不踏实，我说这话可能不合适，但你想想，万一有一天你跟凌哥也失联了，或者凌哥有个三长两短，咱俩怎么办？咱俩的档案都被删除了，除了凌哥，没人知道咱俩的身份，到时候岂不真成了犯罪分子了？"

边江不能直接告诉翠花，除了凌哥，还有赵局长和王志知道他们的身份，只好编了个谎话，说凌哥已经给他们两个建立了档案，不用担心。

翠花若有所思地点了点头，喃喃说了句："那就好，那就好。"

对翠花的担忧，边江是可以理解的。作为卧底警察，比死更可怕的，是与组织失联，失去警察的身份。

"对了翠花，你家里人，知道你现在在做什么吗？"

"他们不管我，我也没说过，咋了？"

边江便说，他就是有点儿好奇，因为没听翠花提起过自己家人的事情。翠花冷笑了一下："没啥好提的，你呢？我就听你说过你爸。"

"他老人家还以为我找了个别的工作，我没详细说过，也没事。"边江看了翠花一眼，发现他有心事，"想什么呢？"

"我最近总是在想一件事，警察就一定是对的吗？走那条路，就一定没错？"

边江嗅出了这个问题的苗头不对："什么意思？"

翠花把车窗降下来，点了根烟，他穿着花衬衫，留着板寸头，膀大腰圆的身材再搭配脖子上的大金链子，使他看起来确实像个黑道上的人。

最关键是神态，以前他和边江一样，都是故意装得流里流气的，现在那种气质仿佛已经深入他的骨髓了。

"当时我当警察，你知道为啥不？"

"为啥？"

"因为警察威风啊！而且我家里人都支持我，毕竟是公务员嘛！有稳定收入什么的，可是现在我……"翠花没说下去，摇了摇头。

"现在怎么了？卧底警察就不威风吗？你现在也不缺钱花吧？"

翠花冷哼了一声："这些钱是怎么来的，你不知道？那是跟着柴狗混，靠咱们自己本事挣来的，组织只是对咱们进行了魔鬼训练，然后就把我们扔到了这里面，他们可没给咱提供过什么福利。"

边江竟然不知道该怎么回答。从某个角度来说，翠花说的是事实，但从他有这个想法开始，就说明了一件事：他并不适合做卧底。

可能是见边江没有说话，翠花嘬了一口烟，继续说下去。

"我感觉吧，其实警察根本没好好管这一摊子事，就咱们几个在这儿死撑，具体为什么我不知道，但肯定有原因。所以，不管是黑道还是白道，我觉得混得好，就是好道，有钱挣，有兄弟，就够了。"翠花说得特别有江湖味儿。

"还有呢？"边江压抑着想暴揍他一顿的冲动。

"还有？还有我身边的兄弟，真的不全是浑蛋，他们有的也很无奈才走上这条道的，而且也很努力，够义气……"

"你是这么想的？"边江阴沉着脸。

翠花瞄了他一眼，微微一笑，把烟灰弹在车窗外，吐一口呛人的烟雾，看着边江："其实你也是这么想的，对吧？"

边江一把转过方向盘把车开到路边，猛地踩住了刹车；翠花没有系安全带，猛地往前一栽，要不是手撑了一下，准会一头撞上前中控台上。

翠花脸色也变了，他把烟扔到窗外，过了两秒钟，拽了拽上衣，蜷起一条腿，转过身，面向边江，一本正经地说道："你是不是觉得我动摇了？我刚才那么说，并不代表我背叛组织了；我就是发发牢骚，抱怨一下，因为我也是人！"

边江瞪着他："你的意思是，刚才是在放屁是吗？"

"我当你是兄弟，才跟你发发牢骚，有必要把话说这么难听吗……"

"你觉得难听吗？好，那我换个方式跟你说。你现在就是饱暖思淫欲，跟着柴狗混了两天，感觉人家给你钱花，身边还有群兄弟，就以为这就是江湖啊？这是黑道，是他妈谋财害命的犯罪团伙！就是挣再多的钱，睡再漂亮的妹子，也永远是活在阴沟里的渣滓。你是不是已经忘了自己的初衷了？"

翠花吧唧吧唧嘴，摇摇头，声音小了许多，一点儿底气也没有："没……

没忘。"

边江觉得，翠花突然发出这一系列感慨，应该是有原因，就问他，是不是柴狗最近给他钱了？翠花羞愧地点了点头，无地自容地恨不得找个地缝钻下去。

"给了多少？"

翠花伸出一只手。

"五万？"

翠花点点头。

"哼！五万就把你收买了。你想过没有，这些钱是怎么来的？这可是赃钱！而且他给你钱的目的是什么？还不是想让你给他卖命。你倒好，因为五万块钱，就产生了这么大的动摇，那你还当个屁的卧底啊！"

翠花彻底无话可说，只是红着脸，低垂着头。

"我糊涂了。以后不会再说那种话了。"

"连想也不能想。翠花，咱们干这一行，堕落太容易。在这种犯罪团伙里，还能保持自己的初衷，的确很难，但只要坚守住内心的净土，咱们总有成功的一天。"

"真的？可是柴狗的势力已经越做越大了……"翠花脸上流露出一种不安。

"做得越大，想要一点儿问题都不出就更难。咱们只需要捺住性子跟他死磕到底。"

可能是被边江的决心感染，翠花抿了下嘴唇，坚定地点了点头。

然而刚才这番交谈，却让边江开始忧虑。翠花当上卧底警察，完全是因为他替边江打抱不平。凌哥看中的，是他身上那股不要命也要追求正义的劲头，但他身上这股"中二少年"的气质，还有他容易动摇的三观，对于一名卧底警察来说，都是非常致命的。

边江也开始赞同赵局长和王志的决定了，翠花不适合做卧底，把他撤回，是最明智的。边江扭头看了一眼翠花，他又点了一根烟，好像已经忘了刚才他们谈论的内容。

边江真想告诉他，他们两个现在是没有警察身份的，而翠花也不被组织看好，如果再不谨言慎行，别说警察当不成，甚至有可能要坐牢的！但为了整个行动的保密性，为了稳住翠花这个不稳定因素，边江什么也不能说，只能盼着他以后谨言慎行、严于律己。

正在这时，田芳打来了电话，问边江到哪儿了。她和光头还有其他人都已经到饭店，就差边江了。

边江便告诉她，还有二十分钟，让他们先点菜。挂断电话后，翠花问边江："晚上吃饭，还有别人啊？"

边江解释道："柴狗给我安排了新任务，以后就不在田芳手下，要到别的'家'里去了，田芳和光头他们就想跟我吃个散伙饭。"

"真羡慕你，到哪儿都受欢迎……"翠花嘀咕了句。

边江没有听清楚："你说什么？"

翠花想了想，摇摇头："没啥，你专心开车。"他怕边江担心，不敢再跟边江发牢骚了，而且陷入了一种自我矛盾之中，一方面认为自己应该不忘初心，可另一方面，又忍不住去想，到底什么是正义？正义真的存在吗？他为了荣誉，把这条命都押上了，到底值不值得？这些问题，让他感到困惑，他真的开始羡慕边江的笃定了。

一路无话，半个小时后，边江和翠花到达了聚餐的烧烤店。田芳、光头、大嘴和二虎都在。光头拍了下边江的胳膊："来，边江，坐这儿。"

大嘴愁眉苦脸的，带着一脸怨气看着边江，二虎也是面带遗憾的样子。

"你们干吗？聚个餐搞得跟永别似的！"边江打趣道。

光头连忙说："哎，就是，你看看你们几个，就算边江走了，咱们哥儿几个还不是照样能一起出来聚聚嘛！"

"那不一样啊！我还说让边江教我点儿功夫呢！"大嘴没好气地说了句，端起桌上的酒杯自顾自干了。二虎就劝他，这么喝可不行，一会儿就该醉了，再说边江只是被派去别的"家"里，又不是以后见不着面了。

大嘴哼了一声："我有预感，以后边江跟咱们就不是一回事了，再想这样坐在这儿吃吃喝喝，可不容易。"

"哪有你说得那么严重。"边江冲大嘴呵呵笑了笑。

光头也笑了:"大嘴,你不是一直说自己是边江大哥嘛,怎么还有小弟教大哥功夫的?"

"大哥教小弟做人,小弟教大哥功夫,没毛病啊!"说完他又给自己斟满一盅酒,正要仰头灌下去,边江连忙把酒杯夺过来:"干啥?把自己喝倒了,让我们把你抬回去啊?这不是最后一顿,别哭丧个脸喝闷酒了!"大嘴还是一脸不高兴,但总算没再猛灌自己。

"田芳呢?"边江问。

光头告诉他,田芳突然有事,边江来之前,她刚走。边江点了下头,心里隐隐有点儿失落。

这顿饭吃得还算愉快,觥筹交错间,边江有些恍惚,也很落寞,因为这是他大学毕业后,第一群交心的朋友,他很珍惜这份情谊,但边江也知道,自己跟他们不一样,即使可以称兄道弟,却不是一路人。

吃完饭后,二虎提议去夜上海唱歌,大家一拍即合,便去了最近的KTV。

一个小时后,边江的手机在兜里振动起来,拿出来一看,是田芳的号码,他连忙走到包厢外接听。

"说话方便吗?"田芳问。

"方便,怎么了?"

"你跟大家说一声,就说柴哥找你,然后来停车场,我在你车这儿等你。"田芳的声音听起来很凝重,似乎是有重要的事情发生了。

边江没多问,挂断电话后,回到包厢跟大家说:"对不住了,兄弟们,柴哥找我有点儿急事,我得先走了,你们继续玩,下回咱们再好好聚聚。"

五分钟后,边江来到停车场,只见田芳正靠在他的车门边,她紧紧裹着外套,深情紧张。

"出什么事了?"边江来到田芳面前,担心地看着她。

"带你去个地方,"说着,她朝四周看看,拿过边江手里的车钥匙,"你喝酒了,我来开,上车再说吧。"

边江没再多问，绕过车头，坐进副驾驶。田芳发动汽车，驶出停车场。等汽车驶入城市主干道，边江忍不住问，这到底是要去哪儿。

"B大学。"田芳脸色凝重，眉头紧紧皱着。

因为凌哥就在B大那间实验室里养伤，所以边江一听B大就很敏感，但他脸上并没有流露出太多表情，就好奇地问田芳，这个时间点了，去B大干什么。

"我发现了一个秘密实验室，必须带你去看看。"

边江心里更加忐忑了，难道凌哥和零度，已经暴露了？

"什么实验室啊？把你紧张成这样。"边江试探问道。

田芳依然皱着眉头，瞥他一眼，说道："你还记得之前柴哥和黑龙争抢地盘，柴哥把黑龙的秘密基地'龙头'给洗劫了吧？"

边江点点头，说当然记得了。

那是他混入团伙后，经历的最大的黑社会之间的冲突。黑龙为了争夺柴狗的地盘，一夜之间，对柴狗手下多个小团伙进行了洗劫，甚至闹出了人命。柴狗在这时候，派边江去跟黑龙谈判，要么停止这场冲突，要么，柴狗就把黑龙的秘密基地给毁了。

最后的结果是，柴狗拿下了黑龙的秘密基地，并打了一场反击战，把黑龙彻底赶出了自己的地盘，吞并了黑龙的地盘，扩大了自己的势力范围。

关于那个叫"龙头"的秘密基地，边江印象很深，因为那看起来像是研制毒品的实验室，所以他怀疑，柴狗很可能是要往贩毒的方向发展。

"我们现在就是要去'龙头'。"汽车经过十字路口，红灯亮起，田芳把车停下，扭头看向边江，"你要做好心理准备。"

听完田芳的话，边江无法平静了，难道B大九楼的实验室，就是"龙头"？

不对啊，他看过田芳拍回来的"龙头"实验室的照片，跟九楼的内部布局并不一样。边江决定先沉住气，等真正到了目的地再说。

"那'龙头'到底是不是制毒的？"边江继续问田芳。

田芳淡淡一笑，摇了摇头："不是。据我所知，柴哥的制毒计划，还没有开始实施。那实验室具体是干什么的，等到了你就知道了。"

绿灯亮起来，田芳踩一脚油门，发动车子，继续朝 B 大驶去。

边江没再细问，悄悄拿出手机，趁着田芳不注意的时候，给王志发了一条信息，汇报了自己的最新动向。很快，信息显示为已读，边江就知道，王志已经收到了。

之后两人陷入了很长时间的沉默，直到田芳打破沉默。

"对了，今天我去见柴哥了，他让我转告你，明天就搬去新家。"田芳语气平稳地说。

"明天啊……"

"嗯，柴哥把地址告诉我了，是个挺不错的公寓楼，肯定比住在诊所里舒服多了。"说到"诊所"两个字的时候，她的眉头皱了皱，仿佛真正厌恶这地方的是她而不是边江。

边江不说话，闭着眼睛休息，田芳便继续说："新家的家长也不错，是……"

"无所谓。"边江打断了她的话，"家长是谁都行，跟我关系不大。因为柴哥说了，我不需要跟他们合作什么事情。"

"就算是这样，你还是要向柴哥汇报工作吧？你又不能直接跟柴哥联系，难道不用通过那家的家长？"

边江无奈笑了笑，看了一眼田芳："你跟了柴哥那么久，还不了解他？"

"什么意思？"

"他给我分配的任务，是需要我单独行动的，唯一跟我搭档的人是安然。但他为什么还把我安排到一个家里？你觉得是什么原因呢。"

田芳的神情黯淡下来："为了监视你。"

"对。你说的那个什么公寓，恐怕也是方便柴哥监视我，所以环境好坏又如何，我更希望住在你的小诊所里。"边江说着，看向田芳，车内光线昏暗，映在她的脸上，使她的五官看起来更加动人。

田芳感觉到边江的注视，只觉得脸上发热，那句"我更希望住在你的小诊所里"，也在她的心里，一下子激起了千层浪。她咬了咬嘴唇，把积压在心底的话，说了出来。

"我真的不明白，你身体健康，不傻不呆，上过大学，背景清白，做什么不好，非要跟着柴哥做这种事……实在不行，你还可以继续去考警察啊！"

田芳能说出这番话，让边江非常意外。

"我没听错吧？诈骗团伙的大姐大在劝我重新做人，甚至去当警察？"

田芳扭头瞪了他一眼。边江连忙提醒她，专心开车，不要生气，他是真的想不通才问的。

田芳深吸了口气，平复了一下心情："我是因为身不由己，没得选择，才做这一行。你不一样，你的人生可以有很多种选择，你却选了一条最坏的路。"

"你有什么苦衷？"

"我现在是在说你。"

边江见田芳不想多说她自己的事，也就不再追问，继续回答她的问题。

"首先，我不觉得这条路坏。你看，跟着柴哥做事，挣钱多，又刺激，虽然他对我有提防，甚至之前差点儿害死我，可是我得到的回报也丰厚啊。你就说这辆车吧，你说我一普通大学毕业生，找个什么工作，能上班一年就买得起奔驰？有点儿风险也正常……"

"够了！"田芳愤怒地打断了他，"别跟我说这些虚的，你留在柴哥身边，无非就是因为他害死了你哥，你想报仇，对吧？"

边江抿抿嘴，没再继续刚才的吊儿郎当："你知道还问？"

"但你根本就扳不倒柴哥的！如果你哥哥在天有灵，你觉得他希望你这样做吗？"

"芳，你不用劝我了，我知道自己在做什么，也会为自己的选择负责。"

尽管边江很想告诉田芳，不要再为他担心，他留在柴狗手下，并不全是为了给哥哥报仇，更因为他是一名人民警察。但他不能说，这是作为卧底，要保守的最基本的秘密。再者，田芳知道得越多，她面临的危险也越多。

想起自己死去的哥哥，边江铲除柴狗的决心就更加坚定了。他的哥哥是被柴狗杀死的。这些年，他一直活在失去哥哥的悲痛之中，也一度认为是自己害死了哥哥而感到内疚不安。

柴狗毁掉的，不只是边江一家的幸福。其他家庭，肯定也深受其害。

只要像柴狗这样的人还存在这世界上一天，悲剧就会不断发生。而边江现在既有使命，也有能力来阻止悲剧，为什么不做呢？

铲除以柴狗为首的犯罪团伙，的确有难度，也有危险，但在他的心里，这份使命，是比安稳的生活更值得追求的。

田芳从这个角度劝不了边江，只好换个角度来说。

"既然你这么想，我也无话可说。不过我问你，柴哥是不是让你查神龙？"

边江一愣："柴狗竟然跟你说了？"

"你忘了？他之前把我派到云南去，就是让我调查神龙的工厂，所以我知道你这任务有多难，也知道柴哥早晚会涉毒。"

"那又怎样？"边江一脸不在乎的样子。

"你知道柴哥的秘密越多，你就越危险。他为了控制住你，甚至会将你变成一个瘾君子。即使这样，你也还是要坚持留在他身边做事吗？"

边江当然知道，在执行任务过程中，尤其是涉及毒品之后，就算柴狗不故意让他吸毒，在接触毒品的过程中，为了让戏演得更逼真，边江也很有可能要碰毒品。那些尽忠职守的缉毒警察，卧底到毒枭手下，迫不得已染上毒瘾的，少吗？面对这样的牺牲，边江也问过自己，是不是能心甘情愿地接受。

如今田芳也来问他这个问题，他考虑了片刻，依然摆出一副无所谓的样子，对田芳说："染就染了，到时候再戒掉不就行了。你难道怀疑我的意志力？"

"我简直要被你气死了！你能不能有点儿脑子啊！那是毒品，不是烟酒糖，说戒就那么好戒？而且一旦染上毒瘾，你的身体也就毁了！"

边江看田芳眼睛红红的，好像都快哭了，他的心一软，不再说那些气人的话，而是认真对田芳说："你放心，我有分寸。你担心的这些，只是一种可能性。我们不要为那些还没发生的事情担心。"

"人无远虑，必有近忧！"

"我知道，我知道，那我答应你，如果将来柴狗让我接触毒品，我就不干了，还不行吗？"

正好又遇到路口红灯，田芳停下车，扭头看向边江："你说真的？"

边江点点头："当然，不过到时候你得跟我一起私奔。你要是不走，我也不走，然后你就只能看着我堕落成一个瘾君子。"

田芳瞪着他，但这次的眼神里，更多的是嗔怒。

"我跟你说这么严肃的事情，你怎么一点儿正形都没有。"

边江坐直身子，认真说道："我怎么没正形了？我跟你说的也是严肃的事情，你答应跟我私奔吗？"

田芳咬着嘴唇，不回答，边江就一直看着她。几秒钟之后，田芳郑重对他说："你离开柴狗的那一天，就是我和你在一起的那一天。"

边江的心忽然急跳了两下，原本只是想安抚田芳随口说出的约定，在这一刻，忽然变成了一份沉甸甸的承诺，让他仿佛看到了两个人的未来，虽然充满坎坷，但一定会走向光明。

边江望着田芳的眼睛："这可是你答应我的，我记下来了，你不许反悔。"

"我一向说到做到。"

这时，他们身后汽车传来鸣笛的声音，红灯已经变绿，田芳连忙发动汽车。

驶过路口后，两人相视一笑，千言万语，已无须多说。当他们到 B 大学的时候，已经十一点了，学校大门已经关闭，只留了一个供行人通过的小门。

"看来咱们得下车走进去了。"

田芳淡淡看他一眼："我什么时候说要进到学校里了？"

边江眨了眨眼睛，不是去 B 大里面啊？起初田芳一说来 B 大，边江还以为"龙头"就是九楼那间神秘实验室呢。看来是他想当然了。

田芳又开了一会儿车，便来到一个破旧的小区内，没有门卫，看起来，像 20 世纪八九十年建造的那种楼房。他们把车停到了小区外的底商门前，徒步走进了小区。

"'龙头'就在这儿？"边江压低了声音问田芳。

"嗯，在地下室。"

"那咱们现在去的话，里面不会有人吧？"

"不会，'龙头'已经废弃了。我带你来的目的，就是想让你看看柴哥到底有多残忍。"

"然后，我好赶紧放弃扳倒柴狗的念头，离开他？"

"对。"田芳瞪了他一眼。

边江知道了田芳的良苦用心，心头一暖，默默在心里说道：芳，对不起，不管你怎么劝我，我现在都不能走。

说话间他们已经来到了第三栋楼前面，田芳带着边江走进了一单元，下了一层，来到地下室。地下室入口由一个普通铁门锁着，田芳拿出钥匙开门。边江忍不住问："这栋楼的所有地下室，都被黑龙用作实验室了？"

田芳点点头："他把所有的地下室都买下了，后来柴哥发现了这个地方，就据为己有了。"

说完，田芳推开了那扇锈迹斑斑的铁门，走进了漆黑的地下室。

· 第三章　四面楚歌 ·

灰尘的味道扑面而来，紧接着便是一股腐烂发霉的恶臭，隐隐还透着一股铁锈的气味。

闷热潮湿的感觉让边江倍感压抑，黑暗中他只能看到田芳黑色的身体轮廓。边江悄悄拿出手机，把自己的位置发送给王志。这时，田芳回头看了他一眼："你在后面磨蹭什么呢？难道还怕黑？"

"我不怕黑，也不喜欢黑啊。你等下，我打开手电筒啊！"

"不用，有灯。"

田芳说着，往右边墙上摸了摸，"啪嗒"一声按下开关，一盏白炽灯把地下室照亮了。

边江看着眼前的情景，深吸了一口气，后背升起一股寒意。地下室的走廊，阴暗幽深，微弱的灯光根本照不到头。在走廊的左侧，有很多小屋子，那原本该是住户的地下室。

真正令边江感到恐怖的，不是这阴冷的走廊，而是满墙的血迹。那一道一道的血迹，像是人发了狂，拼命用指甲挠在墙上，最终抓破双手，把鲜血留在了墙壁上。

边江终于明白，刚才闻到的那股铁锈味儿，其实就是这些血迹散发出来的。

田芳皱着眉头，把衣服领子拉高了一点儿，遮住口鼻，低声对边江说："来吧，真正恐怖的还在后面。"

她的声音很轻，好像生怕惊扰了飘荡在这里的幽灵。边江紧跟在田芳身后，走进了其中一间小屋。

几只老鼠发出"吱吱"声，迅速逃窜到了角落里。田芳试着开灯，但灯没有亮，她从裤兜里拿出一把微型手电筒，打开照在屋里。

"这是其中的一间……"她停顿了一下，找到了一个合适的词说了出来，"宿舍。"

边江随着灯光的方向看过去，房间里摆放着四个上下铺的铁床，看起来确实是宿舍的样子，但没有任何日用品。边江不知道是这些人离开的时候都搬走了，还是他们压根儿就没有那些东西。

墙上，是大量的血手印和抓痕，床上的被褥，都成了老鼠的温床，黑乎乎的棉花被它们掏得满地都是。然而最触目惊心的，还是那一张张被弄得变形的床铺。原本爬到上铺的梯子已经被弄得扭曲，一些床板也凹凸不平，有的就好像是拳头砸在上面的形状。

通过一系列迹象，边江已经判断出来，这所谓的宿舍，不过是囚禁人的牢房。

这种压抑的景象，让两个人多少都有点儿受不了；他们看清楚之后，就退了出来。边江问田芳："是什么人住在这里？"

"试药的人。"田芳顿了下，"当时这实验室是黑龙用来研制某种药物的。他找来了很多试药的人，那些人大部分是街头流浪汉，失踪了也没人找。在试药时，药物副作用导致这些人出现精神疾病，甚至自杀，所以才会有你看见的这些抓痕……"

边江心想，被长期关在这种地方，就算没有药物副作用，也该疯了。他又想起自己从 B 大学那间秘密实验室里偷出来的档案，档案里记录了试药人的一些反应，其中也有包括惊厥、癫狂这类的记录。那些档案里的试药人，会不会和关押在这里的是同一批？

"这些都是黑龙主导的？"

"不是。听说是一个有钱的教授，他想研制一种可以抹去人记忆的药，于是出钱让黑龙搞了这么一个实验室，找来了一些试药人。"

"难怪柴狗发现这里之后，黑龙那么害怕柴狗把这事捅出去。黑龙犯的罪，可够他枪毙几百次了。对了，那些试药人去哪儿了？"

田芳摇摇头，她发现这里的时候，已经人去楼空，只知道柴狗接手这里后，没有继续开发药物，而只是利用这里的设备制作假药。那些曾经试药的人，就被他当工人来使唤。当柴狗发现这里不安全后，就转移到了其他作坊。

边江连忙问："你知道那些作坊的地址吗？"

"这种机密，柴哥是不会让我知道的。"她把手电照向走廊深处，对边江说，"走吧，我带去你前面看看。"

边江跟在田芳身后，看着那一间间漆黑的小屋，想着那些无辜的人曾经在这里饱受痛苦和折磨，而且还有很多人正被柴狗囚禁起来，没日没夜地帮他制造假药，那些假药又会流向市场，坑害更多的人。

黑龙、柴狗，这些人丧心病狂的程度，已经远远超出了边江的预想，他的内心无法平静了，他暗暗捏紧拳头，恨不得立即把自己看到的景象，报告给组织，以最快的速度查抄那些假药窝点。

边江跟着田芳来到走廊的中间位置，进来时打开的那盏灯已经不足以照亮这边，墙上的灯控开关都已经坏掉，几只壁虎在开关四周静静地趴着。

"跟我来。"田芳带着边江走进屋里。

借着田芳微弱的灯光，边江发现这间屋子更像实验室一些，空间也大了很多，应该是把小屋之间的墙壁打通了，只留下了几根承重的柱子。

地上有一些散落的杂物，坏掉的桶、机器的零件、碎掉的烧杯，以及装假药的药瓶等。

"来这边。"田芳带着边江朝着房间的另一头走去。那边靠墙放着的是几个长方形的破木箱子，两两摆在一起，一共有六个。

有点儿像棺材。边江在心里嘀咕了一句。

走近之后，这里的恶臭就更浓了。边江忍不住干呕了一下，田芳从兜里拿出一小瓶清凉油，在自己的鼻子下面抹了抹，然后递给边江："给你这个，抹上应该会好些。"

边江快速抹好清凉油，恶心的感觉瞬间减轻了不少。

"你带的东西还挺齐全。"

田芳回头看他一眼："我第一次来的时候，闻见那些血腥味，就有点儿受不了了。这次就带了清凉油，还是挺有用的。"

边江忍不住问她："你自己来的？不害怕吗？"

田芳笑了下："还是有点儿害怕的。不过我是白天来的，而且没走这么深，就在门口看了一眼；知道柴哥已经搬走，我就回去了。"

边江又看向眼前的木头箱子，问田芳，知不知道这里面是什么，为什么散发出这么恶心的味道。

田芳摇摇头："我也不知道，咱们打开看看。"

田芳走到最右侧的两个箱子前面，递给边江一副白手套，自己也戴上手套，回头看了一眼边江，认真叮嘱道："先说好，待会儿不管看见什么，不许叫出声，也不许吐，咱们不能让人听见，也不能留下来过的痕迹。"

田芳的声音有些颤抖，其实她很害怕。

边江微微一笑："只要你待会儿别被吓哭就行……"话还没说完，田芳把箱子盖打开了，她倒吸一口冷气，往后趔趄了两步，脸上除了震惊，还有悲痛。边江也看一眼箱子，胃里顿时一阵翻滚，差点儿吐了。

木头箱子里是一具男尸，边江判断不出死者的死亡时间，但看腐烂程度，少说也有半个月了。边江又看向另外几个箱子："这些箱子里该不会都是尸体吧？"

田芳脸色惨白，退到边江身边，说："有没有，我都不想看了……"

边江知道，女孩子没有几个能受得了这种场景的。边江让田芳先去一旁，他自己来开箱。

边江说完，先把装有男尸的木箱盖子盖好，准备去开另一只箱子，田芳深吸了口气，走过来："我帮你。"

"确定吗？你要是受不了，就别看了，我自己也可以。"

田芳红着眼睛，说道："我已经没事了，开箱子吧……"

边江看一眼田芳，他没吭声，跟田芳一起把剩下的五只木箱全都检查了一遍。

一共发现了三具尸体，都是男尸。边江注意到，田芳只有看到第一具尸体时，流露出了悲伤的情绪；对于其他两具尸体，她只是脸色凝重。

边江重新把木箱盖好，对田芳说："我们先出去吧。"

田芳点点头，快步走出屋子，她一秒钟也不想停留。

等走出了实验室，她靠在墙上，眼泪就下来了。

边江跟着停下脚步："你是不是认识第一个箱子里的人？"

田芳点点头，摘下手套，用掌心抹了下眼泪，悲伤地说："他叫达子，是柴狗的一个手下，跟在柴狗身边很多年了，对我一直挺照顾的，我没想到……我真的没想到……"她哽咽着说不下去了，额头抵在边江的胸口，痛哭起来。

边江轻轻把她抱住，手拍着她的后背，安慰着她。田芳很快就平复了心情，她抬起头，紧紧盯着边江："你看到了，柴狗就是这样的人，这可是他身边最亲近的属下，他都能下狠手杀死。你还要继续留在他身边吗？你想为哥哥复仇我明白，但搭上你的命，可能也报不了仇。你还要继续吗？"

边江知道，此刻的田芳，已经被恐惧包围，她不再称呼柴狗为"柴哥"。这也说明，发现达子的尸体，对她造成的冲击有多大。与其说，她在规劝边江离开柴狗，倒不如说，其实是她想逃离柴狗。

"芳，你先别激动。你确定这达子是为柴狗所杀吗？"

田芳点了点头："达子最后一次跟我联系，他说，这个实验室里藏着太多秘密，柴狗挺担心，所以要亲自跟他一起来清理痕迹，然后他就匆匆挂了电话。再之后，我一直没有见过达子。我跟其他人打听达子的消息，他们说，达子被柴狗派往别的城市了。今天我才知道,达子是被柴狗灭口了。"

"柴狗为什么要杀他？"

"达子知道太多秘密，作为贴身保镖，也见过柴狗的真容。这就是柴狗杀他的原因。"

边江又问，那其他死者是谁，她都认识吗？田芳摇头，说都没有见过，看打扮，好像也是柴狗的手下。

边江仔细想了想整件事，觉得还有很多疑点，柴狗制造假药，肯定是早就开始了，那他费尽心思，不惜舍弃自己的一些地盘，而抢下"龙头"，总不可能就是为了争夺几台设备、几个工人吧？

柴狗到底看中了"龙头"实验室的什么？后来又发生了什么事情，让他仓皇撤离？柴狗杀死达子，是不是另有原因？

"边江，你在想什么？"

"我在想，柴狗为什么不继续使用这个实验室了。"

"因为有居民已经发现了地下室的蹊跷，报警了。虽然警察并没有查到什么，但那些试药的人，已经不适合再当工人，他们总是发病、号叫、砸东西，场面一度失控，柴狗这才不得不停用这里。"

边江想，既然那些疯掉的人已经不能再给柴狗制造假药，那柴狗会怎么处置他们？

边江猛然想起那份录像，就是行车记录仪里录下来的那段，当时是夜里两点多，在荒郊野岭的地方，卡车上扔下来不少麻袋，里面好像装着人，而且感觉像被处理掉了。结合田芳的话，边江已经基本确定，那卡车里的麻袋，就是从这里运出去的、疯掉的工人。

"你怎么了？又在想什么？"

边江对田芳摇摇头，说就是想起来一些之前看到的录像，可能跟这里的工人有关，等出去后再详细说。

田芳没有追问，她现在不关心那些工人的事，只想规劝边江，早点儿脱离团伙。

"边江，你已经看到了，这就是柴狗，你听我一句，不要再想着为哥哥报仇、扳倒柴狗什么的，不可能的，趁着你还没有深入团伙内部，赶紧走。"

"那你呢？跟我一起私奔？"

田芳不自然地笑了下，点点头："只要你肯离开，我当然会跟你一起走。我都已经想好了，等咱们离开这，就去四川。我都看好地方了，那里有一大片竹林，鲜花一年四季盛开……"

"好啊，那咱们现在就走吧？"边江定定地看着田芳，知道她说的是假的，但对于她所描述的世外桃源，边江在这一瞬间，真的希望它存在。

田芳的表情僵了僵，对边江说，让他先走，明天就出发，她这边还有些事情要处理，等处理完，就去四川跟他会合。

"我知道你在骗我，你不会离开柴狗。尽管我不知道具体原因，但你走不了，对吧？"

田芳咬着嘴唇，不回答，双眼通红。边江继续说下去："我也可以明明白白地告诉你，我会一直留在柴狗手下，直到他受到应有的教训。"

田芳指着屋子里那些装着尸体的箱子，声音颤抖地问边江："难道你想像他们一样？"

"我不想，也不会成为他们那样。因为我对柴狗是有提防的，不会走入他的陷阱。"

"你到底要我怎么做，要我怎么说，你才肯听我的！"

"只要做完两件事，我就离开。第一，为我哥哥报仇。第二，把你从火坑里救出来。"

田芳冷冷地说："可惜这两件事都无法实现，并不是我打击你，而是我们真的斗不过柴狗。"

"你没让我试过怎么知道。你听我说，如果你真的为我好，从今天开始，咱们两个就要彻底统一战线，共同对付柴狗。"

"你疯了。"田芳想要后退，但身后是墙壁，她的后背紧紧贴在冰冷的墙上，身体瑟瑟发抖。

她从来没想过摆脱柴狗，因为知道不可能，所以她认命。但当边江提出要带她走，这就好像一个常年被囚禁在地下的人，突然看到了外面的阳光。可是她又没办法逃出去，那束光就变成了一把剑，增加了她的痛苦，让她意识到自己身处的世界是多么阴暗和恐怖。

边江握住她的肩膀，凝视着她的眼睛，对她说："田芳，你相信我，总有一天，我会带你离开，我们会一起走，去你说的那片竹林隐居，所以我们现在要一起努力。"

边江是认真的，在执行"打狗"行动中，他需要田芳的帮助。他也希望，有朝一日，他完成任务，不再做卧底，他们可以一起归隐山林，日出而作，日落而息，过最朴实、最平淡的生活。

田芳终于被他的坚定感染，她怔怔地望着眼前这个目光深邃、棱角分明的男人，尽管她此时身处阴暗的地下室里，但他的凝视，却好像一束光，照在她的身上，让她觉得温暖又踏实。

"可是该怎么努力？"

"摆脱柴狗只有两个途径，第一杀了他；第二把他送进监狱，永远不让他出来。"

田芳点点头："暗杀，还有些胜算。"

边江本想引导田芳，让她和自己一起收集柴狗的犯罪证据交给警方，没想到她首先想到的就是暗杀。

"你就没想过第二种计划？"

田芳愣了一下，她从来没有想过，可以用合法的手段把柴狗送进监狱。真的可以把柴狗绳之以法？这个念头在田芳的心里转瞬即逝，她断然拒绝了边江。

"想要抓住柴狗的警察太多了，但最后都以失败告终，我已经不相信他们。而且想抓捕柴狗，就需要收集大量的犯罪证据，就需要进一步取得他的信任，这对我们来说，本身就是冒险。"

边江盯着她的眼睛："但只有这样，我们才能光明正大地归隐山林，而不是做杀人犯。"

田芳皱眉凝视他："你是不是早就已经在调查柴狗，计划着把他送进监狱了？"

边江考虑了一下，对田芳说："没错，当我知道我哥哥是被柴狗害死的，我就开始谋划了。"

田芳摇摇头，关于边江的身份，一个大胆的猜测在她的心里逐渐形成，但她不敢说出来。

"在你知道哥哥是被柴狗杀死之前，你就已经开始调查他的罪行了。对不对？边江，你到底是什么人？"

· 第四章　一个叛徒 ·

边江看着田芳的眼睛。

她已经猜到自己的身份了吗？无论如何，边江绝对不会承认他是警察。

"为什么突然这么问？"

田芳迎上边江的目光："还记得吗？你刚加入我们的时候，你发现了咱们住所下面的密室，你偷偷进去过，甚至还收集了证据。那时候，瘦子怀疑你有问题，让我把你赶走。我没有那么做，我以为你是柴狗的对手派来的，所以想观察你一段时间，就假装没有看出你的异常。边江，你是不是柴狗的对手派来的，想要搞垮他？"

边江听完田芳的话，心里稍微松了口气。原来她是把他当成另一个团伙派来的卧底了。

"到底是不是，回答我。"

"是又怎样，不是又怎样？"

田芳想了想，决定跟他坦白。她瞪着边江，一字一句地说："如果你是柴狗对手派来的卧底，那你就是在利用我对你的感情。那你跟柴狗，在本质上，就是一样的。"

边江很想说出真相，但为了田芳的安全，他不得不再次忍住。于是他认真地编了一个谎言。

他告诉田芳，自己刚加入团伙时，跟随田芳来到住所，第一天晚上就听到了异常的动静，后来无意发现了一扇暗门。因为大嘴提醒过他，不要随便走动，别去不该去的房间，所以就更加好奇，想看看里面到底是什么。但他做这件事，并不是想要调查柴狗，单纯是好奇。

田芳考虑了一下边江的话，迟疑着："你没骗我？"

"你不相信我？"

田芳终于点了点头："好吧，就算是这样。但你进入密室后，那里面的情形，你也都看到了，难道就没有怀疑过什么，为什么没有问过我？"

"我当然不能问你，你们都告诉我，不该问的不要问，我再主动去问你，不是自找麻烦吗？再说，我也没看到什么，就是觉得那里可能关押过什么人。但我觉得也很正常啊。黑社会嘛，绑个人是家常便饭。"边江努力把这件事圆过去，他不想欺骗田芳，但也不想让她陷入不安，只能这样巧言狡辩。

田芳却认真回应了他提出的问题："你猜得没错，那里确实关押过一些人。"

"一些？！"

"对。"田芳的脸色变得凝重起来，"既然你进去过，那有没有注意到那间屋子里有个布娃娃？上吊的娃娃。"

"嗯，我还看到了墙上的字。不过，那到底是什么意思啊？"边江没想到田芳真的会跟他谈论密室的事情，连忙把心里的疑问都说了出来。

"曾经有个人在那里上吊了，那些字是他留下的。他死后，老杜就请那些风水师、驱鬼师什么的来看了看，挂了个上吊娃娃，其实就是迷信，什么用都没有，但老杜这个人就是这样，他信这些事情。"田芳流露出一丝无奈。

边江想起理发店下面的密室里也有一个布娃娃，更加印证了田芳的话，老杜确实喜欢这些封建迷信的东西。

"那自杀的人是谁啊？曾经是什么人被关在了那里？"

田芳想了一瞬："等出去后再说吧！我实在不想待在这儿了。"

两人一边往外走，田芳一边对边江说，她打算明晚再来，把达子的尸体运走，好好安葬。

边江听完，附和地说了句："那我明晚跟你一起来，给你搭把手。"

田芳点点头，没有拒绝。边江叹了口气，在心里对田芳说：芳，实在抱歉，这地下室里的一切都关系重大，我真的不能让你把达子的尸体带走，我必须把这里交给警方处理……

　　"对了，你刚才说，有什么录像，是关于这里的工人的？"

　　"对，是一份行车记录仪里的录像。柴狗把这辆奔驰给我之后，我出了点儿小事故，查行车记录仪的时候，意外发现了之前的一份录像。"

　　之后边江把录像的内容给田芳说了一遍。根据记录仪拍摄下来的内容来看，那是在夜晚，地点在山区，有一片水库，一辆卡车停在水库边，两个壮汉把卡车门打开，从车厢里抬出来十几个麻袋，看麻袋的大小和形状，感觉里面像是装着人，后来那些麻袋都被丢进了水库里。

　　根据记录仪的时间来看，和柴狗从"龙头"撤离的时间是差不多的。如果麻袋里装的是人，那就有极大可能是疯掉的工人。因为他们对柴狗已经没用，所以就被柴狗统统除掉了。

　　田芳听完，忙问："那录像你留底了吗？能不能给我看看，也许我能看出些什么。"

　　边江当时把录像邮寄给了零度，但他自己还拷贝了一份留下了，所以当田芳提出来的时候，他很轻松地答应了，说录像在诊所，等他们出去后，就马上拿给她看。

　　边江想，如果能找到那些被杀害的人，再结合田芳的证词，证明这一切都是柴狗所为，这样的罪证，足够让柴狗判死刑了。

　　两人继续朝着地下室的出口走，边江又说："你看，我已经把自己知道的都告诉你了。你能不能跟我说说，柴狗到底威胁了你什么，还有你抽屉里的照片又是怎么回事？为什么我每次问你，你都回避？"

　　边江曾经在田芳的抽屉里发现了一张田芳和另一个男人的合影，照片的背景是日出十分的山顶，两人深情对望，看起来很浪漫，而因为逆光拍摄的原因，边江看不清那男人的长相，只有一张侧脸。

　　当边江发现那张照片时，田芳显得很紧张，所以他很想知道，照片上的男人是谁，他和田芳是什么关系，有什么故事。边江不是无缘由地八卦田芳的过往。他知道，柴狗很喜欢田芳。边江甚至怀疑，照片上的男人就是柴狗。

一直以来，关于柴狗的真容都是个谜，所以即使警察迎面看到了柴狗，也认不出他。这对于抓捕柴狗增加了很多困难。如果能确定柴狗的长相，那将是一个不小的进展。

"那就说来话长了……"

边江一提起照片，田芳突然有了灵感，对边江说："我对柴狗使个美人计怎么样？没准儿能套出点儿他的把柄，还能看见他长什么样子。"

边江马上皱起眉头，扭头看着田芳："我刚才的哪句话让你产生了这种想法？如果你一直对柴狗敬而远之，突然献殷勤，他肯定一下子就能察觉出来，你最好打消这个念头。"

田芳瘪瘪嘴："你这么激动干什么，我就随口一说。因为柴狗挺喜欢我的，但他也一直没得到我，所以才想着要不要利用这一点……"

"不行！"边江打断了她的话，"还有，以后不管有什么行动，必须跟我提前商量，知道吗？"

田芳连忙安抚边江："好了好了，你别担心，刚才的话，就当我没说。"

"以后想也不能想！"边江怒气冲冲地说。

田芳看看他的表情："你是担心多一点儿，还是吃醋多一点儿。"

边江瞪向她："一样多！"

田芳心头一暖，正要说什么，边江忽然关掉她的手电，捂住她的嘴巴，把田芳带进了旁边正好开着门的一间屋子里。田芳条件反射地挣扎了一下，边江连忙在她耳边低声道："嘘！有人来了。"田芳点点头，边江这才把手从她的嘴上拿开。

紧接着，走廊里传来了清晰的脚步声。

啪嗒、啪嗒、啪嗒……

脚步声一深一浅，走起来很慢，听起来像是个跛子走路。

边江用气发声，问道："这里面还有人？"

田芳皱着眉头，在黑暗中摇摇头，也用极低的声音回答道："应该没有，我也不确定。"

"如果真的是被遗忘在这里的人，那他是不是可以直接证明柴狗的罪行？"边江现在满脑子想的都是怎么把柴狗丢进监狱。

"别着急，先弄清这人是谁再说。"田芳提醒道。

边江和田芳都屏住了呼吸，当那人越走越近，边江听出来他在用嘶哑的嗓音念叨着什么。

"你们……以为我……看不见你们……"这人的声音嘶哑难听，而且每发出一个音好像都是件极痛苦的事情。

田芳在黑暗中拉住了边江的手，她的手心已是汗涔涔的了。边江捏了捏她的手指，无声地安慰着她。

"别让我抓住……你们……"那人又说话了。

边江只觉得头发都竖起来了，那家伙确实是在找他们两个。

啪嗒、啪嗒、啪嗒……

脚步声越发清晰起来，经过边江和田芳躲着的屋子时，并没有停留。

边江刚要松一口气，忽然听到对方喊了一声："边江……边江！我知道，是你！"

这一声喊得尤其大，好像声带都破裂了。边江浑身一震，心一下子悬了起来。

到底是谁？既然知道他的名字，肯定是认识他的人。

走廊里只有一点点微弱的光线，借着那道光，边江看到了走廊里的人。他披着一个类似斗篷的东西，从头罩到脚，正一瘸一拐，从门前经过。那人走远后，边江拉着田芳从门后面走出来，刚打开手电筒，就停住了，那人根本就没走远，此时正站在他们面前。

边江连忙把田芳护在身后："你是谁？"

那人低着头，一双充满了怨恨的眼睛，从下往上瞪着边江："我说过，你们跑不掉……"

说着，他看向田芳："芳姐，又见面了。还认得我吗？"

"瘦子？！"边江和田芳几乎同时叫出来。

面前的人不是别人，正是他们曾经的朋友瘦子。

瘦子因为嫉妒边江被柴狗重用，故意陷害边江，想让柴狗对边江产生误会，除掉边江，后来又背叛柴狗，投奔黑龙，把柴狗彻底得罪。从那之后，边江就没见过瘦子，还以为这辈子不会再见到这个人了。

没想到，再见面时，瘦子已经变成这副模样。他比原来更瘦了，几乎脱了相，嘴里的牙也掉了许多，身上只披着一块破床单，散发着死人一般的腐臭。

"瘦子，你怎么会变成这样？"田芳惊骇地问。

瘦子突然捶打自己的瘸腿。他想说什么，可惜舌头并不听使唤，嗓子也完全发不出完整的声音。

虽然边江很讨厌瘦子，但眼见他变成这样，就只剩下了同情。他对瘦子说道："你别急，慢慢说。"

"呸！用不着你可怜我！"瘦子突然举起手里的酒瓶子，猛地朝边江砸过来。边江把田芳往旁边一推，身体一闪，轻松躲过了瘦子的攻击，看准了时机，伸腿绊倒了对方。瘦子身子失去平衡，趴倒在地上，痛苦地呻吟起来。

以他现在的状况，根本伤不了边江，还会害了自己，但他的决心似乎很大，咬着牙从地上爬起来，"呼哧、呼哧"喘着粗气，怒视边江，仿佛在酝酿下一次攻击。

"瘦子，你变成这样，就不想报仇吗？"田芳突然站在瘦子面前。

边江想把田芳拽到自己身后，但田芳回头看他一眼，用眼神告诉边江不要管自己，她有分寸。边江只好站在田芳身体一侧，防止她被瘦子攻击。

"我当然要报仇，我每时每刻都想着报仇。我要杀了他。如果他没出现……柴哥会好好提拔我……我什么都没了！"他痛苦地嘶吼着。

田芳冷哼了一声："你都被折磨成这样了，还一口一个'柴哥'地叫，你可真有骨气。"瘦子"哼哧、哼哧"地喘着粗气，但没有再对边江动手。

这时田芳上前走了一步，距离瘦子更近了。边江担心她被伤到，想把她拽回来，田芳对他微微摇头："放心，瘦子不会伤害我。"

田芳转而对瘦子说："我记得你是咱们几个人当中最聪明的，怎么到了这个时候又算不清楚账了？到底是谁把你害成这样的，你心里不是很清楚吗？"

瘦子干裂的嘴唇动了动。田芳继续说："你落得今天这一步，完全是因为玩火自焚，自己把自己坑了。如果不是你背叛柴哥，他会这么对你吗？"

瘦子冷笑："你的意思是怪我自己？"

"你当然有错，是你自己不干净，怪不得柴哥要对付你，但很显然柴哥做得过分了，这超出了你该承受的惩罚。"

瘦子的眼睛睁大了一圈，脸上露出一丝疑惑："你可是……柴哥身边……最忠诚的狗，你会觉得柴哥做错了？"

听到瘦子这么说，田芳只是歪歪头，心有不悦，但并没有太介意。

"现在的问题是，你到底想不想为自己报仇。如果想报仇，我们不但可以救你出去，还有机会帮你实现。"

"报复柴哥？"

田芳点点头。边江已经明白了她的意思，便对瘦子说："你是唯一的证人，你知道龙头的全部，可以证明这些和柴狗有关系。你当然可以不合作，然后烂死在这里。到底怎么选，全看你自己。"

瘦子愤怒地瞪着边江，没有立即回答，但看眼神便知他已经动摇了。

边江补充了句："对了，以你现在的情况，是不能对我们造成伤害的。我们把你锁在这里也没人知道。"边江说这些话的时候，丝毫不含糊，好像他说得出就做得到。

瘦子浑身一哆嗦，他原本就恐怖绝望到了极点，听了边江的话自然更加害怕。沉默了几秒钟后，瘦子扔掉了手里的酒瓶子。边江微微一笑，把瘦子搀扶了起来。

"自己可以走吧？"

瘦子默默地拽了拽披在身上的破床单："我只是断了一条腿，还能自己走！不用你假惺惺！"边江叹口气，没跟他计较。

"待会儿去哪儿？"瘦子跟在边江和田芳的身后，不安地问。

田芳看看边江，显然她还没有拿定主意，但不想让瘦子看出来。边江却已经有了计划，打算把瘦子这个重要的人证先保护起来，然后联系王志，看看上头是什么意思。

"还没想好，反正得先把你藏起来。"边江说道。

瘦子突然停下脚步，浑身抽搐起来，脸部因为痛苦而扭曲。边江皱起眉头，问他怎么了。

"恐怕还没等到我帮你做证，就已经死了……"瘦子艰难地从牙缝里挤出这句话。田芳就问瘦子，他到底得了什么病，怎么这么奇怪。

"是副作用，毒品的副作用……让我缓一会儿……"瘦子说完，坐在地上，喘了好一会儿气才平静下来。

边江暗自寻思，瘦子的情况不乐观，但也不能送他去医院，惊动了媒体就不好了。当然，他最怕的还是惊动柴狗，到时候柴狗必定把瘦子灭口。

边江对田芳说，得先找个安全的住所，把瘦子安顿下来再慢慢想办法。

"去我那儿……黑龙给我安排过一个房子……"瘦子停顿一下，缓了几秒钟继续说，"先去那儿。医生什么的，再说吧。我只想赶紧离开……"

田芳考虑了一下："确定安全吗？那房子会不会已经被黑龙收回了？"

"不会，黑龙顾不上。"瘦子说。

田芳点点头："好，如果那里不行，就再去我家。但不到万不得已，不能去。"

边江第一次知道，田芳还有自己的家。

之后三人回到车上，并没有被人发现。田芳按照瘦子指的地址驾车过去。在车上，边江问瘦子："柴狗的制药作坊，你还知道几处？"

"有……"瘦子说到一半，突然停顿了一下，"在你们把我送到安全地点、保证我能活下去之前，我一个字都不会说的。"

瘦子的确很聪明，他知道自己保命的关键是什么。边江也没再追问，就说："那你这条腿是怎么回事？"

瘦子坐在汽车后座上，吧唧吧唧嘴巴，一股酸臭味从他嘴里发出。田芳忍不住皱了下眉头，只好把车窗打开了。

"没什么好说的……"突然，瘦子的脸上出现了极其痛苦的神色，瘦巴巴的脸扭曲着，紧接着瘦子又发作起来，浑身抽搐，眼神涣散，喘气都费劲儿，仿佛下一秒钟就会背过气去。

"瘦子，你不是恨我吗，那你就给我振作起来，别就这么死了。"边江冲着瘦子吼道。他好不容易找到了瘦子这个证人，绝对不能出任何差错。

瘦子抬起颤抖的手，指向车窗："风！有风！"

田芳赶紧把车窗升起来："你的病，怕风？"

瘦子艰难地点了点头，依然很痛苦，不停用手挠自己的喉咙。边江见状，赶紧打开一瓶矿泉水，递给他。瘦子自己拿不住，边江就拿着水往他嘴里倒。

喝了两口水，瘦子终于平静下来。他一把夺过水瓶，大口喝起来，没一会儿一瓶水就喝完了。

"他现在不能说太多话，也不能有情绪波动，还是把他送到家再说吧。"田芳担忧地说。

边江默默点头，没再说话。今晚的一切，给边江造成了很大的冲击。他看向车窗外，夜晚的城市没了白天的喧嚣，却依然霓虹闪烁，可在这繁华背后，又隐藏着多少令人发指的罪恶？边江忽然感到肩上的担子，越发沉重，也越发重要。

一个小时后，他们已经来到了瘦子的公寓。房门是密码锁，瘦子告诉边江密码是4127；输入密码后，门开了，房间里漆黑一片，隐隐有股食物发霉的味道。

三人快速进屋，反锁了房门。

这是一室一厅的小房子，屋内设施倒也齐全，但很乱，一看就是个邋遢单身汉的住所，厨房的灶台上还放着没扔掉的外卖盒子，食物早就馊了。

边江把瘦子扶到沙发上，打开手机，对瘦子身上的伤拍照，这样做是为了给瘦子的伤留下证据。然后他把瘦子带到卫生间，帮他冲洗。

当边江看清瘦子的下半身时，不禁倒吸了一口冷气……

·第五章　一手证人·

瘦子看一眼边江，嘴角向下，抿紧了嘴唇，然后把目光移开，犹如人偶一般，任边江拿着花洒帮他冲掉身上的泥土、血渍、粪便、药液……

在瘦子洗澡期间，田芳打开冰箱，想从里面找点儿食物，发现除了过期的牛奶，就是啤酒，所幸在下层冷冻室找到了一袋速冻饺子。

田芳把饺子煮得很软，主要是好消化，然后盛了一碗给瘦子放到了床边。

瘦子已洗完澡，身上搭着床单，两眼空洞地盯着天花板；当他看到田芳端来热饺子时，眼泪掉了下来。

他的眼泪越来越多，最终"呜呜"地哭起来，就连哭声都是沙哑的。

瘦子边哭边抓着自己的脸，然后用绝望的眼神望向边江和田芳。

他用嘶哑的嗓音，带着哭腔对田芳和边江说："废了，我已经废了。其实我该死在那儿啊，你们不该救我，我还回来干吗……"

田芳坐在飘窗上，神色凝重地看着像怪物一样的瘦子。

边江则始终皱着眉头，从给瘦子冲洗完之后，他就几乎没有说过话。听完瘦子的话，边江拉过来一把椅子坐在床边，他拿出一根烟，正想抽。

瘦子哽咽地说："求你，别抽，别……别让我闻到那个味道！"

边江把烟收起来："我知道你现在很痛苦，但有句话说得好，好死不如赖活着，你只要活下去，没有好不了的伤。"

"你刚才不是也看到了吗？我现在连个男人都算不上，还活着有什么意思！"

听到这句话，田芳睁大了眼睛，震惊地看向边江。

边江冲田芳点了点头，算是回答了她的问题。

瘦子已经不再是个完整的男人了，他的生殖器官遭到了破坏。

"哥们儿，看开点儿，你本来也不喜欢女人，不是吗？"

瘦子瞥了边江一眼："你这也算是安慰？"

"本来也没想安慰你。你要知道自己身上背了多少人命，还差点儿害死我和翠花，说你罪有应得也不为过。你沦落到今天，是你自己作的，是报应。"

也许是边江的冷酷反而刺激了瘦子，他收起了自己的悲痛情绪和绝望心情，眼巴巴看着边江："可是你们说，要帮我的！咱们不是朋友吗？"

边江叹了口气："听着瘦子，我需要你来证明柴狗的罪行，你也需要我们帮你活下去。这就是咱们之间的关系，我同情你，但咱们永远也不是朋友。你也知道，咱们压根儿不是一路人。"

边江的语气一直很平淡，却显得格外有气势。瘦子的脸扭曲了一下，最终深吸一口气，恢复了往日的阴暗神情："成交。"

"行了，先吃点儿东西吧，吃完了咱们谈正事。"

瘦子擦一把泪，哆哆嗦嗦地端起了碗。边江则走出门去，站在阳台上点了根烟。

过了一会儿，田芳也走了出来。

"我以为你原谅瘦子了。"

边江苦笑："就算是菩萨，也会惩治恶人，不是吗？更何况我不是菩萨，没有那么好的心肠。再说了，我原谅不原谅他，又没有什么实际意义。"

边江顿了顿，吐一口烟，压低声音说道：

"芳，我知道你心地善良，内心远比外表要柔软，但他错了就是错了，杀了人就是杀了人。他犯下的罪，不能因为他现在够惨就一笔勾销。现在咱们要做的，就是通过他，找到柴狗犯罪的证据，然后他也要为自己犯下的罪负责。"

"对了，你知道刚才我给他洗澡的时候，还发现了什么吗？"

边江抬起手，摊开了掌心。那是一枚锋利的刀片。

"刚才给他洗澡的时候，这刀片突然从他的假肢连接处掉在了地上。"

"他想自杀？"

"有可能，他本来也是个要强的人，身体成了那样，想不开也是正常的。所以咱们必须看好他，不能让他做傻事。"

边江掐灭了烟，跟田芳一起回到了卧室里，瘦子已经狼吞虎咽地把饺子吃完了，他把碗放在一边，抹了下嘴，冷眼看向边江。

"有什么问题，现在问吧！"

边江把手机录音功能打开，放在床头，开始询问瘦子。

"是谁伤的你？"

"不认识。"

边江皱起眉头，他对审问犯人没有经验，但能感觉出来，瘦子不是很配合。他不想放弃，继续问："是不是柴狗？"

瘦子忽然干笑了两声："你以为自己是警察呢，搞得跟审问犯人似的。我说了，是不认识的人打的我；我挨打的时候，也没有见到柴狗。"

"打你的人，跟柴狗是什么关系？"

"应该是小弟。"

"是谁逼你试药的，试的是什么药？"边江又问。

"柴狗的小弟。我不知道吃的什么药，反正是能让人醉生梦死，好像吸毒了一样。开始我不吃，但不吃药就没饭吃。吃了一段时间，就离不开这种毒品了。我想睡会儿，你问完没有？"

瘦子那副有恃无恐的样子，让边江很想揍他一顿。

"你的嗓子怎么成这样了？"

瘦子大概是不太愿意说那些痛苦的经历，拧着眉头问："你就那么想让我重复一遍我的遭遇吗？你听着很爽是吧？"

边江无所谓地撇撇嘴："我就是问问你的病情，看看将来怎么帮你治疗，你要不想说，就算了。"边江说完，起身要走，瘦子这才没好气地说了自己的遭遇。

"嗓子，也是毒品的副作用引起的。因为这种毒品使人兴奋，会让人不停地大喊大叫。同时因为药物对嗓子有害，所以我的嗓子才成现在这个样子。"瘦子深吸了一口气，"当然，我受的折磨，还不止这些，但那些……我已经不想说了……"

"你的腿……"田芳看了一眼瘦子露在床单外面的假肢，"现在是什么情况？"

"用老虎凳，他们把我的一条腿弄断了，然后锯下来，安上了像狗腿的假肢……说我是黑龙的狗腿子。现在已经烂了……"边江和田芳听完，都沉默了。田芳给瘦子倒了杯水。

等他休息了一会儿，边江才继续问："你怎么会被锁在地下室里？"

"他们撤离的时候，我躲起来了，还听见他们说了作坊的新地址。"

边江眼睛一亮："新窝点在哪儿？"

瘦子却说："我要是把自己知道的一下子全都告诉你了，你利用完我，不管我了怎么办？"

"你这就是以典型的小人之心度君子之腹。第一我不会那么做，第二你如果不告诉我，我是肯定不会再管你，还会通知柴哥，让他来收拾你。到底该怎么做，你这么聪明，应该能想通吧？"

瘦子转了下眼珠子，用难听而嘶哑的嗓音说："我累了，明天再说。"

正问到关键，他不说了，边江别提多生气，当即揪住瘦子的衣服领子："你是不是觉得，我拿你没办法？"

瘦子还是有点儿害怕边江，就说："我记不清了，反正就是个什么厂子，是疯子教授找的地方。"

"疯子教授？"

瘦子解释说，就是想开发新型毒品的那个人。

田芳忽然说道："我想起来了，上次我们突袭'龙头'的时候，见到那个教授了，那个人，怎么说呢……"

田芳皱起眉头，开始回想当日之事。

"那个人很特别，长得很有特点，个子不高，眼睛特别小，发型跟爱因斯坦很像。他非常淡定，不管发生什么，好像都与他没有关系，他只关心自己的研究。我们闯进去的时候，他甚至都没抬头看我们一眼，只是说了一句，小心桌子上的试管。据我所知，柴哥尤其看重那个人。"

"就是那个疯子！"瘦子突然激动起来，"他满脑子都是搞研究，完全没有人性！"

瘦子忽然浑身颤抖起来，他痛苦地大叫起来，就像之前发作一样。

大晚上的，他撕心裂肺地叫，肯定会吵醒别人，边江赶紧拿起枕巾稍微卷了卷塞进了瘦子嘴里。过了一会儿，瘦子终于平静下来，他已经出了一身汗，就像淋了雨一样。

边江和田芳交换了一下眼神，把枕巾从瘦子嘴里拿了出来。

"估计他是受过类似电击的酷刑，一旦想起曾经的遭遇，就会出现一些应激反应。"田芳分析说。

边江点点头，附身面向瘦子，拍拍他的脸，帮他清醒一下："瘦子，你好点儿没？"

瘦子点点头，于是边江继续审问。

"你还知道什么？"边江问。

瘦子迟疑了一下："没有了，就知道这些。"

"瘦子，我知道你没跟我说实话。你以为保留点儿什么，我们就不敢对你怎么样，对吧？"

瘦子不吱声。

"我刚才说得很清楚了，所以别让我重复第二遍。你把知道的全说出来，然后我保证你活下去。但如果你有所保留，我现在就把你送回地下室，什么时候你想通了，我就什么时候把你带出来。"

边江并非开玩笑，瘦子听完顿时面露惧色。

"那个教授，本事很大，但其实柴狗并没有控制住他，他逃走了。柴狗应该正在满世界找他。"

"为什么一定要找到他，就因为他会研制毒品？"

"是的，因为他会制毒品，而且纯度很高，简直就是极品，所以谁要是能把他留在手下，那就是手里有了一棵摇钱树。"

"关于这个教授，你还知道别的吗？"边江问。

瘦子摇摇头，说就算是这些也是他很偶然听到的。边江看他确实没有力气说话了，于是把卧室检查了一遍，没有发现任何锐器，便和田芳离开了房间，来到了客厅里。

"咱们得派人来盯着他才行。"田芳神色凝重，考虑了片刻说，"翠花怎么样？他是你朋友，我看你也挺信任他。"

"不行，翠花不行。"

边江不让翠花来的原因，是不想他牵扯进太多事情。田芳为难地说："我信得过的人也不多。我很信任光头，但不知道他对这件事是什么态度，所以我还在考虑。"

"那就交给我吧，我去试探试探他的意思。"

其实边江并没有打算去找光头。因为像瘦子这么重要的证人，只有组织能给他最好的保护，也能问出更多有用的信息。

至于那教授，他的手里必定有大量证据，如果能说服他做污点证人，那柴狗这次就彻底完了。非但如此，如果证据充足，连黑龙也会被通缉，简直是一举两得。

"给瘦子看病的医生，你能联系到吗？"田芳问。

边江压根儿就没想让瘦子在这里住多久，他只需要找一个让田芳不起疑的方法，把瘦子交给警方。至于瘦子的治疗问题，既不在边江的能力范围内，也不在他的考虑范围内。

"我之前认识一个医生朋友，我明天联系他看看。好了，别担心，折腾了一晚上，赶紧睡吧。"

田芳点点头，看了看瘦子的屋子，又看看沙发，脸上泛起了淡淡的红。

"今天晚上就先在这凑合一宿吧，你睡在贵妃椅那边，我睡这一半。"

边江看着她脸红的样子，忽然很想抚摩她的脸颊，但手抬到一半，还是放下了："好，我收拾一下沙发，你先去洗漱吧。"

田芳简单洗了下脸，就回到了客厅。边江已经把凌乱的沙发收拾好，从瘦子的衣柜里找了两条毯子出来，干净一些的给田芳用。

等田芳躺下后，边江关了客厅的大灯，假装上厕所，坐在马桶上，把"龙头"的一切，以及审问瘦子的录音，全部以短信形式，发送到了王志手机上。

王志对于边江此次取得的进展，非常兴奋；他告诉边江，"龙头"的事情，边江不用再操心，警方会尽最大可能收集柴狗罪证。

边江快速编辑了一条信息，写道："王哥，我今天刚去了'龙头'，你们明天就把那封了，我怕自己会被怀疑。"

王志回复道："放心，我们会让这次事件，变成群众的举报。"

"那瘦子怎么办？"

"瘦子是重要证人，但警方必须以最隐蔽的形式将他带走，绝对不能暴露你的身份。这件事，我得向上级汇报。你现在按兵不动，等我消息。另外，柴狗给你安排的任务，你也要赶紧做，进一步取得他的信任。关于其他假药窝点，如果有了新的线索，也随时向我汇报。"

"收到。"

王志紧接着又发来一条短信："干得不错！"

边江嘴角上扬，心情也有些激动，然后他假装刚上完厕所，给马桶冲了下水，洗洗手，走出了洗手间。

他躺在沙发上，想着今天的收获，心情久久不能平复。关于自己接下来的任务，他想了很多。

"睡了吗？"沙发另一头忽然传来田芳的声音。

"还没，你也没睡？"

"在地下室的时候，你不是问我，为什么不敢离开柴哥吗？还有那张合影是怎么回事。"

边江把纷乱的思绪拉回到客厅里："嗯，为什么？"

"先跟你说那张照片吧。那照片上的男人其实是柴狗年轻的时候，但是那女人不是我，而是一个跟我长得很像的女人。"

边江的眼前立即浮现出那张照片，照片上男人的轮廓并不清晰，但感觉样貌还是很英俊的，那果然就是柴狗。

"就是因为你和那个女人长得一样，所以柴狗才不肯放你走吗？"

"嗯，柴狗很在乎那个女人。因为我和她长得像，他就一直把我当成她的替身留在身边。不过柴狗并没对我做什么过分的事情，只是定期会见我一面，让我陪他说说话。我就想着，只要找到那个女人，让她重新回到柴哥身边，我就解脱了，可惜一直没有找到，直到一个偶然的机会，我发现，老杜也在调查那个女人……"

老杜算是边江混入柴狗团伙后的第一位师傅。他的职务相当于柴狗团伙里的人事部主管，也负责培训新加入的成员。

田芳继续说："最初，我听到的版本是，那女人在一次车祸中身亡，当时她都怀孕八个月了，结果大人、孩子全都死了。这对柴哥的打击很大。但其实这个版本是柴哥自己杜撰出来的。"

"那真实的情况是？"

"后来我在老杜的档案里，发现了那个女人的照片，发现老杜也在找她。我跟老杜软磨硬泡了一番，才让他跟我说了实情。原来，那个女人是偷偷离开柴狗的，走的时候，怀着孕。换句话说，是她甩了柴狗。这对柴狗的打击非常大，所以他才对外说，那个女人死了。"

"太奇怪了。"边江喃喃地说。

"什么太奇怪？"

"怀孕八个月，突然离开深爱自己的男人，不奇怪吗？一定是发生了什么事情，让她不得不离开。"

"嗯，你说这个，我倒是想过。我还问过老杜，那女人离开的原因。但除了柴狗，没人知道真相。"

边江想了想，说："可能是认清了柴狗的为人，不想让孩子有这样的爹。可能是她有苦衷，不得不离开。也可能是之前一直想逃走没机会，那天终于等到了机会。"

田芳皱着眉头，若有所思："这个……我也说不太好，也有可能那女人是遇到了什么意外。反正我就知道柴哥很爱她。"

"说说你吧。到底为什么不敢离开柴狗？如果你想，你甚至可以去报警，把柴狗投进监狱。"

"如果我离开他，他就会把我杀人的证据提供给警方，还有我待在他手下做的所有事情，他都有记录。那些罪证加起来，我不是无期就是死刑。"田芳说得很平淡，"我宁可留在他身边，也不想坐牢，不想死。"

边江想了想："那你到底杀人了吗？"

田芳沉默了片刻，回答道："没有，我从没杀过人。但我不知道该怎么证明自己的清白，没人相信我。"

"我相信你。"边江说完，心里默默地补充了一句：也会竭尽全力，帮你证明自己的清白。

他从沙发上坐起来，借着窗外照进来的月光，看见田芳侧脸，她神情凝重望向窗外，好像有难以言说的苦衷。

"等将来有机会了，我会把我的故事，全都告诉你，我累了，先睡吧。"

"好。"边江凝视田芳安静的脸庞，过了一会儿，看她似乎睡着了，才俯下身子，在她的额头上印下了一个浅浅的吻，然后重新躺好，渐渐入眠。

当边江睡熟后，田芳睁开了眼睛，她用手轻轻摸了摸自己的额头，嘴角轻轻地扬起来，长这么大，她第一次感觉到，不那么孤单。

·第六章　社区大妈·

第二天一早,边江被煎鸡蛋的香气弄醒。他看到田芳正在厨房准备早饭,便走了过去。

"你醒啦?正好早饭做好了,去漱漱口来吃吧!"

边江洗漱完毕在简易餐桌边坐下,吃着田芳亲手做的早餐,感觉他们就像一对平凡的小夫妻,心里产生另一种不真实的幸福感。

边江简单问了瘦子的情况。田芳说他虽然没有再发作过,但开始发烧了,所以还是要尽快找到医生。边江点点头:"我去找光头的时候,你自己在这里没事吧?"

田芳点点头:"放心吧。"说完还一直看着边江。

"你好像有话要跟我说?"

"也没什么,就是突然想起一件事,有点儿好奇。"田芳垂下眼帘,喝了口牛奶。

"什么事啊?"

"你好像认识可心,跟她的关系还挺好的?"田芳看似漫不经心地问。

"可心?哦,只是认识。你们也是朋友吗?"

"算是吧,但不是很熟,我看到她在朋友圈里发了跟你的合影。"

"你说那个啊,我们在酒吧街碰巧遇到,就一起吃了消夜,你不要误会啊!"

"我有什么好误会的。"田芳看他一眼,笑了笑,边江却听出了酸溜溜的味道。

"我们两个原本是在咖啡厅遇到的，我不小心把咖啡弄到了她衣服上，后来帮她洗衣服什么的，一来二去就成了朋友，但只是普通朋友……"

田芳笑笑："真的不用解释了，你们就算不是普通朋友也没关系。"

边江有些失落："对了，你们怎么会认识的？安然也认识她，她到底是不是这个圈里的人？"

田芳的回答模棱两可，她说可心既是这个圈里的，又不是。

"什么意思啊？"

"她很有钱，你肯定也看出来了吧？因为她父亲很不简单，听说是像柴狗一样的人，不过她并不是混黑道的，只是一个养尊处优的大小姐罢了。"

两人正说着话，里屋突然传来瘦子剧烈喘息的声音。边江和田芳连忙赶到屋里，发现瘦子的脸都变成了紫色，眼睛瞪得大大的。

"有没有治哮喘的喷雾？"边江着急地问。

"我怎么会有那种东西啊！"田芳也很着急，然后走到瘦子身边，用语言安慰他，帮助他放松。

瘦子这次发作，过了好半天才逐渐恢复平静。边江没有心情继续吃饭，打算立即去找光头，然后找医生来帮瘦子看看。瘦子非常关键，绝对不能出任何差错。边江穿好衣服，叮嘱了田芳几句，就出了门。刚要坐电梯下楼，突然发现自己出门太着急忘了带手机，便又折了回去。

边江没有钥匙，正准备敲门，却听到屋里传来瘦子吃力而沙哑的声音："可心的事，你为什么要骗他？"他大概是说话困难，所以就格外用力，声音也比较大，即使边江站在门外，也能听见大部分。

田芳是怎么回答的，边江没有听见，心里却不是个滋味。关于可心，田芳真的欺骗他了吗？田芳为什么要骗他？

就在这时，门"吱呀"一声开了，边江本来在愣神儿，听到声音后浑身猛一哆嗦。

并不是瘦子家门打开了，而是隔壁人家的。

一个五十岁上下的中年大妈，从贴着福字的门里走出来，她盘着头，画着浓眉和眼线，一出门就注意到了边江，并一脸狐疑地盯着他。

边江看着大妈从自己面前经过，朝着电梯口走去，谁知这大妈突然又折了回来。

她侧着身子，皱着眉头盯着边江："你是谁呀！鬼鬼祟祟在这干吗呢？"

那声音极有穿透力，估计楼上楼下的住户都能听见，边江一下子站直了身子，手足无措地看着那大妈。

"阿姨，你误会了，我是这屋住户的朋友……"

"这间屋子早就没人住了！"大妈铁青着脸，说话间就要去敲另一边住户的屋门，像是要团结所有邻居来抓边江似的。

边江慌了，他们和瘦子在这里的事情，不能让任何人知道。

如果待会儿这大妈一口咬定边江是坏人，真叫来了人，要和房主对峙什么的，那就麻烦了，更严重些，可能还会发现瘦子的事情。

"阿姨，您别嚷了，我现在敲门给你看，你不就知道我骗没骗你了？"

还没等边江敲门，田芳把门打开了。

"老公？你怎么还没去上班？这是吵什么呢？"

田芳探出头来，满脸疑惑，不知道什么时候她的身上多了一条围裙，看那样子的确很像个小媳妇儿。

那大妈看看田芳，看看边江，这才没再敲邻居的门，与此同时，她往屋里看了看，当然什么都没看到，因为田芳把门口堵得严严实实。

"不对吧？我记得以前这里是个单身小伙子，后来那小伙子搬走了，再后来……算了，我就怕你俩是……"

大妈没有说完，把后半句咽了回去，大概是因为她也不确定，怕说出来不合适。

边江知道大妈八成是想说，田芳在行窃，边江在外放风。但大妈没说出口，主要是怕边江和田芳真的是新来的住户，以后也要做邻居，第一天见面就说人家是贼，怪尴尬的。

"我忘带手机了，你帮我从沙发上拿一下吧，我就不进去了。"边江很自然地说着。

田芳点点头，很快把手机递给边江。边江拿着手机冲着大妈晃了晃，笑道："阿姨，你看，我真没骗你。"

说完边江又扭头冲田芳笑笑，凑到她脸边亲了一下："亲爱的，我走了。"

田芳红着脸，点点头，关上了门，边江则来到电梯口，跟那位大妈一起下楼。

"哎，看你俩是正经孩子，那我就放心了。"

"刚才您那么紧张，是不是以前这小区招过贼？"

"哎，可没那么简单！"那大妈眼睛一斜，"刚才你爱人在，我没说，怕吓到她。其实我跟你说的那个小伙子搬走后，有三四个男的和一个女的来过，就是前段时间的事情。那女的特别漂亮，又年轻。当时他们很用力地敲门，跟催债似的。我吓傻了，躲在屋里不敢出声，连报警都忘了。"

"有这事？"边江好奇地问。

其实他心里揣测，那可能是柴狗派人来找瘦子，这么说来，柴狗是知道这里的，但应该不会想到边江和田芳又把瘦子带回来了。

"可不是嘛，更离奇的是，那个明明搬走的小伙子真的就在屋里，结果那个漂亮姑娘就让人把他带走了。"

边江不禁想，原来瘦子是在这里被抓住的，他还敢让边江把自己带回来，估计想的是最危险的地方也是最安全的。

他挠挠头，流露出害怕的神色："哎呀，您说得我都不敢住了。"

"你们是租户吧？既然房主重新出租了房子，说明事情都解决了，所以你们就放心住吧。以后咱们都是邻居，还要互相照应啊！"

边江感激地点点头，这时他们已经走出了楼道口。

"我看啊，没准儿是那小伙子背着女孩儿出轨了，就被教训了。"边江随口说道。

大妈一撇嘴，唏嘘道："我看不是。当时他们在楼道里说的话我都记着呢，那小伙子好像很无辜，说什么'可心你不是从来不插手吗？'漂亮姑娘就对那个小伙子说：'那也要分是什么事情。你对边江干的那些事情，我们都知道了。'后来啊，那小伙子就想跑，没想到那姑娘可利索了，一下子追上去，把他摁在了地上。啧啧，小丫头不简单。”

边江听到可心和自己名字的时候，心里猛地揪了一下。

“那他们光天化日的，把人带走，保安不管吗？”

“就是说啊！保安那天都没在岗位上，自打我搬过来都没出现过这种情况。我老头儿说别管闲事，让我就当不知道，省得给自己惹麻烦。这事也就拉倒了，但是我心里一直是个疙瘩。我要是当时报警了，没准儿小伙子就不会被带走了。哎，也不知道他最后怎么样了……”

这时，大妈指了指跟小区大门相反的方向：“我要去那边车棚了。跟你说的这些，你知道就行了，也不用害怕。咱们现在毕竟是法治社会，没事的！”

经过大妈这番绘声绘色的描述，边江已经明白，那天瘦子就是被可心给带走的。可心未必是想要害瘦子变成这样，但她把瘦子揪出来，让瘦子落入柴狗手里，瘦子就注定不会有好下场了。

至于可心是怎么知道瘦子曾经企图谋害他，边江也有了一些猜测。

瘦子骗边江去汽车维修站，想害死边江的那天，是可心送边江去的。边江后来化险为夷，想必是可心暗中帮助。还有一点非常重要，可心认识柴狗，而且她应该就是柴狗团伙里的人，只是很少插手团伙内部的事情而已。

刚才瘦子不是也问田芳，关于可心的事情，为什么撒谎。这就说明，可心并不简单。她到底是谁？在团伙里扮演的是什么角色？这些都是个未知数。

边江想，也许该把可心这条线索汇报给王志，但拿出手机想了想，却又放回了兜里。他决定先调查清楚可心的身份再汇报，以免组织上采取行动，打草惊蛇。

边江心不在焉地走出小区，猛然想起前天和凌哥见面后的情形，可心碰巧遇到他，后来凌哥就出事了。而边江却因为可心的保护和做证，毫发无损。既然可心是团伙里的人，有没有可能，是她带人伤的凌哥？

如果真的是这样，那可心岂不是已经知道了他的警察身份？如果知道边江是卧底，为什么不揭穿？就因为喜欢他？边江越发困惑了。

不过和大妈的聊天儿，倒是给了边江一些启发，他想到该怎么把瘦子交给警方，而不让自己引起怀疑了。

其实也很简单，警察来带走瘦子时，只要说是邻居举报，房间里有异常动静就可以了。因为瘦子的确会时不时发作，痛苦哀号几声。

这样一来，就不会有人怀疑到是边江把瘦子交给了警方。想清楚怎么做之后，边江就把自己的想法告诉了王志，王志也很快回复了他，说上头也是这么批示的，正想要通知边江做好准备，明天晚上，就会有相关警员过去，带走瘦子。

瘦子的事情有了解决的办法，边江松了口气。他坐在车里，拨通了光头的电话，询问他在不在诊所。尽管瘦子明天晚上就会被警察带走，作为重要证人保护起来，但边江这边的戏份还是要做足。他会按照和田芳商量好的办法，去找光头来照看瘦子，然后联系医生来给瘦子看病，再假装朋友没空儿过来。瘦子这事就算过去了。

电话那头，光头迷迷糊糊地接听，嗓子微微沙哑，一听就是昨晚喝多了。

"我在，咋了？咦，你昨晚没回来？"光头奇怪道。

"没有，出了点儿事，待会儿见面说吧！"边江说完匆匆挂了。

边江来到诊所的时候，是早上九点，一进屋就看见光头在沙发上半躺着，穿着一条大裤衩，一双人字拖，上身没穿衣服，露出左肩至胸口的大片彩色文身。

他百无聊赖地看着新闻频道，电视台正好播放一条警察连夜查抄假药作坊的新闻。记者称，有居民闻到地下室里的恶臭，报警后，没想到竟然是一个假药作坊，警方已经立案调查……边江不动声色地扫了一眼电视，来到光头面前。光头关了电视，看向边江："家里就我自己，出什么事了，直接说吧！"

边江一愣，没想到光头一眼就看穿自己的心思。

他在光头旁边的独立沙发上坐下："瘦子找到了，被柴哥折腾得挺惨的，想让你帮忙照顾几天。"

光头若有所思地点着头，拿起茶几上的软中华，弹了弹烟盒，抽出一根烟点了起来。

吐出一口烟雾后，光头用一种能看透人心的犀利眼神望向边江："让我猜猜，是不是我帮了你们，就等于背叛了柴哥？"

边江没有回答，算是默许了。

光头笑了，又抽了一大口烟："如果真是这样，那你就不用担心了，我愿意帮你们。至于柴哥嘛……"他无所谓地撇了撇嘴。

边江微微蹙眉，疑惑地看着光头："为什么？"

光头笑了："什么为什么？为什么我敢跟柴哥作对？"

边江点点头。

光头眯起眼睛盯着电视机。

"我就是觉得，人活这一辈子吧，说短不短，说长也不长，尤其是咱们，不知道哪一天就是自己的祭日。既然这样，做事就没必要瞻前顾后。既然兄弟让我帮忙，我就没有不帮的道理。至于你为什么不把瘦子这叛徒交给柴哥，我不关心。"光头微微起身，弹弹烟灰，又重新坐好，"我当惯了坏人，坑蒙拐骗，打打杀杀，这条不归路我是越走越远！所以呢，我倒是想试试当好人！"

光头说到最后，看了边江一眼。

边江心里一惊，难道他什么都没说，光头就已经判断出来，他是想利用瘦子，追查柴狗的罪证？

"我可没说让你去当好人。只是让你照顾一下瘦子。"

光头笑了笑，看一眼边江，熄灭了烟，站起身来："行啦，啥也别说了，走吧！"他随便套上一件大T恤，拿起手机、钱包就出了门。倒是边江傻傻站在原地，不知如何是好。

"喂，到底是你求我，还是我求你啊？！"光头站在门口，"快点儿，别慢吞吞的。"

边江连忙"哦"了一声，说自己回屋拿点儿东西，让光头去车上等他，说完把车钥匙扔给光头。待光头离开后，边江回到屋里，从抽屉的夹层里拿出有车载录像的U盘便出了门。

车上，光头问边江，瘦子现在到底什么情况，挺惨是有多惨。

"一言难尽，等到了你就知道了。"边江想让田芳来说这些事情。

回到瘦子家里的时候，是上午十点半，光头看见瘦子的瞬间，竟然都没敢认。他弯腰低头，仔细看了瘦子一会儿才说："兄弟，你这可真是现世报啊，多行不义必自毙呀！"

瘦子拉着脸，连跟光头斗嘴的劲儿都没了。

"你说吧，再难听的话……我也能受。"瘦子悲哀地看着天花板，"反正我已经废了，这是事实。"

光头撇撇嘴，拍了下瘦子那条完好的腿，没说别的，走出了房间。

田芳和边江在客厅里，把瘦子的事情跟光头交代了一遍，并说出希望他能看着瘦子，防止他想不开。光头在屋里子晃晃悠悠、溜溜达达，检查了各个角落，又走到阳台，看了下四周的环境。

"行，暂时先在这儿。不过，我建议尽快从这儿搬走。这地方太容易暴露了。你们不是说他有时候还大喊大叫，准保被邻居投诉，到时候我也不能一棍子打晕他！所以最好给他找个偏远的地方。"

光头想了想又说："对了，医生联系好了吗？"

边江连忙说，已经联系了，今天下午，医生就能来。光头和田芳放心地点了下头。

等到了下午，边江假装接了一通电话，挂了电话，对田芳和光头说，自己那位医生朋友接了一档急诊，临时来不了，只能等第二天了。光头和田芳都没有怀疑。

"我和田芳有点儿事出去一下，光头哥，你自己看着瘦子没事吧？"

"不就是看着他吗？简单，你们去吧！"

之后边江带着田芳去了最近的一家网吧，让田芳看了U盘里的车载录像。

田芳来来回回快进着看了三遍，始终皱着眉头。

"怎么样？"边江着急地问。

·第七章　双重人格·

田芳说："通过路标可以大概知道这地方在哪儿,但后面就没有路标了,所以我不敢说……倒是有点儿像我们原来去过的一个地方。"

"你们?"

"对,当时黑子,也是柴狗手下一个小家的家长,黑子请我和另外几个家的家长,一起去周边山里农家乐,其实我对那些不感兴趣,但又不好意思驳了人家的面子,就去了。后来我才知道,根本不是什么农家乐,而是柴狗让黑子带着我们去村子里找一个人。"

"那黑子为什么不跟你们直说?"

"怕我们走漏风声呗!"

"那要找的人是?"

田芳看了一眼边江,显然犹豫了一下要不要说。

"是一个警察。"田芳说。

"警察?你们为什么会去找警察?"

"确切地说,是曾经当过警察的一个人,是个便衣,后来不干了,就躲进了村子里。他的故,我知道的也不多。"田芳说。

边江越发好奇起来:"那你肯定见过那个人,也知道他叫什么吧?"

"我们没见着。我们去的时候,那人已经跑了,就知道他叫'老凌'。"

听到田芳说"老凌",边江心头一紧;他一直不明白一件事,就是李刚为什么在私下里,让别人叫他凌哥,所以当他听到田芳说便衣"老凌"

的时候，不免产生了怀疑，莫非李刚跟这个老凌有什么关系？！

"柴狗为什么要找那个便衣？"

田芳摇摇头："那我就不知道了。"

"过两天，我想亲自去那里看看，能不能把具体的路线告诉我？"

田芳想了想："到时候我陪你去。正好，我也有件事想做。"

边江看出她不太想说，便识趣地没再追问。

"对了，我一会儿要去办点儿事，你要去什么地方吗？我可以先送你过去，再去办我的事。"

田芳却说："我今天没什么事。不如让我跟你一起去吧？"

边江面露难色，挠挠头。

"怎么，不方便？"

"就是很无聊的一些事情，监视神龙什么的，你不会感兴趣的，还不如回家好好睡一觉。再说，你不怕被柴哥的人看到咱们两个在一起啊？"

"我不困，也不会有人看见咱们，让我去吧！"边江看了一眼田芳，发现她格外坚决，就问她，今天这是怎么了，突然对他的事情这么感兴趣。

"因为我知道你不是去调查什么神龙。"田芳手指间绕着一缕头发，狡黠地看着边江。

边江的脸色有些难看，他从 B 大九楼实验室里偷出来的档案里，记录着一个试药人的信息，边江总觉得那个人的很多症状，跟"龙头"实验室里试药人的症状很像，再加上"龙头"就在 B 大附近，组建"龙头"实验室的人，也是一个教授。

所以边江想去找找那个试药人，看看能不能发现新的线索。但如果田芳跟着，他该怎么解释试药人的信息从哪儿来的？

田芳绕着头发的手指突然停下来："希望我跟你统一战线，这可是你说的，现在却不肯跟我说实话，你这样可就没诚意了。"

谎言一旦开了头，就需要源源不断的新的谎言来掩盖，边江不想对田芳撒谎，但如果跟她说实话，零度和李刚的事情就暴露了，他的卧底身份也将会败露。

"我可以带你去，但能不能先答应我一件事。"边江低沉着嗓音问。

田芳挑了下眉毛，想了想："可以，你说。"

"有些不方便跟你讲的事情，你先不要问；我会在合适的时候，把一切都告诉你。"

"好。"田芳痛快地答应。

"那我们到底要去干吗？你总可以告诉我吧？"

边江想，既然决定带田芳去，自然要跟她说清楚。只要不暴露卧底身份，其他信息，是可以和田芳共享的。

于是他告诉田芳，自己无意间得知B大学有一个秘密实验室，里面研制的都是一些新药物，实验室还招募了一批试药人。而自己这次要拜访的，就是其中一个试药人，名叫杨子瑞。

田芳一听，马上想到了"龙头"实验室里那些可怜的试药人，问边江，是不是也觉得这两者有联系。

"没错，B大的秘密实验室距离'龙头'实验室很近，两个实验室都是由一位教授挑头成立，又都在研制新型药物，我很难不把他们联系在一起，再加上试药人的档案上记录着试药人产生的副作用，跟你告诉我的那些很像。我就想去调查一下，也许能有一些新的线索。"

"你是怎么知道B大学实验室的？"

田芳的这个问题，让边江有点儿无从回答，他只好对田芳说："这个问题，我以后再跟你解释。"

田芳抿抿嘴："好吧，那试药人的住址具体在哪儿？"

当边江把试药人的家庭住址告诉田芳后，田芳若有所思地点了点头。

"你认识？"

"不，我不认识，但是他家在的这个位置，我的确不太方便去。那小区里住着柴狗的几个手下，我怕他们碰见咱们两个。"

"既然这样，那我自己去就行了。"边江说。

田芳想了想，说："不用，我有别的办法。快走吧！"

边江想了想，觉得带上田芳也无妨，就同意了。在经过商场的时候，田芳突然让他停车。

"怎么了？"

田芳冲他眨了下眼睛，很神秘地笑了笑："给我半个小时，我去叫个朋友。"

边江一头雾水，只好把车停在停车场上，在车里等着田芳。

半个小时后，一个二十多岁，留着银白色短发的女孩儿敲了敲他的车窗。

女孩儿戴着黑色墨镜，身穿哈伦裤，上身则是一件黑色宽松 T 恤，左小臂上全是文身。边江狐疑地落下车窗。

"田芳让我来找你的。"

边江看着女人的烟熏妆，心想这姑娘就是田芳的朋友？那田芳去哪儿了？

刚想到这，边江突然反应过来："你是……田芳？！"

田芳把墨镜往下拉了拉，趴在车窗上："怎么样？是不是连你也没认出来？"

边江点头："嗯，不过，你这妆有点儿浓，我不喜欢。"

田芳瞥他一眼，没好气地哼了一声，绕到副驾驶位置，拉开车门坐了上来。

"我也不喜欢啊，但这样才能不被人认出来。"

当他们到达试药人家里的时候，是下午两点，站在那人的家门外，边江看看田芳，她冲边江点点头。

边江摁响了门铃。门铃响了一会儿，一个模样清秀的女孩子打开了一个小小的门缝，一脸警惕地看着边江，可以看出门上挂着安全闩。

现在一般住户很少安装这样的安全栓，边江只在宾馆里见过，由此可见，这个试药人的家人相当警惕，或者说，他曾经遇到过一些不速之客。

女孩儿的年龄大概是十二三岁，眼神里有一种边江没见过的阴郁。这根本不是她这个年龄该有的神情。

"你们找谁？"她从门缝里警惕地看着边江问。

"我们找杨子瑞，你是他的妹妹吧？"边江大概猜到了女孩儿的身份。

谁知，女孩儿发现边江正往里看，便把门缝开得又小了些。

"我哥不在家，你们改天再来吧！"她凶巴巴地说道。

"不在家？他干吗去了？"田芳往前凑了凑，声音尽可能表现得友好些。

然而女孩儿之后的反应，却让边江大跌眼镜。

她冷哼了一声，拿着手机冲着田芳晃了晃："你们再不走，我就要打电话叫保安上来了。"

田芳连忙举起手，后退一步："好好好，别着急，我们确实找你哥哥有些事情。他到底什么时候来，你告诉我们一声……"

没等田芳说完，女孩儿往地上啐了一口，"砰"的一声，关上了门。

田芳一脸无辜地看着边江："好厉害的小姑娘，你可没说会遇到这么一个孩子。"

边江皱着眉头，想了想，片刻后，他重新按响了门铃，这一次他按得格外急躁，一边按门铃，还一边敲门，跟催债一样。

田芳赶紧抓住边江的手："你干吗呀，不怕把邻居都惊动了？"边江告诉田芳，这个病人的档案中有记录，病人胆子很小，非常怕吵闹，所以他这么敲门，病人肯定受不了，那小姑娘必定会来开门。

果然，边江又敲了一会儿，女孩儿把门打开了。边江直接贴在门缝上对女孩儿说："我知道你哥哥就在里面。不管你怎么想的，我们跟以前那些来找他的人不一样，不会喂他吃乱七八糟的东西，也不会吓唬他。"

女孩儿"呼哧、呼哧"地喘着气，怒视边江："那你们要干吗？"

"帮他，信不信由你，反正受罪的是你哥，不是我哥。"边江坦然地回答。

隔着门，女孩儿又跟边江对峙了片刻，终于放开了防盗闩。

女孩儿打开门，待边江和田芳走进门里，她连忙把家门关上，又重新上了门闩。

屋里有一股衣服发霉的臭味，田芳不禁皱了下眉头，边江倒是没表现出来。

女孩儿好像注意到了田芳的神情，默默走到阳台，把窗户打开了。

"我哥哥平时不喜欢屋里开着窗户，他怕风、怕吵，我就养成习惯了。"

"哦！没事没事。"田芳连忙摆手。

"坐吧。"女孩儿就像大人一样，招呼边江和田芳坐在沙发上。

坐下后，边江观察着屋子，家具都很老旧了，墙壁也蒙了一层灰，但收拾得干净整洁。

边江问女孩儿："你父母去上班了吗？"

"我没出生，他们就死了。"她语气平淡，好像在说跟自己毫不相关的人。从她简短而无味的语气中，边江感觉到，小女孩儿并不想继续这个话题。

"你们到底是什么人？"女孩儿问。

"你哥的朋友。"边江和田芳异口同声地回答。

然而这么一致的回答并没有打消女孩儿的疑虑。她皱了皱眉头："你们不要以为我是小孩子就想糊弄我，我哥没有朋友。你们是想利用他，我知道。但我现在就想知道，你们是不是真的可以帮他。"

好厉害的嘴巴，好成熟的孩子，边江不禁在心里感叹。

他瞥了一眼门口放鞋的木架子，没有男士拖鞋，倒是有一双男士皮靴和一双运动鞋，很干净，另外就是一双很旧的女运动鞋，仅有的一双女士拖鞋穿在女孩儿的脚上。

"既然你喜欢打开天窗说亮话，那好，现在就让我们见见你哥。只有跟他谈过之后，我才能确定能怎么帮他。"边江和善地看着小女孩儿。

小女孩儿的眉头皱得更紧了，她盯着边江，一副不可思议的表情。

田芳也用诧异的眼神看着他。

"我跟你说了，我哥不在。"女孩儿很生气。

"为什么不敢让他见人？"田芳直截了当地问。

女孩儿薄薄的嘴唇抿成一条细线，看起来很纠结。

"你哥哥要是出去了，门口至少会有一双他的拖鞋吧？他的鞋子都那么干净，显然很久没出门了。而且我知道他现在的情况根本出不了门。"

女孩儿低下了头。

"我不想让你们见我哥哥，是因为他的身体很差，免疫系统出了问题，很容易感染病毒。另外他的精神也不稳定，每次见完生人，他的病情都会加重。我不敢相信你们，所以我必须问清楚，你们到底要怎么帮我哥。"

女孩儿的警惕性很强，田芳便拿出十二分的真诚对她说："我们没办法向你证明，也不能保证百分之百帮助到他，但你哥哥已经这样了，就算有一线希望，也得试试，不是吗？况且你哥哥并不是唯一的受害者，我们就算治不好他的病，能通过你哥哥知道一些凶手的信息，把害人者绳之以法，不也是替你哥哥报仇了吗？"

"真的？"

"当然，这就是我们来调查的目的。"边江回答。

小女孩儿考虑了一瞬，站起来身来："那跟我来吧！"

她带着边江和田芳来到里屋门外，门上挂了锁，但是锁是打开着的。

"哥哥从那里回来后，就一直没有安全感。他必须听到我把他锁在里面的声音才安心，不然就睡不着。"小女孩儿小声对边江和田芳说道。

边江问小女孩儿，是不是以前她哥哥做试药人的时候，也经常被人关着。

小女孩儿默默点头，打开门，轻声走了进去。

屋子里光线很暗，拉着厚重的窗帘，衣服发霉的味道更重了。边江觉得那是屋子里常年不见阳光而散发出来的味道。

小女孩儿突然停下来，低声嘱咐了句："待会儿无论如何，请你们保持镇定，不要吓到我哥哥，他不会伤害你们。"

边江和田芳一同点了点头，边江也越发好奇了。

女孩儿的哥哥在床上侧躺着，脸是朝着窗户那边的。当他听到动静后，马上把身体蜷缩起来，警惕又紧张地问："谁？什么人！"

"哥，是两位警察来看你了。"

对于小女孩儿这个说法，边江感到诧异，但很快就想明白了，一定是她哥哥希望有警察能帮助自己，但出于某种原因，小女孩儿不敢报警，大概只有说是警察，她哥哥才会放松警惕，跟人好好说话。

当她的哥哥转过身的那一刻，边江和田芳几乎同时倒吸了一口冷气。

他的脸，蜡黄蜡黄的，牙齿几乎都脱落了，脸颊凹陷，双目无神，就像死人一样。这让边江一下子想到瘦子。

"你好。"边江往前走了两步。

"吓到你们了吧，警察同志？"他的嗓音很有磁性，只是听起来有气无力。边江听到他叫自己"警察同志"，内心泛起一丝苦涩。他怎么都不会想到，自己明明就是警察，却要来假扮警察，而且他很喜欢这个称呼。

"没有。"

"抓住害我的人了吗？"

他马上又说："你们没有说是我报案的吧？要是让他们知道了……那可就完了，你们替我保密了吗？"

他反反复复地问，小女孩儿连忙上前安抚他，这才把情绪稳定下来。

"没有人知道你报警，放心吧。我们正在调查，有些眉目了，但需要你再配合我们一些事情。"边江义正词严地说。

"嗯，好。"他坐起身来，然而就是这个简单的动作，他累得满头大汗。

这么看来，他除了身体虚弱以外，似乎没有精神问题，边江想。

"对于把你害成这样的人，你知道多少？"

对方没有回答，但边江隐约看到他的身体在战栗。

"你要是没想好，可以先跟我们说说实验室里的情况，不着急，慢慢来。"

谁知，男人突然用女人的嗓音，颤抖地说："主人……主人要是知道了，会扒了我的皮，挂在他家的客厅里！"

·第八章　试药日记·

　　这显然是人格分裂的表现。小女孩儿的哥哥在极度恐惧，无法调节自己的情绪时，这个女人的人格，就会出现。

　　小女孩儿低下了头，神情黯淡，什么都没说，但通过她的眼神，边江就明白了一切。

　　她刚才说过，她哥哥精神方面有问题，恐怕就是指的这个。

　　对于边江来说，这倒未必是件坏事。因为他或许可以通过这个人格，了解更多实验室的事情。

　　"你说的主人？是什么人？"

　　小女孩儿的哥哥立即抱紧自己，不停地摇头，继续用女人的嗓音说："不能说，我不能说，绝对不能……"

　　"你的主人听不到的，我们不会告诉他，你现在很安全，放心吧！"

　　"我不相信你们，你们都是骗子！"他捂住了自己的耳朵。

　　小女孩儿示意边江和田芳先出来。关上门后，她才小声告诉边江："我跟你们说过了，他很抵触外人，也从来不敢详细谈论实验室的事情，甚至连我都不告诉。"小女孩儿绝望地说。

　　这时，田芳往前走了两步："让我单独跟他谈谈吧！"

　　边江和小女孩儿面面相觑，诧异的同时，也都不太相信田芳。

　　"芳，你确定吗？"

"跟双重人格的人沟通，我还是有一套的。"田芳说得很平淡，也很有自信。

小女孩儿就问她是心理医生吗。

"心理医生有时候反而起反作用，因为手段太多，而这类病人往往警惕性很强，一下子就能意识到别人在对他耍手段。"田芳顿了下，继续说，"我不过是接触过一个这样的人，比较了解他们的内心。"

这番话似乎打动了小女孩儿，她只提醒了句："那请你千万不要刺激他。"

田芳微微一笑，点点头。

边江和小女孩儿坐在客厅里，他试着跟小女孩儿说话，了解她和她哥哥的生活。小女孩儿倒是配合，只不过大部分回答都很简短。

经过简单的了解，边江得知，小女孩儿名字叫杨子西，12岁，哥哥杨子瑞今年25岁，他们的爸爸是个杀人犯，判了无期，但她坚持说，他们的爸爸死了。

小西出生后的第二年，她爸爸就因为杀了他们的妈妈进了监狱。此后，兄妹二人相依为命，15岁的哥哥带着两岁的妹妹住进了孤儿院，等到他成年后，就离开孤儿院开始独立生活了。后来他有了条件，把妹妹也接了出来，两个人这才住进了这个房子里。

这房子是小西妈妈生前好友的，借给两个孩子住，只需要他们自己缴纳水、电费就好，并不收他们的房租。

为了挣更多钱，让小西过上更好的日子，上更好的学校，培养更多的爱好，追求更多理想，哥哥一个人除了正常上班之外，还做了好几份兼职，直到有一天他听说了一个挣很多钱的工作，就是去那间实验室当试药人。

实验室在哪儿，吃的是什么药，公司的名字是什么，哥哥都没有跟她说过。

直到有一天，她发现哥哥病倒了，开始是怕光，后来怕水、怕风，而且体重越来越轻，经常会有类似癫痫的症状发生，小西才意识到事情的严重性。

给哥哥看病花掉了他们大部分积蓄，没有经济来源的他们，只能靠着妈妈好友的接济勉强度日。后来小西干脆就不上学了，在一个小饭馆里给人洗菜，挣微薄的生活费，这就是她和哥哥的生活。她没提过家里的其他亲戚，但如果有一个人能帮他们，他们也不至于落到这个地步，边江不禁感慨。

小女孩儿谈论这些事情的时候没有哭，也没有特别激动或绝望。

尤其是当她说："我也不知道这样的日子要过到什么时候。我常常想，如果这一辈子都这样过，那活着真的没什么意思。哥哥已经谈不上任何未来了，他在等死。我在等他死，等他死了，我也去死。"

"不要这么想。会好的，警察会帮你们，你放心。"边江试图宽慰她。

此后两个人陷入长久的沉默，直到田芳从里屋走出来。

边江立即从沙发上站起来："怎么样？"

"还不错。"田芳看看小西，似乎在犹豫要不要当着她的面说。

"没事，你说吧，我也想知道哥哥到底经历了什么。"她语气淡淡的，却很坚决。

田芳点点头，坐在沙发的一头。

她没有说自己是怎么问出来的，只是把结果告诉了小西和边江。

原来，小西的哥哥通过自己打工时认识的朋友，知道了一份可以挣很多钱的工作，就是当试药人，他只需要吃几片新型的鱼油，看看有什么不良反应，就可以得到不菲的收入。

直到后来，他才知道，自己吃的不是鱼油，而是一种新型的神经毒素，从一种罕见的海洋生物中提取而来。

而那个实验室完全是非法的。成立实验室的人是一个外号叫 π 的人，别人都叫他 π 教授。

这个 π 教授给他提供的所谓新型药物，其实是一种类似毒品的东西，服用后，他会变得极度亢奋，而且很暴力。每次药效过去后，他会精神萎靡，整个人格外空虚，然后他就想再次服用那种药物。

有一天他提前到了实验室，看见了另一个房间里的情况，那里是另一批试药人，那些人就像瘾君子一样，神志不清，当 π 教授给他们下达一些指令，他们会乖乖照做，就像个没有自主意识的行尸走肉。

小西的哥哥吓得跑出了实验室，从此不敢再去试药。可是戒掉药物却不容易，他的身体出现了严重的问题，当他想再去找 π 教授，却发现实验室好像蒸发了似的，凭空消失了。

"哥哥……怎么可能跟你说这么多？"小西的声音有些颤抖了。

田芳抿抿嘴，叹息一声，看向窗外："我原本也没想到，但后来得知他有一本日记，所以我就看了。"

"他让你碰自己的东西？他连我都不让看。每次我要看，他都大发雷霆。"

"所以，我是趁他睡着的时候偷偷看的。"

"不可能，他不会在陌生人面前睡觉，还不锁门。"小西狐疑而紧张地看着田芳，"你到底对我哥哥做什么了？"

"只是把他催眠了而已。"

"催眠？"小西满脸诧异。

"对啊，我以前跟着一个催眠大师学过。其实从我一进入那个房间，就开始对他进行催眠了。之后我说的每句话，都是安排好的，目的是让他慢慢放松警惕，走进我给他编织的梦里。"

小西激动地抓住田芳的胳膊："姐姐，你可以治疗我哥哥的病，对吗？"田芳非常为难地告诉女孩儿，小西的哥哥需要正规的精神护理。催眠的方法，只能治标不治本。而且有些药物带来的副作用是终身的。至于他的精神问题，营造一个轻松的环境，每天多陪他说说话，或许还能改善。

"那他的另一个人格会消失吗？"小西期待地看着田芳。

田芳遗憾地摇了摇头："据我所知，很难。"

小西马上皱起了眉头，失望中夹杂着愤怒。

"这么说，你们什么都做不了，不过是来问些问题。不管你们是要调查谁，也不管调查结果如何，我哥的情况都不能改善。"

田芳和边江对视一眼，两人心里都有答案，却不知道该怎么回答小西。

小西的肩膀一耸一耸的，呼吸急促，异常气愤："其实你们跟那些人一样，都是为了利用我哥哥！你们现在就给我走！出去！"

边江和田芳十分尴尬，狼狈地往外走，来到门口，在小西关上门的刹那，边江突然用手拉住了门。

"等一下。"

小西咬着牙瞪着边江，浑身紧绷着，就像个张开刺的刺猬。她想把门关上，却没有边江的力气大，只能怒视着边江，听他说完。

"小西，你哥是为了让你过上好日子，才到了今天的地步。错的不是你，不是他，也不是我们，而是那个教授和他的实验，甚至是他背后的势力。所以我们不是在利用你哥，只是单纯地想把坏人抓住，希望你去恨真正恨的人。别再这么痛苦地活着了。"

边江说完，小西的眼睛闪烁了一下，随后她"砰"的一声关上了门，屋里传来她的痛哭声。

边江很想帮她，却也知道，事到如今，想要走出困境，只能靠她自己。

田芳从兜里拿出笔和购物小票的票根，快速写下了一个电话，并备注：需要钱的话，找我。不用过意不去，可以算是我借你。至于什么时候还，你随意。

写完她把纸条插在门缝里，只要小西开门，自然可以看到。

然后她敲了敲门，跟门里哭泣的小西说，她和边江先回去了，给她在门上留了个纸条，最好看一看。

之后两人走出居民楼。

"你觉得她会开门吗？"边江问。

"会，她很要强。如果我们走了，她会稍微卸下防备。而且我敢肯定，她一定会给我打电话。"田芳微微一笑。

他们回到了车上，边江端详着田芳："想不到你这么有同情心，完全不像黑社会的大姐大嘛！"

"我只不过是拿柴哥的黑钱做点儿好事，积点儿德。再说，我的优点还多着呢！"

"哦？那你打算什么时候让我看到完整的你？"边江坏笑着看着田芳，言语间充满挑逗的意味，车内的气氛变得微妙起来。

今天的收获让他的心情大好，而且能和田芳一起做事很愉快。

"喂！你不要太过分，别怪我没提醒你，现在你可是非常需要我帮你的。如果你再说这样的话，我可就什么都不管了。"田芳气鼓鼓道，脸颊却泛起了红晕。

边江连忙认错，说以后不会再这么说话了，随即又问田芳是否真的会催眠。

田芳一下子就乐了："连你也信了？"

"你说的不是真的？"

"当然不是，我哪有那样的本事。"

"那你是怎么做到的。"

田芳笑着抿了下嘴："他无意说了自己有本日记，但是不告诉我在哪儿，说是他以前写的。我当时就想到，这么重要而私密的东西，他肯定会放在自己身边，再加上他不想对任何人说起那些事情，他肯定是在自己的房间里记日记。然后我就把他打晕了，从抽屉里翻了出来。他藏得相当隐蔽，用一块抽屉大小的板子做了夹层，可惜也没躲过我的火眼金睛。"

边江惊讶地张着嘴："这么说，所有的内容，都是你从日记上看到的？"

田芳得意地点点头，然后打开手包，把日记拿了出来。

这下边江更吃惊了："你还偷偷带出来了？万一被小西发现了怎么办，或者被小西哥哥知道了，他岂不是会崩溃？"

田芳摇头，说他是多虑了。因为小西不会碰她哥哥的东西，她太小心，生怕自己做任何事情都会引起哥哥精神崩溃，所以即使她知道了这本日记的存在，也不会碰；另外，她哥哥已经病成那样了，早就不记日记了，所以她哥也不会发现，就不存在精神崩溃一说了。

边江拿过那本日记，从第一页翻阅了起来。

里面的内容实在太令人震惊了，越往后看，边江越感到心惊。

原来，在小西的哥哥开始当试药人之后，他就开始每天记录自己的身体情况，吃了什么、喝了什么，有无特殊反应……

异常情况是他做试药人一段时间后出现的，里面详细记录的内容，令边江无比震惊。

最开始，他只是呕吐腹泻，但并未停止试药。π教授说，那是正常的，再过一段时间就好了。

果然，那种副作用很快就消失了。他继续试药，顺利进入了第三阶段。在这个阶段，药的剂量增多了，他的精神也开始出现问题。

起初是幻听，总听见有人在对自己说悄悄话。他不止一次提到，实验室里有鬼，说鬼魂要求自己替他们做事，他深信自己因为服用了奇怪的毒素，而导致身体结构发生变化，从而可以通灵。

而他帮鬼魂们做的事情才真的让边江感到可怕……

"这些你都看过了吗？"边江忍不住问田芳。

"还没看完，怎么了？"

"那我觉得你应该也跟我一起看看。"边江把日记拿到中间，两个人一页一页地翻看起来。

越往后看，两个人越紧张，边江几乎屏住了呼吸。

第三阶段的日记发生了很大变化，杂乱不堪，日期是混乱的，字迹也潦草，内容多半和试药的副作用无关，都是一些在实验室的杂事。

他写到这样的一些句子：

1月6日

今天π教授叫我参观了他的办公室……我看见很多人皮……都是女人的皮肤！

1月8日

我又看见鬼了，那个女鬼让我去把她偷腥的丈夫杀死，如果不做，我的妹妹就会有危险。我杀了她丈夫，把尸体放进了搅拌机。π教授的药太可怕了，我好像真的可以通灵了，但是我真的很害怕……

1月20日

我梦见自己变成了男人，而且我的身体很虚弱，也许我不该再吃这些药了，也不该再听 π 教授的话，我感觉这种药已经让我上瘾了，我好像被 π 教授控制了……不，不，我怎么能有这种想法？毕竟 π 教授帮了我那么多！

2月5日

我最近发现有人在偷用我的日记本，而且是个女人。难道我拥有了双重人格吗？

之后，日记又变得简洁起来，没有再出现混乱情况，但与此同时，他也出现了更加严重的病变。

怕风、怕水、怕光，就像感染了狂犬病毒，会因为感冒而病上一个月，总是看见奇怪的光点。这让他很害怕，后来他就不去做试药人了，最后一部分报酬也没拿到。因为实验室消失了，π 教授也联系不到了。

日记的最后一篇才最诡异，没有记录日期，写的内容是：

π 教授是魔鬼，他的药是毒品！我不会再记日记了，我会忘了那些事情，重新振作起来，好好照顾妹妹。

写完这段话后，日记本上就没再写过一个字。

"你还要继续调查下去吗？"边江问。

"你呢？"田芳

"我当然会继续，但你也看到了，调查这个 π 教授，会非常危险。"

"我不怕。"

"你真的没必要非跟我一起冒险。而且你也看到了，这件事已经超过了柴狗所涉及的犯罪活动，这应该是另一宗案子了。"

田芳却说："我看未必。假如 π 教授就是'龙头'实验室的那个教授，那就和柴狗脱不开干系。顺着这条线索找下去，也许能查出更多事情来。"

边江便问田芳，刚才和小西哥哥聊天儿的时候，有没有问一下 π 教授的长相。

"我问了，但他情绪不稳定，根本没办法描述清楚。"

边江默默点头，其实要想确定 π 教授是不是'龙头'实验室的教授，只需要跟零度要一张 π 教授的照片，让田芳看看就知道了。

而且，零度作为 π 教授的学生，或许知道怎么缓解那些试药人的后遗症。

一想到零度，边江就感到不安。尽管王志和赵局长都说零度可以信任，可如果 π 教授就是跟柴狗合作的那个教授，那零度和 π 教授又是师生关系，零度真的可靠吗？

对于这些重大发现，边江觉得必须立即汇报给王志。于是他对田芳说，让她先在车上等一下，他有点儿口渴，去买两瓶矿泉水。

田芳没有多想，她还在看那本日记。

边江进入便利店后，走到最后一排货架前，拨通了王志的手机，汇报了 π 教授的事情。

王志听完，沉吟片刻，对边江说："组织上，包括我个人一直很信任零度，他也曾协助破获过多起重大案件。但既然你怀疑零度包庇犯罪分子，甚至直接参与犯罪行为，那就尽快调查清楚。我也会派人监督零度的一举一动。另外，那本试药人的日记，你尽快去放到肉铺，到时候我会去取。"

边江想了想又问："我能不能带田芳去实验室。"

"只要不暴露你的身份，就可以带她去。顺便让她确定一下，π 教授是不是就是柴狗要找的那个教授。这非常关键。还有，提前跟零度说一声，让他把老李藏好。"

边江想了想，问王志："如果零度参与了犯罪行为，甚至跟柴狗也有关系，我该怎么处理？"

"你只负责收集信息，抓捕的事情交给组织。一旦确定零度参与过犯罪行为，立即汇报。毕竟老李还在零度那儿，务必不要打草惊蛇，否则老李也会有危险。"

"明白。"

得到了组织的同意，边江便不再犹豫了；他买好水，回到车上。

田芳问他，接下来去哪儿。

"B 大实验室。"

·第九章　身份暴露·

"咱们要不要准备些防身武器？"

"暂时不用，目前那里很安全。"

田芳没再多问。路上，边江说服田芳，把日记交给他，然后一路无话，两人怀着忐忑的心情，来到了 B 大实验楼下。边江拨通了零度的手机，确定零度就在楼上，这才跟田芳一起下了车。他们乘坐电梯，来到八楼，一出电梯口，就看见了零度。

他早就在等着他们了。

"来啦！"零度对边江笑了笑，目光落在田芳身上，笑容随即消失。他提醒过边江，实验室是高度机密的地方。所以当他看见边江还带了一个人来，而且还是柴狗团伙内的一个人，顿时警觉起来。

"这位是？"

"田芳，自己人。"

边江介绍完，田芳跟零度大大方方地打了招呼。零度把边江叫到一边，也不管田芳会不会多心，小声问边江怎么还带了一个人来，之前不是说好的要保密吗？

边江低声说："只要你别说漏嘴就没事。对了，凌哥还在那个房间里吗？要不要你去准备一下，把凌哥藏好。"

"不用。凌哥还在那间档案室里，一会儿你们不会碰面。他现在情况比较稳定。我请一个学医的朋友来给他看过，把伤口仔细检查了一遍，开了一些药，打了点滴，比之前好多了。"

听到凌哥没事，边江心里踏实多了。

"那女孩儿，真的没问题？"零度又问了一次。

"她是我的朋友，信得过。带我们上去吧！"边江说着走向田芳。

零度却一把将他拽了回来："不是。我跟你说过，这个实验室是完全保密的，真的不能让外面的人进去。"

"你怕什么？"边江说。

"你说我怕什么？怕泄密呗！"零度有些不满道。

边江笑了笑，说道："那正好，我今天就是要跟你谈谈这里的秘密。带我们走吧！"

零度愣了一下，眨巴眨巴眼睛，脸上的表情凝固了。过了一会儿，他才木讷地点了点头。

"既然你想好了，那叫上你的朋友，跟我来吧！"零度说完，独自朝着走廊尽头走去。

零度带着边江和田芳进入大门，来到了九楼。田芳很识趣，全程无话，眼睛时刻观察着四周。

再来这里的时候，边江已经感觉完全不同了，每一间实验室都透着诡异的味道，那些被白布遮起来的仪器，就像一台台临时休息的杀人机器，那瓶瓶罐罐里装着的，则仿佛是要人发疯上瘾的毒品。

边江完全可以想象，曾经在实验室里的人，是如何冷血残酷，还有那些紧闭着大门的房间，完全看不清楚里面的情况，恐怕不会比那地下室里好多少。

因为在小西的哥哥的日记中，他提到过，在试药期间，只是偶尔回家。

零度没有带他们去见李刚，大概是因为他还不信任田芳，所以先把他们带到了一间实验室里。

房间不大，有两台显微镜、一堆空试管，在房间的冰柜里，冷冻着一些药剂。

"你刚才在楼道里的话，是什么意思？什么谈谈这里的秘密？"零度直截了当地问。

"你老师有个外号，叫 π 教授吧？"

零度笑了笑："这你都知道？"

边江也对他笑了一下，又问他，有没有 π 教授的照片，田芳想看看是不是她找的那位教授。

零度对田芳有些戒备，但因为信得过边江，就点了点头，从手机里找出来一张之前他跟老师的合影，拿给边江和田芳看。

田芳看完照片后，把手机还给零度，表情凝重，点了点头："这就是那个教授。"

虽然边江早已预料到这个结果，但得到了确切的答案后，还是有些难以接受。

π 教授跟柴狗是合作关系，帮助柴狗制造假药。除此之外，他自己还丧心病狂地研究某种新型违禁药物，类似毒品，同时非法囚禁试药人，进行违法试药。从试药人的日记中，甚至发现 π 教授制作人皮画。也就是说，他是个不折不扣的变态杀人狂。

现在，π 教授的学生，就站在边江的面前，他是否参与过这些犯罪行为？

零度好奇地看向田芳，问："你在找我老师？有事？"

田芳看了一眼边江，对零度笑了笑："也没什么，就是之前听过教授的一次讲座，感觉很受益，就想亲自见见他。"

零度狐疑地看着她，心说，想不到诈骗团伙的成员，还对生物科技感兴趣。他对田芳说，教授出国了，暂时不会回来；如果真的想见教授，那就等教授回来了，让边江第一时间通知她好了。

田芳笑着点了点头。边江看零度的样子，不像知道 π 教授的底细，就试着问了他一些问题。

"你知道这间实验室是干什么的吗？"边江问。

"研究抗癌疫苗，我说过啊！"

"你参与这个实验室里的研究了吗？"

零度摇摇头，惭愧笑笑："我只是帮我老师管理这个实验室，也会偶尔用这里的设备，但我老师的研究，我没有参与过。边江，你到底想说什么？"

零度看起来不像是在撒谎。边江又拿出了那份偷走的档案，对零度说："这份档案是我上次从这儿偷偷拿走的。你看看，这个试药人，试用的药品，是你说的抗癌疫苗吗？"

零度皱起了眉头，问边江，为什么偷这里的档案。

"我这人就这样，好奇心重。你先看看再说。里面好多英文，我看不懂。"

零度打开档案袋，拿出里面的纸页，脸色越来越难看。

"不可能……这不可能，老师怎么可能做这种研究……"零度喃喃自语道。

边江就试探着问他，这上面到底写了什么，想看看零度会不会跟他说实话。

没想到，零度真的一五一十地解释了档案里记载的内容，没有丝毫的隐瞒，而且看起来，零度也是第一次知道他的恩师——π教授，根本就没有研究什么抗癌疫苗，这间实验室不过是挂羊头卖狗肉。

"关于你的恩师π教授，你不知道的事情，还有很多。"

"你什么意思？"零度瞪着发红的双眼，看着边江。

"他丧心病狂的程度，可能远远超过了你的想象。"边江看着零度的眼睛说道。

零度摇头："不，不会，教授这一辈子，潜心钻研。他最大的心愿，就是研制出一种可以预防癌症的疫苗。怎么会谋害人命？"

边江看了一眼田芳，让她把自己亲眼看见的，π教授在"龙头"实验室里的所作所为，全都告诉零度。

当田芳说完，零度的脸上显露出了悲愤、失望的神色。π教授是他的偶像，是他的精神导师，但在这一刻，偶像的形象崩塌，他没办法接受这样一个事实：他多年来追随的人，竟然是个魔鬼。

看到零度这么痛苦，边江反而放心了。这至少说明，零度自始至终都被π教授蒙在鼓里，他也没有参与过任何犯罪行为。

如此一来，凌哥安全了，边江不会失去一个盟友，对于调查 π 教授这件事，零度也能帮他许多。

为了方便跟零度说话，边江支开了田芳，让她先去休息室等他一下，他有些话要跟零度单独说。

田芳回避后，边江和零度来到一间实验室里，他对零度说出了自己目前的调查进度。

π 教授痴迷研究某种可以控制人意志的毒品，但他一人没办法实现，所以才和黑社会合作，现在他的合作对象是柴狗。

边江猜测，π 教授应该已经和柴狗达成了某种协议，π 教授帮柴狗仿制假药，柴狗给他提供实验室，让他继续研究那种毒品。

现在 π 教授的罪证，已经非常充分，只需要把他缉拿归案即可。但柴狗的罪证还不足，他太过狡猾，很多罪行，都能找到替罪羊，甚至到现在为止，警方还没有见过柴狗的真容。如果能找到 π 教授，让 π 教授做污点证人，那么柴狗也就逃不掉法律的制裁了。

零度听完边江的分析，许久没有说话。边江有点儿着急，就问他，到底在想什么，难道这时候了，还觉得 π 教授是好人？

零度摇摇头，说道："不，我很自责。我怀疑，凌哥遇害，就是被我连累的。π 教授知道我在帮警察做事，以前他从来不过问我的事情。最近他突然关心起来。我当时很信任他，甚至跟他说了，我帮凌哥调查柴狗的事。凌哥的暴露，应该就是 π 教授告诉柴狗的。"

边江一听到这儿，一下子就慌了。

"那你跟 π 教授提过我没？"

"没有，这个你可以放心。"

边江又说，那零度岂不是被柴狗一直监视着？他和凌哥来实验室找零度，岂不是很危险？甚至有可能已经暴露了。

零度的脸色也变得异常凝重，他思虑片刻，对边江说："我看也未必。最危险的地方，就是最安全的地方。其实柴狗应该不知道凌哥还活着。教授这段时间也没有回过实验室。我觉得他是不敢回来了。这里暂时是安全的，但保险起见，你还是少来的好。”

边江问零度，能不能联系上 π 教授。

零度说，他只能试试，如果有 π 教授的消息，他会第一时间告诉王志。

边江又问他最后一次见 π 教授是什么时候。零度说是一个月前。

边江想，如果那时候 π 教授已经跟柴狗合作，那 π 教授必然还知道柴狗的其他假药窝点在哪儿。于是边江提出，希望零度能带他去 π 教授的办公室看看，也许能找到一些有用的线索。

零度当即答应了，走出屋子之前，零度问边江：“那个田芳到底怎么回事？被你策反了？”

边江苦笑：“算是吧。不过她不知道我是卧底，你可别给我说漏了。虽然她不知道我是警察，但她和我的目标却是一致的，就是把柴狗绳之以法。”

零度听完，不禁佩服地竖了竖大拇指。

“你这个策反能力，哥是很服气的。走吧，我带你去 π 教授办公室看看。”

边江笑笑，没说什么，也许零度觉得他对田芳用了些心计，但其实这样的“策反”是他拿真心换来的。

之后零度带着边江和田芳穿过走廊，一直来到档案室的门前，然后向右一转，进入了一扇小门。

进门后，边江就被墙上的东西吸引了，当他走近去看时，不禁倒吸了一口冷气。那原本是挂在墙上的一幅画，波普画风，色彩艳丽，有浓浓的艺术气息，普通人看来，可能就只是一幅画而已，但对边江来说，它却是一个恐怖的信号。

田芳顺着边江的目光看过去，也注意到了那幅画。两个人交换了一下眼神，边江朝着那幅画走去。比起画的内容，画布才是真正引起边江注意的，那是一片不规则的画布，镶在透明的玻璃画框里。

当边江走近仔细观察的时候，就发现了画布上细密的毛孔，边江只感到一阵反胃，看了看田芳，她的脸色也好不到哪儿去。

零度原本走在前面，见两人一直没跟着，就又折回来，看了看那幅画，眼睛别了过去，似乎也不太想看。边江便问他："看来，你也知道这是人皮。"

零度点了点头："我以前只是觉得这个爱好很怪异，却没想过，教授真的心理变态……"

田芳诧异地看着他："你只是觉得怪异？！"

零度抿抿嘴："我也不能接受，但那时候，我很崇拜教授，再加上，教授解释过，这些人皮都是死者自愿出售的，我就把这些当成标本来看，并没有多想。"

"他从哪儿找来这么多自愿的人？"

"火葬场买来的。一些小地方的火葬场，不是太正规的那种。你要知道，也不是所有死人火化时，都有人看着的，而且也不是所有人尸体都有人认领。π教授会给火化尸体的师傅一笔钱，把那些人皮要来。更多情况时，教授出高价，直接跟死者的家属购买。"

田芳想了想，又问零度："那死人的皮肤都这么适合作画？"

"要找到合适的很不容易。你确定我们还要讨论这个话题吗？"零度明显有点儿急躁，他看一眼边江，"走不走啊？"

边江和田芳没再问下去，跟着零度来到房间尽头，尽头是一个小型旋转楼梯，看来，楼下只是一个简单的过厅，楼上才是真正的办公室。

他们顺着楼梯走到上层，才发现这个空间并不大，只是一个二十多平方米的小办公室，而且房高很低，显然是自己改造成的一个跃层。

零度打开灯，办公室里干净而整洁，几乎所有的东西都是黑白两色，墙角放着一个画板，上面蒙着一块亚麻防尘布，不知道那下面盖着的是什么东西。

这么想着，边江的后背冒出了一层冷汗。

零度走到办公桌边上，挠了挠头，好像在想该从哪儿下手去找，因为桌子上除了一台台式电脑，还摆放着大量文件。

"你们稍微等我一下，我得想想。"他看着那些文件，谨慎而小心。

"想什么啊，直接找不就行了。"田芳不解地问，同时走到桌子旁边，随手抽出一个文件夹。

零度连忙按住她的胳膊："别碰！你们两个最好固定在一个位置站好，不要随意走动，更不要碰这里的东西。"

田芳没敢再动，更加疑惑："怎么了？难道你还怕我留下指纹吗？"

"教授很敏感，每一样东西的摆放，他都记得清清楚楚。如果让他看出来东西被人动过，我第一个倒霉。"

零度说到最后，声音已经越来越小。他颓然地站在一边，对边江和田芳说："对不起，我忘了，π 教授根本不是我心目中那个慈祥认真的老学者，而是个丧心病狂的罪犯。你们想怎么找就怎么找吧，反正他也不会再回来；就算回来了，我也会第一时间把他交给警察。"

边江拍了拍零度的肩膀，很理解他的心情。曾经的偶像崩塌，的确让人难以接受。

之后，边江、零度和田芳三个人一起寻找线索，终于在一个记事本上，发现了一串手写的地址，那是一个已经破产的造纸厂，边江认为，这有极大可能被当作假药作坊。

边江记下地址后，又翻出来大量 π 教授的犯罪事实。当着田芳，边江不好直接把那些罪证带走，便让零度整理好之后，直接寄给警局。

就在他们要离开办公室的时候，他的目光再次落到了一进门的那幅画上，边江的脑海里闪过一个念头。

"等一下。"边江站在那幅画前面，驻足观察。

零度推了推眼镜，紧张地盯着边江。

边江说道："我想到了一部电影。那部影片里讲述的是一个变态杀人狂，他喜欢把女人的皮肤剥下来做标本，然后把女人抓回去，天天逼她们吃各种营养的食物，让她们的皮肤充满光泽，然后再把她们杀死。零度，你真的觉得，这些人皮，都是 π 教授从火葬场买来的？"

·第十章　女人如画·

"你想说什么？直说。"零度有些不安地看着边江。

"你说，这些用来做画布的人皮，皮肤这么好，真的是从死人身上剥下来的？"

零度深吸了一口气："我也不知道。π 教授以前那么跟我说，我就那么信，从来没怀疑过。其实我只是不想仔细想这件事。因为 π 教授的这个爱好，我从心里，也是难以接受的。"

边江点了点头，继续看着零度："除了这些人皮，你对 π 教授应该也有其他想法吧？"

"什么意思？"

边江解释道："你以前太崇拜他，所以即使看到了一些阴暗的东西，也会无意识地忽略掉。零度，你仔细想想，他还有什么不正常的行为。那些线索也许可以帮我们找到他。"

零度抿了抿唇，对边江说："π 教授非常厌恶不自爱的女人，尤其是酒吧里打扮得很妖艳、很风骚的那种。他说过，所有的妓女都该下地狱。如果有哪个女学生穿着暴露来上课，教授甚至会直接痛骂女学生，把她们赶出课堂……"

这些行为已经和边江的推测越来越接近了。他看出零度抿着嘴，流露出明显的失望。边江觉得零度还没完全说完。

"零度，π 教授还干过什么出格的事？"

"如果说教授身上，有什么让我无法理解和接受的事，人皮画还不算最严重的；我最不能接受的，是他一边厌恶风尘女子，一边还要去酒吧猎艳。有人甚至拍下了教授和女人在酒吧卿卿我我的照片，发到了校园贴吧里，但后来被校方删帖了。"

田芳听完，不禁打了个冷战："你们说，这个 π 教授，该不会把那些姑娘骗走，然后囚禁起来了吧？就像边江说的那个电影里的情形，养水灵了，做成人皮画……"

"零度哥，那你见过 π 教授去哪儿猎艳吗？"

零度想了想，说："有一家高级酒店，π 教授经常去。那里的女人都肤白貌美，非常养眼。"

"所以，如果 π 教授没有出国，那他极有可能还会在那家酒店出现。"边江分析道。

零度点点头，从衬衣的口袋里拿出笔和便笺，在上面快速写了那家酒店的名字。边江看到酒店名字的时候，也是吃了一惊："不会吧？我一直以为这家五星级酒店很正规。"

"是很正规，但挡不住客人不正规啊。那些女人也不是他们酒店雇来的。"

不管怎样，有了这条重要线索，边江对于找到 π 教授，进而找出柴狗，都有了不少信心。他相信教授离开了自己的办公室，没办法每天欣赏到自己的"作品"一定会很难受，他没把画搬走，极有可能他是想制作新的人皮画。

离开 π 教授的办公室，边江突然想起瘦子和小西的哥哥，就问零度，知不知道他们的病有没有好的治疗手段。

零度皱眉思考了一会儿，忽然眼睛一亮："你们先等等啊，有一种药可能管用。"

说完他疾步走进了一间实验室，几分钟后又一路小跑着出来了，递给边江两个药盒："这个药，每天早晚吃一次，一次一片，能缓解他们的病症，但不能根治。"

"这是什么药？他们在药店能买到吗？"边江问。

"可以，这药很常见，也不是处方药。你先让他们试试吧，如果有用，就可以一直吃。但'是药三分毒'，这种药吃多了也伤肝，所以病症缓解后，就停上半个月。"零度细细叮嘱。

虽然不能根除，但能缓解病症，已经很不错了。两个人离开B大后，立即朝小西家里驶去。

回到小西家时，已经是傍晚。小西没想到，边江和田芳当天就把药送来了。她红着眼圈对他们表示感谢："将来……你们要是有需要我的时候，就告诉我……我欠你们一个人情。"

听着她稚嫩的嗓音说出这么成熟的话来，边江还是有些不适应，他挤出一个笑容，冲小西点点头。

田芳却说："我们不需要你什么，只希望你能重回学校去上课。至于钱嘛，我可以每个月给你们提供生活费。"

"不行，我不能要！"小西皱着眉头，当即拒绝。

田芳笑了笑，有些无奈："小西妹妹，这点儿钱我还是出得起的。再说，我也没说白给你钱。"

边江想着昔日里，田芳与他们一起在西站骗钱的情景。那个田芳跟眼前这个善良的她，俨然不是同一人。他看向田芳，眼神里充满了赞赏和喜欢。田芳快速回给他一个微笑。

"我可能短时间内还不了你。"小西咬着下嘴唇。

"我知道啊，具体怎么还钱，下次你来找我拿钱的时候，我再告诉你。"田芳狡黠地冲着小西挤了下眼睛。

离开小西家后，边江忍不住问田芳，她想要小西怎么偿还。田芳笑了："你想多了，我故意那么跟她说的。其实我什么都不需要她做，只不过是劝她心安理得地接受我的钱罢了。"

此时，天色已黑，边江想起，昨晚田芳离开"龙头"时，想今晚去把达子的尸体运出来安葬，但在今天早晨，警方就已经查封了"龙头"，至于达子和另外两人的尸体，也早已经被警方带走。

早晨时，新闻就已经播报了，但田芳好像并没有看新闻。边江一边开车，一边想着该怎么跟田芳说这件事。

驶过一个路口的时候，田芳突然对边江说："就在这儿放我下来吧。"

"你去哪儿？"

"当然是回我自己的根据地。你去给瘦子送药。这件事我就不管了。"

边江把车停在路边。田芳解开安全带，要下车；边江忙问："你今晚什么安排？"

田芳一愣："还能什么安排，睡觉！"

边江心想，难道田芳忘了给达子收尸的事情了？

"你今晚不去'龙头'了？"边江问。

田芳歪头看着边江："达子的尸体都被警察带走了，我还去那儿干什么？"

听起来，田芳并没有生气，也没有意外，就好像是在说一件很平常的事情。

边江仔细一想就明白了，田芳冰雪聪明，看来是已经猜到，报警的根本不是小区的居民，而是边江。

田芳对他笑笑："这么惊讶？别告诉我，你还没看新闻。"

"我，看了……"

"那你肯定没想到，报警的人是我吧？"

边江一愣："什么？是你报的警？"

"昨晚我想了很久，我去给达子收尸，这事听起来很讲义气，但对于咱们收集柴狗的罪证没有任何帮助，反而会破坏现场。既然我想给达子一个交代，就该把他的遗体交给警察，让警察联系他的家人，安排后事。"

边江欣慰地看着田芳，她能做出这样的决定，是真的聪明和理智，也再次让边江觉得，她是可以和他并肩作战，把柴狗彻底扳倒的人。

边江笑笑，说道："我还以为你不相信警察，不会报警。"

"我的确不相信他们，但'龙头'这件事，必须让警察介入。而且凭我一己之力，没办法给达子一个公道，连光明正大联系他的家人都不敢，所以我一大早就报警了。让我没想到的是，警察反应倒是挺快。"

边江当然不会告诉田芳，警察反应快，是因为他前一晚就跟组织联系过了。

"好啦，我走了！你回去的时候，开车慢点儿，有事微信联系。"田芳说完，拉开车门下了车。

边江看着田芳的背影，心里竟然产生了一丝空落落的感觉。这一天一夜的相处，让两个人的关系有了质的改变，他的嘴角不禁浮起一丝笑意。

等田芳上了出租车，边江也发动汽车，朝着零度给他说的那家高档酒店驶去，也就是 π 教授常去猎艳的地方。

路上，边江试着联系王志，本打算汇报一下自己的行动计划，但王志的电话一直没有打通。边江只好给他发送了一条短信，顺便把自己查到的柴狗造假药的作坊地址也发送了过去。

半个小时后，边江走进高档酒店，他来到前台，拿出身份证办理了入住，离开前台走了两步，又折回来，笑嘻嘻地看着值班的女孩儿，冲她招了下手。

"请问还有什么需要帮助的吗？"

边江脸上带着猥琐的笑容，搓着手，低声跟女孩儿说："嗨，美女，近点儿，跟你问点儿事。"

"先生，您请讲。"女孩儿稍微往前凑了凑，明显有些紧张。

"你们这儿，有没有客房服务？就是那种……你懂吧？"

女孩儿一下子红了脸："对不起先生，我不明白您的意思，我们这里是正规酒店。"

边江看了一眼女孩儿别在胸前的工作牌，写着"实习"二字。

难怪这姑娘这么紧张羞涩，看来还没摸清楚这里面的规矩，边江心里暗想，正想着换个老员工问问，一个穿西装的男人走了过来，他原本也站在前台值班。

那男人三十多岁，文质彬彬，看起来是个主管或者经理；他一来，年轻实习生就礼貌地让开了。

"您好先生，请问您有什么问题？"

"嗨，哥们儿，我就跟你说实话，我一个人来出差，怪无聊的。你看看，要是方便，给我介绍个妹子？不干别的，就聊聊天儿。"

男子会心一笑："对不起先生，我们是正规酒店，不提供您所说的服务。如果您想找人聊天儿，可以去咱们酒店自己的小酒吧坐坐，氛围还是不错的。"

边江马上心领神会："哦！那边是吧？好，我过去看看。"

小酒吧里，台上一个化着烟熏妆的女驻唱，慵懒地弹着吉他，吧台边上坐着三两个穿着超短裙、黑丝袜的女孩儿，沙发卡座上坐着奇装异服的男男女女。

边江若无其事地坐在吧台上，眼睛瞄着周围的人，很快就用余光感觉到旁边的女孩儿在看自己。

边江扭头看向她们，做了个手势，算是打招呼，坏笑着，目光在其中一个超短裙女孩儿的身体上游走。

那姑娘撩了下头发，淡淡一笑，离开吧椅，踩着细高跟，扭着腰肢，来到了边江面前。

"嗨，帅哥，一个人？"

边江点点头，跟调酒师要了杯刚才女孩儿喝的酒，推到她面前："我请你。"

三五杯酒下肚后，两人已经腻腻地贴在了一起。女孩儿几次提出要求，想跟边江去房间里继续喝酒聊天儿，边江都婉言拒绝了。

这女孩儿可能是怕边江是个没钱的主，就问他是做什么工作的。

边江想了想："我是写小说的，专门写侦探小说。"

女孩儿马上流露出一脸崇拜："真的啊，看不出来，哥这么有才华。"

边江笑笑："哪里，不如你有才。"说完拍了下女孩儿的臀部，女孩儿扭着身子轻轻捶打边江。

"好妹妹，不如你给我说说你的故事，或者你听过的故事吧．最好稀奇古怪点儿的，我这边正在计划一本新书，没有灵感呀！"

女孩儿立马兴奋地睁大眼睛，坐直了身子："我真的可以吗？"

"有什么不可以的，谁没个故事啊！我现在就是缺乏素材。"边江说着掏出来二百块钱塞进女孩儿的"事业线"里，"你要讲得好，我给你塞满。"

可能是没想到不用脱衣服，只讲故事就能挣钱，女孩儿乐开了花，认认真真地想起来。

"我就给你说个我姐们儿给我讲的吧！"

"好啊，最好刺激点儿的，命案什么的。"

超短裙女孩儿认认真真地点头："嗯嗯！绝对离奇！其实我想想都觉得恐怖。我闺密的朋友，原来认识了一个大款，后来有一段时间，她就消失了。等再出现的时候啊，整个人都傻了似的，又白又胖，疑神疑鬼，天天说有人要吃了自己什么的。你说奇不奇怪？"

本来边江没奢望这一次就能有所收获，但没想到这女孩儿所说的故事，竟让他十分感兴趣。

"能不能介绍我认识认识她？我想听她亲口讲讲。"

女孩儿摇摇头："这个就没可能了。她已经死了，自杀的。"

"抑郁？"

女孩儿点点头："是啊！我就觉得肯定跟那男人有关系，听说那人有点儿不正常。"

"怎么个不正常法？"

女孩儿有点儿难为情的样子，但还是说了："他呀，好像是个文化人，有怪癖，喜欢看女人不穿衣服，却从来不上床！而且他还要在女人身上画画儿！"

至此，边江已经确定，女孩儿说的人就是 π 教授。

"你认识那大款吗？是个什么样子的人啊？"

"听说，他以前是这家酒店的常客，但最近一段时间，好像没怎么来过，我也就偶尔跟姐妹来这儿坐坐，并没有见过他。"

"那能不能跟你好姐妹说说，等他再来的时候，给我打个电话？我想采访一下他。不过你们如果认识他，也不用提前跟他说，我会亲自跟他讲。"

边江跟调酒师要来一支笔、一张便笺，写下了自己的电话。

就在这时，超短裙女孩儿身后的两个女孩儿叫了她一声，神神秘秘地叫她快点儿过去。

超短裙女孩儿回头看了一眼自己的姐妹，一副扫了兴的样子，让边江等自己一下，走回到姐妹们旁边。

边江继续若无其事地喝着酒，用余光瞥见那几个女孩儿似乎正在争论什么。过了一会儿，超短裙女孩儿重新走了过来。

"大作家，我那几个好姐妹，也想认识你。"

边江看看她身后那几个姑娘，她们一个个神情紧张，又充满期待地看着他。

"你先跟我说，刚才她们叫你过去，说我什么了？"边江慢条斯理地说着，此时他酒意微醺，脑袋虽然清醒，但说话语速明显变慢了。

超短裙女孩儿笑了笑，也不再避讳自己的职业，坦白跟边江说："她们以为你没钱，担心我初来乍到，被你耍了，我就跟她们说了你的职业。刚才我跟你说的事情，她们知道得多，正好现在没事做，就想一起聊聊。"

"好啊！"边江拿起酒杯，揽着超短裙女孩儿的腰，晃晃悠悠地走到了另外三个女孩儿旁边。

经过简单的寒暄，边江对女孩儿们说："谁能把这个故事讲得完整，我就给谁钱。权当买了你们的故事。怎么样？"

女孩儿们特别兴奋，忍不住拍着手答应了，还说没想到讲故事也能挣钱。

"不过要先说好，前提是，你们不可以瞎编，知道多少就说多少啊！"

"没问题！"一个留着金色头发、穿着低胸吊带的姑娘说道，"就从我开始吧！"

这一晚上，边江不断地往姑娘们的胸脯里塞钱，现金用完了，他干脆建了一个微信群，只要讲得好，边江就在群里发红包。

姑娘们讲得不亦乐乎。边江没再喝酒，筛选有用的信息，收获颇丰。

他已经知道，那教授喜欢微胖的女人，皮肤要好，而且教授通常会在深夜过来猎艳，但他已经好长时间不来了。

这几个女孩儿，只有一人见过教授，说他看起来非常绅士。教授相当低调，不留姓名，不露全脸，没人知道他的底细。

他每次来都戴帽子和口罩，出手阔绰，动不动就包场，请所有女孩子狂欢，而他则从中挑选自己喜欢的。

那些被挑中的女孩儿，后来都没再出现过。她们或多或少都在失踪之后跟朋友联系过，都是发短信，说自己现在过得挺好一类的，得了一大笔钱，以后要转行了。

再之后，那些姑娘就没了音信。教授继续光顾。有些不谙世事的女孩儿，把教授看成了大金主，巴不得被挑中。

除了这些，边江还得到了一个非常有用的情报，那就是教授每次来都会带来一些"好东西"，供大家开心。那所谓的"好东西"，应该是 π 教授自己制造的一种毒品。边江问这四个女孩儿，有谁尝试过。结果还真的有一个女孩儿品尝过那滋味，说非常快活。

"不会上瘾吗？"边江问。

那女孩儿就说，当然会上瘾，只要沾一点就离不开。她每次吸食毒品之后，都会异常亢奋，几乎丧失意志力，身边没有吸食毒品的姐妹说，她就像变了个人，特别暴躁，还误伤过最好的朋友，而且只听教授的话，教授让她做什么，她就做什么。可是她清醒后，却记不太清楚自己做过的事情，而且往往更加疲惫和空虚。再后来教授不再来找她们了，她找不到那种毒品的来源，毒瘾发作后，她只能硬扛，整日浑浑噩噩，打不起精神，半个月就瘦了十多斤，真是痛不欲生。

"那你们知道教授家在哪儿吗？"边江又问。

女孩儿们纷纷摇头。这时，一个年纪最轻的女孩儿拿出手机，打开微信，从通讯录里找到一个朋友，点进去对方的朋友圈，拿给边江看。

"这是我一个朋友，她被那大款带走了，她发的最后一条消息，带了位置信息，看！"

边江赶紧接过手机一看，只见那女孩儿发的内容是：告别过去，新的生活开始了！配图是她在游泳池边的自拍，位置信息是一个叫金滩的高档别墅区。

"既然你们都知道有问题，为什么不报警？"

边江一说完，女孩儿们先是一愣，随即笑起来。

超短裙女孩儿就说："报警以后，警察万一查了这家酒店，或者以后派人定期过来，我们靠什么生存？再说我们也没有证据，一切都是猜想的嘛！"

边江发完最后一个红包之后，假装自己灵感爆发，起身准备离开，一转身，发现不远处的吧台边上，可心正看着自己。

她就那么瞪着边江，看起来很受伤。边江朝可心走过去，有点儿尴尬地挠了挠头："可心，你怎么来了？"

"我把钥匙和手机都落在你车上了，下车后才想起来，叫你也没听见，我就打了个车跟着你来了这儿。"

"哦,这样啊,那我去给你拿钥匙。不过……你怎么刚才不直接来找我？白白等了这么长时间……"

"那我就没有这么大发现了。边江,你真让我恶心。"

"可心,你别误会,我真的没有……"

"我误会不误会,你真的在乎吗？"

可心一句话,说得边江哑口无言。

"我真的不是来寻花问柳的。"边江边说边靠近可心。

可心一副厌恶嫌弃的神情:"离我远点儿。"

边江抿了下嘴唇:"好,我不给你添堵,我走就是了。反正我也没想让你来看这些。"

说完,他离开酒店,回到车上,开始用手机软件找代驾司机。

可心拉开车门,一把夺过边江的手机,又把他从驾驶位拽下来,推到了副驾驶位置。

"你不是说我冤枉你了吗？那你倒是说啊,为什么要跟那种人混在一起？"可心皱着眉头,瞪着边江。

边江不吭声。

"好啊,你要是不说,我就把你和田芳的事情,告诉柴狗去！"

"我跟田芳怎么了？你最好别乱说。"边江的态度一点儿都不友善,冷冷说道,"不过,你倒是终于肯承认,自己和柴狗是认识的了。"

"对,我承认,所以你考虑清楚,到底要不要跟我说实话。"

边江苦笑,她都这样说了,自己怎么可能跟她说太多？

"我压力大,想找人聊天儿,行了吗？没问题就把我送回家。前面一直走,到了该转弯的时候,我会告诉你。如果不想送,就把手机给我,让我找代驾司机。"

边江闭上了眼睛,轻揉着太阳穴。

可心一脚油门轰出去,掉了个头,朝着相反方向驶去。

·第十一章 别墅探秘·

"你又要去哪儿？别任性了好吗？"

"去你想去的地方。"可心板着脸，仿佛下一秒钟就要爆发。

边江深吸了一口气，极力克制着自己的情绪，但可能是酒精的作用，边江怎么都无法心平气和。

"既然你什么都知道，干吗还要问我呢？你说你是来找钥匙和手机的，那找到了吗？车上有吗？"

可心本身也是个暴脾气，只不过是对边江才格外有耐心，但边江这么一说，她也忍不住了，一脚刹车踩住；边江猛地往前一栽，头撞在了前挡风玻璃上。

可心一言不发，看了一眼边江坐着的位置，解开安全带，探身过去，趴在了边江的身上。边江蒙了，不知道可心要干什么。

可心从地上捡起来一个小包，她快速打开小包。

"信了吗？信了吗？"可心拿着小包在边江面前晃了晃。

边江看着包里的钥匙和手机，顿时哑口无言："我……你……那个刚才……"

"刚才怎么样？我知道你想去一个叫金滩的地方，调查那个大款。这些都是我坐在旁边听到的。然后我就问了问服务生，金滩的位置。这么说，你信了吧？"

边江默默点头："既然是我误会了你，我向你道歉，但有些事情，我真的不希望你搅和进来，对你不会有任何好处，你只需要置身事外就好，就算你偶尔帮我，也不会有危险；相反，如果你真的跟我一起调查某些事情，性质就变了……"

"我听不懂你在说什么，要么就说清楚，要么就别管我。"可心倔强地别过头去。

"我跟你说不清楚。"边江没办法跟她解释。

"那就别管了。"可心重新发动汽车，两人一路上都没有再说话，边江打开车窗，夜风吹在脸上，酒意已去了大半。

来到金滩高档别墅区时，已经是半夜。小区门口有门卫值班，他们两个不可能开车进去。可心看一眼门卫，驶过小区正门，把车停在了别墅区外面。

"看来只能翻墙进去了。"可心看看边江，"喝了那么多，你行不？"

边江看看围墙，微微一笑，没有回答。

两人来到围墙边上，找了个围墙上的间隔柱，稍微好攀爬一些。

"你先还是我先？"可心问。

边江看看围墙上面："我先来吧，万一墙上有什么玻璃碴子，我还能提醒一下你。"

"哈哈！"可心忍不住笑了，"这种小区的围墙，都是防君子不防小人，咱们只要注意里面的摄像头就行了。"

"那你待会儿也要小心一点儿，我先上去了。"

可心点点头，边江扒住围墙柱子凸起的部分，三两下就爬了上去，蹲在围墙上面，对可心竖起大拇指，意思是没有问题，她可以上来了。

可心脱掉高跟儿鞋，用力一抛，扔进了墙里："你先下去吧，我没问题。"边江见识过可心的身手，知道她确实可以，就纵身一跃，跳进了墙里。

可心随后也翻了进来，但可心一跳下，马上就感觉有人捂住自己的嘴巴，拽住她的胳膊，往后拉过去。

她回头一看是边江，便没有发出声音，两人紧紧靠在一起，躲在一棵树后面。远处是巡逻的保安，正拿着手电筒巡视。他们躲在树后随着保安的靠近而移动，最终躲过了刺眼的手电光。

边江松了口气，可心则穿好鞋子，说了句："麻烦的还在后面呢！"

边江知道可心指的是如何进入别墅大门。

"他住哪栋别墅？"可心问。

边江左右看看："听那几个女孩儿说，是五号别墅。过去看看吧！"

两个人顺着墙根来到了五号别墅外面，别墅里没有一丝亮光，大大的落地窗里拉着厚重的窗帘。边江看了看别墅二楼，窗户紧闭着。现在的天气，基本不需要开空调，家家户户也都会开着窗户通风，也就是说，别墅里没人。

"里面没人。"

"没人才好，这样就能放心进去看看了。"可心问。

"我没跟你说过他是教授吧？刚才我跟那些姑娘说话时，好像也没提过……"边江奇怪地看着可心。

可心眨眨眼，脸上的表情有些不自然。

"我知道柴哥在找一个教授，跟你说的这个人很符合。"

"那你知道柴哥找那教授干什么吗？"

"好像就是研制药物吧，具体我也不知道。"

边江正想问下去，可心突然指着房顶说："嘿，你看那，天窗好像打开着，咱们可以从那儿钻进去！"

边江大致看一眼天窗，又看了看爬上去的路线。

"好，还是我先来。"他没再问可心别的事情，知道问了她也不会说，要不然就是随口编个瞎话来骗自己。

边江顺着窗户爬到了二层，又踩着空调架，跳到了房顶，天窗缝隙不大，边江目测了一下，自己倒是勉强可以挤进去。

一回头，发现可心已经爬上来了。

"快点儿进去，保安又巡逻过来了。"可心催促着，边江快速往远处看了看，手电的光不停晃动着。可心已经用钥匙把纱窗划破，率先钻了进去，边江随后进入。

一进屋里，两个人还没来得及喘口气，就已经被眼前的场景惊呆了。

他们跳进的屋子正好是一间工作室，像个画室，放着很多画板和画架。

而画板上铺着的并不是画布，而是一块块经过特殊处理的人皮……整间屋子里弥漫着一股奇怪的药水味道。

"看来咱们没来错地方。"边江喃喃说道，并拿出手机拍照。

可心则环视屋内，很快她就注意到了靠墙放着一组衣柜，柜门虚掩着，她慢慢靠近过去，小心打开了衣柜……

当她用手机自带的手电筒朝柜子里照去，看清里面的东西后，顿时睁大眼睛，捂住嘴巴，连连后退，不小心撞到了身后的架子。

边江闻声立即走过去，他也看到了柜子里的情形。那是一个女人，赤身裸体，站在一个一人多高的玻璃水箱里，箱子里充满了液体，她的身体悬浮着。女子闭着眼睛，表情十分平静，黑色长发四散开来，看起来十分诡异。

边江看了看可心，安慰她说："别怕，只是一个死人，不是鬼。"

可心又看了一眼柜子里的女人说道："那不会是福尔马林吧？"

"恐怕是。"边江说着走上前去，又观察了一下这具女尸。她四肢纤细，身材凹凸有致，纵然已经死去多时，皮肤惨白，但依然能看出来，她生前美得一塌糊涂。只是这样观察，边江无法确定女子的死亡时间，其他信息也一概不知，唯一可以确定的是，那 π 教授一定非常喜欢这具人体标本。因为玻璃水箱被设计成了落地镜的样式，边缘用的是欧式复古花纹，厚重而精美，看起来像是给女子量身订制的。站在这箱子前面，就有一种自己在照镜子的感觉，只不过镜中的人不是自己。这也是刚才可心被吓到的原因。

可心深吸一口气，已经不像刚才那么害怕，她靠近玻璃水箱，用手电筒仔细照了照四周，然后又贴近玻璃看了看："哇，竟然一个指纹都看不见。"

可心说着回头看看边江。边江点点头，对可心说："不只是没有指纹，一点儿灰尘都没有，看来他非常注意水箱的卫生。"

就在这时，边江注意到柜子底部贴着一张小纸条。边江仔细一看发现，那是一个日期。边江皱着眉头，想弄明白这日期有什么意义。他指给可心看，想问问她的想法。

可心看了半天，同样没有头绪，只得郁闷地摇头："我也说不好，会不会是水箱的安装日期？也许水箱有保修期一类的，所以安装时，工人就把使用日期记录下来了。"

边江又仔细看了看那字体，摇摇头："这就是教授的笔迹。"他在 π 教授的办公室里见过 π 教授的笔迹，因此非常确定这是教授的笔迹。但那教授是在记录什么呢？

一个想法突然在边江的脑海中一闪而过，他回头看向可心："你说，福尔马林液多久需要更换一次？"

可心眨眨眼睛："啊？我怎么可能知道啊……不过我可以给你查查。"

她说着拿出手机，很快，她查出结果，蹲下身子，让边江看自己手机上显示的结果："看，查到了，如果用福尔马林制作标本，为了不影响观赏，就需要一年更换一次液体。"

可心说完，突然睁大眼睛，看看边江，两人对视一眼。

"你是说……"

边江点点头："没错，我觉得这个日期是福尔马林的更换日期，如果一年更换一次，那现在马上就要满一年了，不管教授去了哪儿，他肯定会回来更换液体。"

可心认同地点点头："嗯，那我们该做什么？总不会要在这一直蹲守吧？"

边江想了想，问可心："咱们有没有可能，在这之前，把水箱运走？然后给他留一张纸条，告诉那个教授，咱们搬走了水箱，只要他回来看到了纸条，肯定会主动来找咱们，就不怕他不出现了。"

可心听完站起身来，抿了下嘴唇，一手托在下巴上："不是很容易，主要是咱们得光明正大把车开进小区，然后又大大方方把箱子搬出去，还不能引起任何人的怀疑，否则物业或者保安给教授打了电话，一下子就穿帮了。"

可心的顾虑不无道理，边江想，把这水箱运出去，肯定要用厢式卡车，混进小区容易，但像这种别墅区，只要是外来厢式卡车，离开时一般都会要求打开车厢检查，而且小区的甬道上装有摄像头。如果从别墅里运出东西，十有八九会引起保安的注意。如果带人来，打晕保安，删掉录像，也不是不可以，只不过那样做的风险非常大。而边江并不想惊动警察。

"你先让我想想，看看有没有一个两全其美的办法。现在咱们还是去别的屋里看看吧。如果那教授有这种特殊癖好，他肯定还有秘密房间。"可心说。

边江关上柜子门，跟可心一起离开诡异的工作室。两人先把二层所有房间都检查了一遍，并没有发现异常，之后来到一楼。一楼是客厅、厨房、餐厅以及一间书房和一个卫生间。边江和可心把这几个房间检查了一遍，结果一无所获。

"会不会他把秘密房间设置在别处了，并没有在他家里？"可心分析着。

此时他们两人站在楼梯上。边江好像并没有听见可心的话，他抬头看向楼上，又走到一楼的大厅里，在漆黑的别墅里，茫然地四下张望着。

"还要继续找吗？"可心看起来有些累了。

"嗯，我只是想，既然他把那个'人皮'工作室设置在家里，肯定也把那些女人囚禁在这里了。一定有一个秘密房间。但是到底在哪儿呢……"边江自言自语分析着，焦虑的他忍不住在楼梯前面走来走去，可心则脱下高跟儿鞋，疲倦地坐在楼梯上，轻揉着双脚。

突然，她浑身一哆嗦，后背一下子就绷直了，眼睛也睁得大大的："边江……"

可心压低了声音，很紧张的样子。边江看向她，只见可心坐得笔直，一动不敢动，就好像有人用枪抵在她的后脑勺儿上一样。

"怎么了？"

"我刚才感觉……感觉有人在敲楼梯……我坐在这儿，楼梯震动了一下。"

可心话音刚落，楼梯上再次传来"咚——咚——咚——"的声音，那的确很像敲打木质楼梯时发出来的响声，但每一下都间隔了两秒钟。边江眨眨眼睛，立马绕到了楼梯一侧，快速在楼梯一侧查看起来。

楼梯左侧是墙壁，右侧是客厅。一般都会利用楼梯下面的斜坡，设置储藏间，但这所别墅里显然并没有那么设计。楼梯一侧，只是放着一大幅油画，紧贴地面摆放着，并没有所谓储藏间的小门。边江把耳朵贴在油画上，轻轻敲了敲："有人吗？"

"咚咚……咚咚……"

这两声就好像是在回应边江的问题。他马上对可心说，这楼梯下面绝对有人。两人立即开始在楼梯附近寻找入口，但并没有结果。边江觉得那暗门肯定设置在这幅画的后面了，但画紧紧固定在墙上，根本无法挪动。可心退后两步，观察着整幅画，示意边江站到一边去。

"你要干什么？"边江不解地看向可心。

可心冲他微微一笑，突然加快脚步，朝着那幅画疾走过去，然后一脚踹在了画上，画顿时被她踢出了一个大窟窿。

"你这哪行啊！别暗门没找到，再把自己伤了！"边江说着看了一眼可心的脚。可心抿起嘴笑了笑，摇摇头："我没你想得那么金贵，怎么，还会心疼人啦？"

边江却早就已经把注意力放在了这幅画上，并没有在意可心的话。他贴在被可心踢出来的那个大窟窿上，侧脸观察着整幅画，突然，他走到画的右侧，那里原本画着一棵粗壮的树木，树干上有一只啄木鸟，边江一把抓住了那只鸟，用力一拧，画幅突然发出"咔吧"一声，底部明显凸出来，就好像里面有个弹簧，锁一打开，弹簧就把画弹开了。

"这鸟竟然可以拧得动！"可心一脸不可思议的样子。边江"嘿嘿"一笑，多亏了她那一脚，不然边江也没看出来，其实这只鸟并不是画上去的，而是一个立体的、后期被人安上去的。边江就想这可能是一把钥匙，没想到试着拧了一下，还真的打开了。

他掀起来整幅画，一个漆黑的小门出现在他们面前，推开门，走进去，一股恶臭混着香料的味道扑鼻而来。可心忍不住咳嗽了两声。

边江打着手电，走在前面，里面凌乱不堪，看起来只是个储物间。他们小心翼翼地往前走，沉重的喘息声从远处传来，就好像里面关着一头野兽。楼梯下面的隔间原本并不大，纵深也就五六米的长度，但走到尽头后，就出现了一个向下的楼梯，两人对视一眼，一同走了下去。当他们来到楼梯底部，发现了一间不起眼儿的密室。

密室的中间放着两个大铁笼子，看起来就像是关大型犬的那种狗笼，笼子是空的。地上放着很多空矿泉水瓶，还有速食包装袋。各种生活垃圾满地都是。粪便的臭气弥漫在整个密室中。

就在这时，墙角传来沉重的喘息声。可心举着手机，照向墙角，只见那里蜷缩着一个人。那人发出"呜呜"的声音，好像在哭，又好像要说话。她小心靠近过去："别怕，我们是来救你的。"

待边江走过去才看清楚，那是两名女子，她们裹着一条破烂的床单，蜷缩在墙角瑟瑟发抖。其中一个头发略短一些的埋在另一个长发女子的怀里，不敢看边江和可心。她们全都用手捂着眼睛，好像一时无法适应强光，边江和可心连忙把手电照向别处，那名长发女子终于把手挪开，凌乱结成团的长发几乎遮住了她的脸。凶狠的目光穿过头发缝隙，瞪向边江，她就像困兽一般，发出了嘶哑的声音："你们……是……谁？"

她嘴唇干裂，嗓音沙哑而虚弱。

边江说："我们是来调查这家房子的主人的，我们不是要害你们的人，我们可以带你们离开这里。"

躲在怀里的那名女子闻声抬起头，看着边江，又看看长发的女子："姐，他们真的是来救我们的，我刚才没听错。"

"这么说，刚才是你在梯下敲出声音的？"可心问那短发女子。

短发女子点了点头，她想站起来，但长头发的女人却紧紧抱着她，好像还不放心边江和可心。

可心立即拿出手机："你们不用怕，我现在就报警，等警察来了，你们就不用怕了。"她说完就要拨打报警电话，但边江马上抓住了她的手腕，并冲她摇摇头。

"警察来了，肯定会清查整间屋子，到时候楼上那个水箱肯定也会被带走。"边江压低声音说道。

"那就让他们带走好了。警察肯定能查出来死者是谁，还能利用他们的网络抓捕教授归案，事情不就解决了吗？"

边江小声解释道："没有那么简单。那 π 教授非常狡猾，警察想抓捕他很难。现在这个水箱是关键。我们要好好利用这个水箱里的女尸，引出 π 教授。"

"引出教授，然后呢？"可心皱起了眉头。

边江意识到自己刚才太着急，于是定了定心绪，对可心解释道："我的意思是通过教授可以得到更多有用的信息。现在柴哥不是让我去找神龙老板嘛，通过教授或许可以找到神龙。所以我才会想用那女尸引出教授。"

可心盯着他看了两秒钟，没再追问下去，转身回到两名女子身边："别怕，我们现在就带你们离开，能走路吗？"

可能都是女人，那两名女子显然更加信任可心，对她点点头，裹着床单站起身来，边江这才意识到，她们全都没穿衣服，而且已经瘦得不成样子了。估计教授已经好些天没回到这里了，如果边江和可心不来，她们恐怕会活活饿死。

边江把自己上衣脱下来，给了她们。长头发的女人把衣服让给了短发女子，自己依然披着那破床单。之后边江搀扶着短发的女人，可心则搀扶着长头发的，朝着储藏间外面走去。他们一面往外走，边江一面想着接下来该怎么办，这两个女人出去后肯定还会报警，到时候警察来调查，还是会发现水箱里的女尸，那边江的问题并没有真正解决。怎么才能既不影响警方调查，又能让他把 π 教授引出来呢？一个大胆的想法，渐渐在边江的脑海里形成。

·第十二章　灯红酒绿·

边江对可心说："你先给她们喝点儿水，安抚下她们的情绪，跟她们说，我还是得先报警。"可心对边江的决定有些疑惑，就问他为什么又改变主意了，报警以后，警察来了带走水箱里的尸体怎么办。

"可心，你先别问那么多，相信我，只要我这个办法能顺利进行，就肯定没问题。现在时间紧张，你先等我打完电话，以后再给你解释。"边江说着拿出手机。可心点点头，听从边江的计划，回到两个女子身边，她们的精神状态很不好，一点儿安全感都没有，精神随时都会崩溃。

边江拨通了王志的电话。

边江走出客厅，站在餐厅里，很小声地对王志说："我在 π 教授家里救出来两名人质，必须报警，但楼上房间有一样东西我得带走，不能落到警察手里，不然整个计划就乱了……"

"你先别着急，找个方便说话的地方跟我说清楚，你想怎么做，需要我帮你什么，还有那个东西，到底是什么？"

边江也意识到，自己因为紧张变得有些语无伦次，他整理了一下思路，把发现水箱女尸一五一十地告诉王志。他的计划是，在警察来之前，把那水箱运走，所以他需要一辆厢式货车，以及两名搬家工人。

王志考虑了一下："π 教授的案子，其实已经超出了我们'打狗'行动组的监管范围，我没有权力插手。如果我现在给刑侦组打招呼，'打狗'行动组就会被人知道。目前咱们的行动，对内对外，都是严格保密的。"

"王哥，我知道这件事不好办，但这东西是引出 π 教授的关键。π 教授又关系到了柴狗，如果他被警察带走，这案子最终就是个杀人案、绑架案，我们就没办法得到教授手里的信息了。"边江焦急而恳切地说。

电话那头的王志，沉默了一会儿："好吧，你先告诉我，你们现在在什么位置。"

边江马上说出金滩别墅区的地址，一个小时后，王志赶来了。

这是边江第二次见王志，上次见面，是边江在训练场上被他开除。王志进门后，看了一眼可心，没有多问，也没跟可心打招呼，直接走到边江面前。

"带我去看看那东西。"

"这……"

"怎么，想让我帮你，还不信任我？"

边江摇摇头："不是，跟我来吧！"他又跟可心说了一声，让她看好两个女孩儿，不要发出任何动静。

两个女孩儿此时蜷缩在沙发上，瑟瑟发抖。王志看了她们一眼，让边江等一下，他径直走到两人身边，蹲下来："别怕，我是警察，你们已经安全了，一会儿就会有救护车过来带你们去检查身体，但在其他警察和救护车来之前，为了你们的安全，千万不要发出声音，也不用害怕。可以吗？"

王志的语气和声音能给人一种莫名的安全感。两名受害女子点点头，情绪也稳定了很多，看着王志，流下了眼泪。

王志拍拍二人的肩膀，又看了一眼可心："照顾好她们。"

可心点点头，王志转身跟着边江朝二楼走去，边江把那具女尸给王志看过之后，又给他简单说了教授的罪行，以及自己想通过教授调查柴狗的计划。王志听完，默默点头，面色凝重地环视屋内，对边江说："这尸体你不能带走，也带不走，交给警方吧！"

"啊？这么好的机会可以引出那教授，甚至钓到柴狗这条大鱼，很不容易啊……"

王志摇摇手："别急，听我说完。今天就由我来报案，你带着楼下那女孩儿离开，水箱运走后，我会让负责这案子的同事完全保密，绝不会惊动媒体。另外，我会偷偷在柜子里留下纸条给那教授，让他去找你。反正你手里有没有尸体不重要。重要的是，那教授以为你有，对吧？"

边江还是不放心："如果别的警察发现那张纸条怎么办？"王志微微一笑："当然不会。因为一旦取证结束，就不会有人再来了，别墅会被打上封条。但是那教授十分在意自己的这些'收藏'，他肯定会回来查看。"

边江又问："那你怎么解释自己发现这别墅的？"

王志神秘地笑了笑："不用担心这些事情，我敢过来、敢报警，自然是有把握的。"

边江突然想到了一个问题，王志是怎么进入别墅区的？

"王哥，我看你刚才是开车进来的，保安没拦着你啊？"

"他们问了，我说来找人的。他们登记了我的车牌号，就让我进来了啊！反正我也不需要像你们一样。你们两个肯定是偷偷溜进来的吧？"

边江点点头，王志马上欣慰地笑了笑，说："这就对了，在引出教授之前，我们必须谨慎行动，否则打草惊蛇就全完了。"

边江又问："你报警，该怎么解释你出现在别墅附近这件事呢？"

"说来也是巧，我有个朋友刚好在这儿住，我可以说是他告诉我的，就说每次从别墅附近经过，就听到女人的叫声，总之很简单。"

边江还是不放心，就问王志："那个朋友会这么配合吗，万一警察多疑怎么办？"

王志拍了拍他的肩膀："放心，这件事就交给我吧。你现在只要做好两件事：第一，保护好你自己的身份；第二，钓到柴狗那只大鱼。"

边江点了下头，朝着楼下走去，他和可心在警察来之前，悄悄离开了别墅。

第二天晚上，瘦子作为重要证人，在边江的配合下，秘密移交给警方，并没有引起身边人的怀疑。

三天后，王志主动联系了边江，他在电话中告诉边江，他在私下跟那两名人质接触时，听她们说了关于 π 教授犯罪的其他细节。

"其他细节？！她们怎么说的？"

"对了，先跟你说一下吧，她们康复后，会被送到戒毒所，因为被囚禁的这段时间，她们全都染上了毒瘾，但通过她们的描述，我认为那是一种新型毒品，而且还不够稳定。其中一个女孩儿告诉我，那教授会给她们注射一种药剂，之后的一段时间，她们都会失去记忆，并不知道教授让她们做了什么。"

边江想，柴狗想要得到 π 教授的帮助，会不会就是冲着他这种新型毒品来的？

王志还说，之前边江给他的地址，的确是一个制造假药的窝点，但警察赶过去的时候，只剩下一些被囚禁的工人，犯罪人员已经逃走。

这次行动，虽然没有抓住犯罪分子，但是解救出了无辜的受害者，也是一个不小的收获。唯一的问题是，柴狗已经发现自己的假药窝点曝光，短期内，犯罪行为必定有所收敛，他个人的行踪也会更加隐秘，这对于"打狗"行动来说，无疑是个坏消息。挂断电话后，边江感到了焦虑，π 教授一直没有现身，柴狗最近也没有动静，调查仿佛止步不前了。

正在边江迷茫之时，柴狗主动联系了他。柴狗在电话里问边江调查神龙老板的进度如何。

边江这段时间根本没顾上调查神龙，面对柴狗的询问，便有一种没办法交差的感觉。

柴狗语气也有明显的不悦："边江，干咱们这一行的，就跟做生意一个道理。市场就这么大，我们不抢占先机，就会被别人抢占。我希望早日结交神龙老板，也是想尽快占领市场。你要抓紧时间，我对你的期望很大。"

"我知道了柴哥。"

"嗯，不要总是想着谈恋爱。将来你可以遇到的好女人还多得是，何必急于这一时。"

柴狗的话，让边江有点儿摸不着头脑，他第一个想到的就是田芳，可是他和田芳最近几乎没见过面，柴狗怎么突然这么说？

"柴哥说得是，我记住了。"边江表现得恭恭敬敬。

柴狗微微一笑，道："不过，你今天晚上，还是要谈一下恋爱。我得到可靠消息，神龙今晚会出现在'Tasty'餐厅。你和可心一起过去看看。"

边江这才明白，柴狗指的是他和可心在恋爱，不禁松了口气。

挂断电话后，边江把柴狗的电话号码发送给王志，但很快王志得到了结果，那个手机应该是一次性的，柴狗还是一如既往的狡猾和谨慎。

边江给可心打了个电话，想约她晚上一起去吃饭，可心激动地说："你竟然主动给我打电话了？！臭边江，你这几天都在干什么？"

"瞎忙。"边江敷衍道，"晚上一起吃饭吧，有时间吗？"

"有啊，你约我吃饭，没有时间也得有！"可心还是一如既往地坦率。

边江无奈笑笑："你现在在哪儿？我去接你。"

可心却说，让边江先去，她到时候自己去饭店。

下午六点，边江早早就赶到了餐厅，选好一个靠窗的位置坐下，静静观察着店里的客人。

来这里的人，无论是穿衣打扮还是谈吐气质，都给人一种非富即贵的感觉，而且三十岁左右的居多。

至于能不能碰到那位毒枭老板——神龙，就只能看运气了。而且就算碰见了神龙，边江其实也认不出来。神龙老板的神秘程度，不亚于柴狗。

等到快七点的时候，可心出现了。

她远远地就看到了边江，却没有做出任何表情，只是十分低调地走了过来。

"这家西餐厅不错啊，你经常来吗？"可心把带着双 C 标志的皮包放到座位一边，手臂自然地交叉放在桌子上。

"不，我是听朋友说还不错，今天也是第一次。"

服务生微笑着送来菜单，可心简单地点完餐，边江则直接跟服务生说，给自己来一份一样的就好。

可心笑了，笑容里似乎还夹杂着一丝不悦。

"不是吧？跟我出来吃饭，就这么无趣吗？连点餐都懒得点。"

边江连忙解释，自己只是不怎么在西餐厅吃饭，不太会点餐罢了，要是换到板面馆，他肯定不会这么草率。

可心被逗乐了，又说了些什么，边江没有仔细听，他的目光落在了刚走进餐厅的两位客人身上。

那是一男一女，他们一进来，餐厅的经理就亲自迎上去，边江观察到，这位经理并不是每位客人都这么热情，说明那两位客人不是一般人。

看着这个经理，边江突然有了灵感，或许，可以从他下手。

"喂！"可心伸手在边江面前晃了晃，"发什么呆呢？"

"没有，只是在看那个经理。"

可心撅起嘴，轻抚了下头发："一点儿都不专心。"

"不好意思。"

"跟我说实话吧，你到底为什么选这家餐厅，没准儿我还能帮你哦！"可心冲边江眨了下眼睛。

边江定睛看着可心，不禁想，眼前这个漂亮女孩儿，到底是谁，她知道自己多少事情，为什么感觉每走一步，她都能提前预料到？

"你觉得我是为什么？"

"你不说我怎么知道。"

"好了，咱们别兜圈子了。"边江突然严肃起来，"你要是有什么话，或者知道什么，就直接跟我说，别试探我，也别话里有话，好吗？"

可心一愣，明显有些受伤，但很快，她又冲着边江笑了。

她压低声音说道："听说你最近在调查一个神秘的老板，我猜你带我来这，跟那老板有关系。"

"你从哪儿听说的？"

"理发店啊！那可是我的八卦集散地。"可心回答得很快。

"对，你听说得没错，据说那老板今天会来这，所以我来会会他。"边江说。

"那你现在的目的是什么？"可心问。

边江如实回答："想办法认识那老板，帮助柴狗取得那老板的信任，达成合作。"

听完边江的话，可心非常惊讶。

"这些难道不是机密吗？你竟然都告诉我了？"

"对，因为我信任你。"边江语气生硬，态度也有些冰冷。可心越是笑，他就越上火。他总觉得在这个笑脸之下，很可能是另一副面孔。

没等可心回答，边江继续说："再说，就算我不告诉你，你也会什么都知道，对吧？"

可心的笑容僵住了，正好这时候服务生开始上餐，可心对服务生勉强微笑，也整理了下自己的情绪。

当她再次看向边江时，眼神就坦然多了。

"不管怎样，我不会害你，以前不会，以后也不会。"她的眼睛有些发红，"我的心意，希望你能明白。"

"可心，我明白，但你能不能跟我说实话，你到底是谁？我知道，你也是这条道上的，既然这样，为什么不能跟我直说呢？"

"你不要这样逼我，好吗？"眼泪开始在她的眼眶中打转。

"我不是逼你，我只是想让你把我当成真正的朋友。现在你给我的感觉是，你知道我的一切，而我对你却一无所知，我甚至不知道你姓什么。"

说着边江低下头："对不起，我也没有问过你的姓……"

可心抿着嘴唇，沉默了一会儿。

她深吸一口气："我姓什么不重要。你也并不是真的关心我，只是因为我了解你，比你了解我多，所以你才想知道我是谁。说白了，你就是信不过我。"

边江没有回答，因为她说得很对，看得很透彻。

"我不想告诉你我是谁，是因为一旦说了，你就不会再坐在这里跟我吃饭了。你总是说，我隐瞒你，其实，你也对我有所隐瞒，不是吗？"

边江无言以对。

"还是言归正传吧。我想帮你调查那个老板，而且我也有一些手段，这才是眼下最重要的，是吧？"

边江就问可心，有什么办法。

她惨然地笑了下："你果然还是更关心这个……算了。听说那个什么神龙老板，经常来这里吃饭，而我呢，能让你来这里上班，代替那个经理。"她说着，指了指餐厅门口站着的那个男士。

　　"你认识这家店的老板？"

　　可心摇摇头，让边江不要多问，回去等电话就行了。

　　吃完饭，离开的时候，边江无意看了一眼餐厅另一头，只见远处有一个熟悉的背影，他不由停下脚步，定睛看去。

　　正好，那人微微侧脸，叫了旁边的服务生；边江不由睁大了眼睛，他才认出了那个人。

·第十三章 所谓旧情·

那正是边江高中时喜欢过的女孩儿，涂莹莹。

边江愣愣地站在餐厅走廊里，看着涂莹莹，百感交集。

涂莹莹代表了他内心最温柔、最纯真的一段感情，也是一道永远无法修补的伤疤，每次想起来，就觉得心痛不已。

上一次见她，还是在高中毕业时。如今时间一晃，四年多过去了，她看起来过得还不错，褪去了曾经的青涩，多了几分成熟的韵味。

"那是谁啊？看你魂儿都丢了似的。"可心饶有兴味地看着涂莹莹，语气中夹杂着一丝酸涩。

"好像是我的高中同学，算了，走吧！"边江把目光移开，朝着餐厅大门走去。

可心却拉住了边江的手："哎，别着急啊，既然是同学，过去打个招呼呗！"

边江松开可心的手，迟疑了一下，可心没等他考虑，就挽着他的胳膊朝着涂莹莹走了过去。

"可心，还是算了吧！"

"就打个招呼，有什么的呀！"

说着，他们已经来到了涂莹莹的餐桌边上。

涂莹莹对面坐着一个三十多岁的男人，身材圆胖，戴着一副金丝框眼镜，一身高档西装，搭配着花哨的领带，浑身上下透着一种暴发户的气质。

边江被可心推到了前面，不得不开口打招呼。

"嗨！莹莹，真的是你啊？"边江不自然地笑着。

"边江？！"涂莹莹也很惊讶，还有点儿惊喜，随即她看向可心。

可心依偎在边江身上，礼貌地冲涂莹莹笑了笑。

边江不好当着别人的面推开可心，只能由着她揽着自己的胳膊。当然，他也有种奇怪的心理，他不想在涂莹莹和胖男人面前，显得自己形单影只。

"哈哈，真巧，刚才我们正要走，我看见你的背影，越看越觉得是你，就走过来了……"边江说着客套话。

不知为何，涂莹莹的眼眶却红了。她笑了笑，以掩盖自己伤感的神情。

"嗯，我给你介绍一下，这是我的男朋友志豪。志豪，这是我的高中同学，边江，我跟你提过的。"

"你好！"边江伸出手。

志豪把色眯眯的眼神从可心身上移开，稍微起身，轻轻握了下边江的手，打了个招呼。

"这就是那个替你出头，后来被单位开除的那个同学啊！"志豪微微笑着，调侃着说道。

边江皱了下眉头，他一眼就看出来，这个志豪是个浑蛋，涂莹莹怎么会跟这种人混在一起。

"咦？还有这事？边江，你怎么都没跟我提过。"可心睁着大大的眼睛，一脸好奇。

边江看了她一眼，希望她少说两句。

"主要是胡成那小子欠揍，而且要不是打了他被开除，我还没有今天的生活呢！"边江说着言不由衷的话，可心却满意地点了下头。

涂莹莹好像并没有听到他们的对话，只是一直看着边江："不管怎样，谢谢你替我教训胡成，但连累你被开除，我真的很过意不去……"

"跟你没有关系。不过，你是怎么知道这件事的？"边江问。

涂莹莹就说，是胡成在同学群里说的，说边江违反纪律，被开除了。后来涂莹莹特意调查了一下，才知道是怎么回事。

"算了，都过去了，我也懒得跟他计较。这样，你们继续吃，我们还有别的安排，就先走了。"边江说。

涂莹莹站了起来，从她昂贵的名牌手包里，拿出一张名片，递给了边江。

边江接过来，看了看，某传媒公司的总经理，看来涂莹莹混得不错，年纪轻轻就当上了总经理。不过看她的神态，还有望着自己的眼神，却像有一肚子委屈似的。

"哎呀，我没带名片，回头我联系你吧！"边江敷衍了句，这才跟涂莹莹告别，离开了餐厅。

一出来，他就长长地松了口气。

"怎么样？"可心问。

"什么怎么样？"

"见到了初恋，发现她跟自己想象的不一样。"

"你怎么知道？"

"我又不傻，你看着她的眼神一下就把你卖了！"

边江闷闷地"嗯"了一声："她好像没变，又好像变了很多，反正一切都跟我想的不太一样。"

"那你想的是什么样子？"

边江考虑了下，说了两点。他一直以为涂莹莹单纯柔弱，但今天见她，发现她已经变成了一个成熟的职场女强人，但她的眼神，却又和几年前一样，一副很受伤的样子，好像个被人欺负的弱女子。

另一点就是，他没想到涂莹莹会知道自己的事情，连他打了胡成，后来被开除，她都清楚地知道。难道涂莹莹一直在默默关注自己？

可心撇撇嘴，一副看透一切的表情，但她并没有多说什么，只说了句："联系她试试看，也许就知道了。"

边江看着她，皱着眉头："可心，你知道吗？有时候，我真的搞不明白，你到底在想什么？你真的希望我联系莹莹？"

可心却说，她用女人的直觉，感觉涂莹莹并不幸福，好像有苦说不出的感觉。而且她看出来边江很在意涂莹莹，知道如果不过去打招呼，他心里肯定一直惦记着，还不如见个面，说两句，说不定就没那么多念想了。

　　还有一个原因，让可心很想过去打招呼，是因为她在一次聚会上见过那个叫志豪的男人，知道他有老婆。

　　边江惊讶不已："还有这事！"

　　可心耸了下肩膀："就是这么巧。不过那个志豪并没有认出我来。怎么样？跟我吃饭是不是收获很大，帮你解决了接近那毒枭老板的事情，还帮你见了初恋。"

　　边江笑笑："都过去了。我对莹莹，并没有什么特殊的感情。但毒枭老板的事情，确实要谢谢你。"

　　说完，他把那张名片随手放在了车的前中控台上。

　　"哈，听你这么说，我心里舒服多了。对了，你还是联系一下她吧！她那么主动给你联系方式，还一副有话说的样子，肯定有事情。"可心说着拿起名片，递到了边江手里。

　　边江重新接过来名片，看看可心，把名片收了起来："好吧，那就听你的。"

　　可心微微一笑："听我的就对了。"

　　边江提出送可心回家，可心就反问他："你一会儿去哪儿？这么早就回去睡觉？"

　　边江考虑了一下，点点头，说不早了，今天折腾一天也累了，就想回家睡觉。

　　可心有些扫兴的样子，撇撇嘴："那好吧，把我送到酒吧街吧！"

　　"你一个女孩子，自己去喝酒？"

　　"不可以吗？"

　　"可以是可以……"

　　"反正我回家也是一个人，那么大房子，怪无聊的。"可心眼睛看着车窗外，霓虹在她眼中闪过，留下大片飘忽不定的阴影。

　　"你家人呢？"

　　"他们忙。哎，别说这些了。怪没劲儿的。"

边江只好转移了话题,但对可心更加好奇,是不是因为她的父母都很忙,总是顾不上管她,才使她跟黑社会的人混在一起?还是说,她家里人都是黑道上的?

边江无功而返,回到家中,心情有些失落。摆在他面前的最大难题是,就算神龙站在他眼前,他也认不出来。

托可心的福,边江当上了"Tasty"西餐厅的经理,有了更多机会接触Vip客户的机会。这期间,他拿到了VIP客户的名单,并发送给了柴狗。但边江凭着自己的直觉就知道,这些名单里没有神龙老板。而柴狗也只说让边江继续按照之前的计划行事,并没有特别的指示。

一转眼,半个月过去了,这天边江不用去餐厅上班,无意间,看到了随手丢在茶几上的名片,上面写着涂莹莹的联系方式。

他还没有联系过她,在餐厅上班的这些天,也没有再看到涂莹莹。边江想起可心的话,她建议边江尽快联系涂莹莹,因为她凭着女人的第六感,认为涂莹莹或许是有什么事要找边江。

边江拿起来手机,拨通了涂莹莹的电话。涂莹莹接听了电话,声音懒洋洋的,此时是上午十一点,她好像还在睡觉。

"谁呀?"

"是我,边江。"

手机那头突然传来了哽咽的声音。

"莹莹,你怎么了?"

"我一直在等你的电话。"涂莹莹的声音听起来有些颤抖。

"等我电话?"边江有些许诧异。

"对,等你电话。那天在餐厅遇见你,你不知道我多开心。"涂莹莹说着声音就变了,好像要哭了似的,然后不停地喘气。

边江小心问涂莹莹怎么了,涂莹莹深吸了两口气,说自己很难过,每天都很痛苦。

"那天,我看你的状态还挺不错的,以为你过得很好……"

涂莹莹苦笑:"我是过得不错,但也只限于你看到的那一面。那天在餐厅，我不方便跟你多说，我真怕你不给我打电话来。你现在方便吗？能不能来见我？"

边江考虑了一下，问涂莹莹现在人在哪里，问完又觉得应该避嫌，说要不然就找家餐厅或者咖啡馆见面。涂莹莹马上拒绝了边江的提议："不，你来找我，来了就知道了。我在花园酒店 1603 房间。"

"你在酒店啊……"边江联想到了一些事情，但紧接着他晃晃脑袋，把这些想法赶出脑袋，他认识的莹莹不是那种女人。随后，他又想到了另一种可能，会不会莹莹现在不在酒店，故意跟边江说了一个房号，是要跟他……而这个想法比上一个更快地被他清理出了脑袋。

"对，在酒店，你能来吗？"涂莹莹的语气里充满了期待。

电话那头长长呼出一口气，涂莹莹虚弱的笑声传来，伴随着呼气发出的呻吟和喘息说："嗯……我等你。"

挂断电话后，边江的心跳加速了。过往的一幕幕在他脑海里回放，跟涂莹莹的那些美好回忆，还有那段被胡成搅得支离破碎的感情。边江并不想跟涂莹莹发生什么，更称不上是旧情复燃。只不过，那段真挚热烈的感情是他心底的一块珍宝，所以当他要再次面对涂莹莹时，还是有些激动。

他知道自己不该多管闲事，但曾经的女孩儿似乎遇到了困难，就算只是个老朋友，他也不能袖手旁观。出门前，边江看了看镜中自己的样子，胡子拉碴，衣服也皱巴巴的，他简单洗漱了一下，刮掉胡子，换上了干净的衬衫和卡其色休闲长裤，戴上手表，拿好钱包，整理了一下头发后才出了门。

来到 1603 房间外的时候，边江深吸了一口气，敲了三下门，里面传来拖鞋走在地板上的声音，边江的心跳也不由地加速了。

门打开，涂莹莹裹着一件白色浴袍，露出苍白的脖颈和细瘦的双腿，她手指间夹着细细的女士香烟，憔悴地站在边江面前。没有化妆的她，双眼无神，两个大大的黑眼圈十分明显，头发湿漉漉的，看起来刚刚洗过澡。

边江无法想象，眼前的人和那天在餐厅遇见的是同一个人，更不敢相信，记忆里的莹莹，如今变成了这个样子。她曾经的清纯、羞涩、惹人心疼都去哪儿了？眼前的她，不修边幅，面黄肌瘦，透着一股自暴自弃的颓废。

莹莹看着边江愣了两秒钟，随即挤出一个感激的笑容："我真怕你不来。"说着她低下头，有些尴尬地把烟扔在地毯上，用脚快速踩灭。涂莹莹对自己的状态似乎也感到难堪，她抓了下头发，裹紧浴袍，双手抱肩后退一步，说了句"进来吧"，转身带边江走进屋内。

大大的圆形羽毛床上，放着一个木制托盘，托盘上放着半瓶洋酒、一只空酒杯，酒精的味道在空气中弥漫着，椅子上是散落的衣服，地毯上是东倒西歪的高跟儿鞋。边江快速观察了一下房间，他断定这间房的房价不会太低，看起来是豪华套房的级别。梳妆台上堆满了日用品，柜子有一扇门开着，里面全是衣服，这说明涂莹莹长住在此。

莹莹有些窘迫地站在边江的对面，眼睛红红的，好像有些话就在嘴边，却不知该怎么说出口。

"莹莹，你该不会是长期住在这里吧？"

她点了点头。

"你……没有家？"

"至少在这个城市，还没有。"莹莹悲哀地说着。

这时，边江注意到，在涂莹莹的床头柜上，放着一枚小注射器，还有一个金属汤勺。他一下子就全都明白了，为什么涂莹莹大白天的精神萎靡，为什么她面容憔悴，顶着大大的黑眼圈，甚至为什么求助于边江。涂莹莹在吸毒，她是一个瘾君子。

边江走到床头柜边上，拿起那注射器，转身看着涂莹莹，眉头紧锁："你吸毒了，为什么？你怎么活成了这个样子！"

涂莹莹突然落下眼泪，快走两步，来到边江面前，张开双臂，紧紧环绕在边江的腰上，轻轻抽泣起来。边江暗暗在心里叹了口气，扶着涂莹莹的肩膀，把她从胸前推开："莹莹，到底发生什么了？告诉我。"

·第十四章　物非人非·

"是胡成。"说出这个名字的时候，涂莹莹的身体就开始颤抖起来。边江的脑袋也"嗡"的一声响，好像要炸了似的。

"他还在纠缠你？"边江攥紧了拳头，呼吸也加重了。涂莹莹流着泪，点了点头。

边江拉过一把椅子，扶着莹莹坐下，自己则坐在另一把椅子上："那浑蛋对你做了什么？告诉我。我帮你去收拾他！"

"你真的能帮我吗？"涂莹莹浑身都颤抖起来，好像生病了似的，她舔了舔嘴唇，"嗯……主要是，他家里有钱有势的，我怕会连累你……"

边江冷笑两声："他不简单，我也不是吃素的，他有自己老子罩着，我也有自己的兄弟和大哥，敲断他一条腿，还是没有问题的。"

涂莹莹连忙摇头，悲惨又急切地说："不不，你听我说，事情没有那么简单，打他没有用，那并不能帮我永远摆脱他……"

边江就问，那到底该怎么做？

涂莹莹直直地盯着边江的眼睛："能不能帮我弄点儿这个？"涂莹莹说着看了一眼那枚注射器。边江不禁皱起眉头："他让你染上了毒瘾。"

涂莹莹点点头，坐在椅子上，双膝紧紧靠在一起，不住地抖动着，双手十指紧扣，捏得关节都发白了。她看看边江，舔了舔嘴唇，牙齿轻微地打战。

他从兜里拿出烟，递给涂莹莹一支："跟我说说，把胡成逼你做的所有事，都告诉我。"

涂莹莹抬眼看看他，眼里含着泪，紧接着一口接一口地吸起来，但这种普通香烟显然对她来说没什么用，无非就是个心理安慰罢了。

"他故意让我……染上了毒瘾。我不知道怎么得到毒品，就只能跟着他。"涂莹莹无助地诉说着，声音断断续续。边江觉得她的毒瘾好像要发作了，不禁一阵心疼。

"既然这样，你就要争口气，想办法戒毒啊！"边江又急又气，想发火，可看涂莹莹的样子，又只好先忍着。

"你以为我没想过戒毒吗？根本就没用，我做不到。我也没想到，这东西能让人这么不能自拔……再说，就算戒了，他还有别的办法，我还是摆脱不了他！"涂莹莹的情绪已经到了崩溃的边缘。

边江听出来了，胡成还对涂莹莹做了别的事情，他看着涂莹莹，等她说下去。

涂莹莹调整呼吸，抱着双膝，蜷缩在椅子上，对边江说："他手里，有我的……一些照片和录像，如果我离开他，那些东西就会发给我父母。"

边江马上问，到底是什么照片和录像。

涂莹莹抿着嘴唇，看着边江，过了一会儿，才说出来是她的不雅照。

边江没有细问，只觉得气不打一处来，也不知道是该恨胡成浑蛋，还是怨涂莹莹软弱被人欺。

边江看着涂莹莹："所以他是用那些照片和视频，逼迫你……跟他在一起？但我看你那天明明跟别的男人在一起啊，莹莹，到底还有什么事是我不知道的？"

涂莹莹突然呼吸急促："边江，别的我以后……以后再给你说……能不能……能不能先给我弄点儿海洛因……"

看着她自甘堕落的样子，边江一下子就急了："你为什么觉得我会有这东西？"

"你不是……不是跟着一个老大吗？听说……他就做这毒品生意的，你帮我弄点儿来，不难吧？"涂莹莹的眼神从期待变成了埋怨。

"我没有那东西。"边江回答得格外决绝。

听完边江的话，更多的眼泪从涂莹莹脸上滑落，顺着她的下巴滴在了浴袍上。边江心一软，换了个语气又跟涂莹莹解释了一遍，自己确实没有海洛因可以给她，并问她，到底是怎么知道自己的事情的。

"我听说了，你打伤胡成……被开除……然后我就……打听你的消息，后来……后来没有你的消息。我找了你一段时间。再后来，一个偶然的机会，我知道你跟黑社会混到一起了……"

听着涂莹莹诉说对他的关心，看着她委屈的眼神，边江心疼，也突然发现这种心疼是同情，原来涂莹莹对他来说，真的只是一个老同学了。意识到这一点，让边江的内心忽然轻松了许多。

"我真的没有毒品可以给你，莹莹，你应该想办法戒掉，不能再碰这东西了！"

涂莹莹愣愣地看着他，脸色阴沉下来："你是看不起我。"

边江叹了口气："莹莹，我哪有看不起你，我也想帮你，可是我确实没有那东西啊。据我所知，我们大哥也还没开始做这个生意呢，手里根本没有货源啊！"

涂莹莹眼神闪烁了一下："他没货？！哼哼，哈哈哈！怎么可能！你就别骗我了。"

边江马上解释说，自己没有骗她，可惜涂莹莹完全听不进去，她的脸色越发难看，因为生气变得煞白煞白的，呼吸更加急促。边江担心她把自己气坏，就说："莹莹，你冷静点儿……"

涂莹莹爆发了："我不能冷静！我怎么冷静？你不知道胡成对我做了什么！他把我当成泄欲的工具，不高兴了，就对我拳打脚踢，百般侮辱，后来他觉得无聊了，就逼我给他赚钱。他用自己的关系，帮我认识了一些有钱人。那些人给我的钱，我必须把大部分都交给胡成。他还偷拍了我和那些男人的照片……"

涂莹莹说到最后已是泣不成声。边江问她，为什么不反抗、不报警，为什么明明知道这样下去不行，还要跟胡成在一起，难道就因为几张照片、几段视频，就要把自己这一辈子搭进去吗？

涂莹莹苦笑，她快速抹了把泪水，对边江说："你就是站着说话不腰疼，你有没有想过，如果他把这些照片和视频给我父母看了，他们能不能承受？他们都以为我在这里过得很好，快要结婚了。我父母岁数大了，我怎么能让他们再受这种刺激！"

"一家人就是要彼此关心，你的家本就该是你的避风港。你犯不着一个人苦苦死撑啊！"

"那你呢？你有了困难，也告诉你家人吗？"

边江一愣，半天说不出一句话，他不知道该如何回答。

"再说，你根本就想象不到胡成是怎么逼我的！"涂莹莹虚脱了一般，靠着墙慢慢坐在了地上，把头埋在膝盖上，呜呜地痛哭起来。

"他在哪儿？我去找他算账！"

涂莹莹摇摇头，双眼红肿，无力地看着边江说："我已经好几天联系不上他了……我也想找到他……边江，你就帮帮我吧。真的，就给我再注射最后一次，然后你让我做什么，我都听你的！真的……求求你……"涂莹莹不住地发抖，深呼吸，急促喘气……

边江蹲在涂莹莹身边，握住她的肩膀，把她慢慢抱在怀里："对不起，我刚才不该那么咄咄逼人，你肯定是没有办法才来找我的，别怕，有我在，我一定会帮你渡过难关……"

涂莹莹猛地推开了边江，跑到了洗手间，边江紧接着追过去，只见她正趴在马桶上大口大口地呕吐，消瘦的肩膀一耸一耸的。边江想进去照顾她，涂莹莹却侧过身，快速关上了门，并在里面哭喊着："你走吧……我不想让你看到我这个样子……"

边江默默回到房间里，没有离开。他在窗边徘徊，一根接一根地抽烟，卫生间里，涂莹莹还在呕吐，好像要把五脏六腑都呕出来一样。终于，边江拿出手机，拨通零度的电话。

"是我，边江，零度哥，我有事求你帮忙。"

"怎么了？你说。"

"我有个朋友，毒瘾犯了，我想送她去戒毒所，但我现在的身份，出现在戒毒所不合适。你能不能送她过去？"

零度考虑了一瞬，答应了："行，那你自己带她过来吧，我在实验楼下面等你们。"

边江挂断电话后，跑到卫生间门外，敲了敲门："莹莹，你开门……"

"走！别管我……"涂莹莹说到一半，就急喘起来，就像哮喘病发作了一般。边江一听声音不对，立即转动门把手，打算闯进去，没想到涂莹莹竟然已经把卫生间给锁上了。

边江一边敲门一边喊着涂莹莹的名字，让她开门，让她坚持住，保持清醒，与此同时，他注意到卫生间的门锁其实很简单，虽然是从里面锁上的，但只要用一枚五毛或者一毛的硬币就可以打开。

边江从涂莹莹钱包里找到一枚硬币并顺利打开了洗手间的门，涂莹莹正瘫坐在地上，靠着马桶边，身上的浴袍几乎从身上滑落下来。她一看见边江进来，就用手捂住了脸，"呜呜"哭了起来。

边江把涂莹莹的手拿开，帮她把睡袍穿好："莹莹，我找到办法了，咱们现在就去。"

"我不去戒毒所！你不要送我进去！"涂莹莹边摇头边往后躲。

"不是戒毒所，是我的一个朋友，他有办法救你。"边江哄骗着她。

涂莹莹抬起泪汪汪的双眼："真的吗？"

边江点点头，把涂莹莹从地上抱起来，将她放到床上，涂莹莹浑身颤抖、呼吸不畅，边江就帮她找出一身好穿的衣服，帮着她穿好，当他们离开酒店的时候，涂莹莹已经意识模糊了。

一个小时后，他们来到 B 大学实验楼楼下，边江见到了零度。零度看一眼涂莹莹，叹了口气："挺好的姑娘，啧……"

"也是让渣男给坑了，啥也别说了，辛苦你跑一趟了，零度哥。"

零度坐进驾驶位，对边江摆摆手："行啦，人交给我，你放心回去吧。三个月后，还你一个健康的姑娘。"

边江看着零度的车消失在学校甬道上，这是对涂莹莹最好的拯救办法。

他只能为她做到这一步了。

边江转身准备离开，一抬头，却看到一个熟悉的面孔。正是神龙老板的手下，小童。

小童的样子很颓废，跟边江最初见他时很不一样。小童是边江调查神龙老板的唯一有效线索，他一度想要找到小童，可这家伙好像人间蒸发了似的，没想到今天突然又出现了。

小童看了一眼刚才零度和涂莹莹离开的方向，用奇怪的口气说："我有一个重要情报，你肯定会很感兴趣。"

边江挑了下眉毛，冷笑一声："怎么突然这么好心？"

"我帮你，自然有我的道理。"小童神秘又紧张地说。

边江的胃口被吊起来了，但他并没有放下提防："那要是我今天没有遇到你呢？"

"就是见到你以后，突然想到的。"

边江撇撇嘴，并不相信小童这个牵强的解释。

小童往前走了一步，离边江更近一些，压低声音说："你在找神龙老板对吧？我可以给你提供一个他的重要信息，但你得答应我，帮我解决一件麻烦。"

"那也要看你能给我提供什么，有价值我就帮你。"边江说道。

小童低着头，从下往上盯着边江："不行。你先帮我，然后我才会告诉你。"

边江无所谓地撇了撇嘴说道："既然你不相信我，那就算喽！我就当今天没见着你。"边江说完准备离开。

"你刚才带进去的那个女孩儿，她是神龙的女人，我见过她，她叫涂莹莹，对吧？"

边江停下脚步，回头看向小童："你不是没见过神龙吗？怎么还知道他有过什么女人？"

小童挑了下嘴角，邪笑了一声，那神情让边江突然不寒而栗。他上下打量着小童的样子，这才注意到，今天的他有些奇怪。

小童身上的衣服一看就是刚买来的，新衣服的折叠痕迹还在，可他的头发却脏兮兮、油乎乎的，好像好几天没洗过似的，身上更是散发着一股奇怪的味道。

　　边江最终把目光落在小童的手指上，在他的指甲缝里，有紫褐色的东西，好像血迹，但双手又很干净，有种因为清洗过很多遍而浮肿的感觉。

　　"你说莹莹是神龙的女人，那她怎么还敢跟别的男人去神龙常去的餐厅吃饭？就算她和神龙已经分手，以神龙那种老板的性格，恐怕也容不得自己原来的女人跟别的男人厮混吧？"边江问。

　　小童却说："那有什么不可以，再说，我也没说她是神龙的情人啊！"

　　边江不解，小童往前走了两步，凑到边江面前，低声说："她去餐厅吃饭，其实是在帮神龙做事。"

　　涂莹莹不是被胡成威胁才接触那些男人的吗？难道胡成那个渣男就是神龙老板？边江随即摇摇头，否认了这种想法。

　　"怎么，你还不相信我？"小童问。

　　边江瞪着小童："莹莹不是这么说的。"

　　小童阴险地看着边江，冷笑两声："这说明她在跟你演戏呗！想知道真相吗？想知道涂莹莹为什么接近你吗？只要你帮我解决了难题，我就告诉你，否则不会跟你多说一个字。"

　　边江考虑了一下，抿抿嘴唇："好，说吧，要我帮你做什么？"

　　小童指了指实验楼的楼顶："你先跟我去顶楼，我再告诉你。"

·第十五章　孰是孰非·

边江跟随小童，来到实验楼的天台。小童走到了露台边上，双手一撑，坐在了边沿上，双腿垂在外面，悠闲地荡着。

小童这一系列动作，看得边江心惊肉跳，但又觉得他好好的，不太可能寻短见。

"到底让我帮你干什么？"边江站在远处问。

小童侧过脸，眯起眼睛，望向天空："我没有脸去见我妈，我想让你帮我把她从精神病院接出来，送回老家去。地上那一袋钱是我早就藏在这里的，你可以拿走一半，剩下的给我妈。"

小童低头看了一眼在他身后放着的黑色塑料袋，这才反应过来，小童真的是要自杀。

"你妈不是疯了吗？我把她接出来，她生活可以自理吗？"边江慢慢朝着天台边缘处靠近，想找机会把小童拉回来。

"我妈没疯。精神病院那边我已经联系好了，你只要去接她就行。"小童突然回头看向边江，冷冷说道，"别过来。"

边江马上站住脚，故意大大咧咧地说："什么大不了的，至于这么寻死觅活的？有啥想不开的，跟哥说说，没准儿我还能帮帮你呢！"

"想不开？你以为天底下的难事，都是因为想不开吗？"

"我不是这个意思。"边江答道，他把手插在兜里，后退了两步，不再表现出想救他下来的意思，"想死的话，我也不拦着你，但如果你不跟我说清楚，我可不会帮你。"

"你不想知道那个涂莹莹的事情吗？想知道真相，就答应我。"

边江反而笑了："小童，你那么聪明，不会这么笨吧？就不怕我现在答应了你，骗你说出来莹莹的事情，然后拿了你的钱走掉？"

"我知道你不会那么做，虽然咱们接触不多，但我一眼就能看出来，你不是那种人。"

面对小童的这种信任，边江不禁苦笑道："要是你没遇到我呢？你是不是就不死了？"

小童却说，他原本是想找另一个好哥们儿帮忙，但那哥们儿不是黑道上的人。小童怕连累他，但又没别的可信任的人，没想到遇到了边江，他马上就改变了主意，决定让边江帮自己。

边江微微一笑："你倒是坦诚，跟我说这个，不过听你这么一说，我更不敢帮你了。"

小童把头别过去："行了，就别说这些没用的了。现在你听好，我只说一遍，关于涂莹莹……"

边江立马打断了他："哎哎，别说了，我不听啊，莹莹到底是怎样的人，我可以自己慢慢了解。现在我不想帮你，你要死就死吧，少给我布置什么任务，也别搞得好像我成全了你的死似的。"边江冷冷地说完，转身快速走进楼道里。

"你……"小童急躁的声音，从边江背后传来。

边江立马捂住耳朵，头也不回地继续往前走："要死要活是你的事情，我自己的事情还忙不过来，没空儿管你！"紧接着，小童的脚步声传来。边江微微一笑，越发加快了脚步。等小童跟着他走过来，边江回头看了他一眼，只见小童的表情就像吃了死苍蝇，手里拎着塑料袋，怒视着边江。

边江左右看看，发现右手边的教室里空无一人，他推门走了进去，等小童也跟着进来，边江马上从里面锁上了门，悬着的心也稍微落了地。边江尽量不让小童看出自己的紧张，镇定地挑了一把椅子坐下，对小童说："好了，现在咱们可以好好说说了，就先从你为什么自杀开始吧！"

小童皱着眉头："你竟然不关心涂莹莹跟神龙的关系？"

边江一耸肩膀："关心啊，当然关心，但比起你自杀的原因，我对你的事情更感兴趣。而且，你死的时候，我在天台。你真以为警察不会怀疑我什么？你不想招惹警察，我也不想。"

"原来你是怕我连累你。"

"废话！你跑到顶楼上来，我紧跟着你过来，楼道里的摄像头都拍下来了。警察不会找我麻烦？等你把所有事情跟给我说清楚了，我离开这栋楼，你愿意怎么死，就怎么死，我才懒得管你。"

边江故意说得很冷漠，就是希望小童不要觉得，他死了就能一了百了。

边江拿出一根烟，给自己点上，眼睛斜睨着小童："说吧，为什么自杀。"

"我杀人了，怎么都逃不了了，而且，我也不想逃了。"小童说着还摆出一副看破红尘、生无可恋的样子。

"杀了谁？"

"我对象。"

边江记得，小童的女朋友很漂亮，他和女朋友高中时就在一起了，那时候他父亲反对他们早恋，后来小童的父亲死了，母亲疯了，两个人从那之后，就在一起了。

"你们不是很相爱吗？"

小童冷冷"哼"了一声："相爱？那是因为我过去太单纯了。如果我早就认清了她是个什么人，就不会被她迷惑，更不会……不会伤害我的父母……"他说着给了自己一个耳光，之后便低垂着脑袋，不停地叹气，偶尔擦一下眼角。

"她跟你父母又有什么关系？哥们儿，你别这么跳跃，慢慢说。"边江吸一口烟，弹弹烟灰，小童咬着嘴唇，一言不发。

边江叹口气："哎，我的时间也宝贵，咱俩这么僵着没有意义啊！再说你都要死了，难不成还要把这些秘密带到地下去？说给阎王听啊？"

小童瞪着边江，很生气，又很无奈，终于把全部事情都告诉了边江。

原来，小童的父亲生前是个酒鬼，经常酗酒，喝完酒就打小童，反对他和那女孩儿在一起。小童父亲认为那女孩儿太漂亮，天生是个狐狸精，当然这些话是他酒后说的，女孩儿便把这些话记在了心里。后来，小童父亲在清醒的时候，也跟他谈过，希望小童专心学习，不要早恋，等他考上大学后，就不管他这些了。小童正处在青春期，逆反心理很强，自然是不听，反而和女孩儿走得更近。

一个周末，小童从外面回到家里，刚要开门，那女孩儿却衣衫不整地哭着从家里跑出来。小童问她到底发生什么了，女孩儿什么都不肯说，哭着跑走了。当他走进家里，发现父亲正醉醺醺躺在床上，下半身赤裸着。

小童看见这一幕，气疯了，当时正好看见桌子上放着一把菜刀，他抄起菜刀就把父亲给杀了。之后小童母亲从外面回来，就看到傻坐在地上的小童，他手里还拿着菜刀，身上早已沾满鲜血。从那之后，她就没有跟小童说过一句话。警察来的时候，她也一言不发，后来住进了精神病院。

事后两年，小童去看望他母亲，当时他以为母亲疯了，就毫无保留跟她说了很多事情，包括自己现在仍然和那女孩儿在一起，说他不后悔杀死父亲这个人渣。

当他说到父亲是人渣的时候，他母亲突然抬眼看着他，对他说："你父亲当然没有做那种事，我以人格担保。他就算是个脾气暴躁的酒鬼，也绝对不是个禽兽。现在我所受的一切，都是在赎罪。因为我从一开始就不该把你生下来。这辈子，我都不会原谅你，以后不要再来看我了。我只当自己没有生过你，没有你这个儿子。"

小童这才知道，他的母亲并没有疯，只是因为失望才不肯跟他说话，但那时候的小童并没有意识到自己真正的错误。

关于小童为什么没有坐牢，他说是在警察来之前，自己就被一个人带走了。那人说，如果想活命，就听他的。小童跟着那人到了他的住处，洗澡换衣服，然后又按照他的要求去了一个网吧。当小童再回到家里的时候，警察已经把现场封锁起来。小童提供了不在场的证明，他母亲当时选择缄口不言，却刚好帮了小童。警察很快就在小童家不远的一个河沟里发现了凶器，在上面发现了另一个人的指纹，紧接着警察抓到了所谓的凶手。这个案子就此了结。再后来小童结识了神龙，在神龙的资助下，完成了学业，作为回报，小童也帮神龙做一些事情。

直到昨天，小童收到一个包裹，包裹里有一本日记，没想到，那日记就是他女朋友的，几年前记的。

小童不知道寄出这本日记的人是谁。出于好奇，他翻看起来，终于发现了当年的秘密。没想到，小童父亲出事那天发生的一切，都是小童女朋友在演戏。她记恨小童父亲说自己是狐狸精，不许她和小童在一起，就想故意陷害小童父亲，就连桌子上的那把菜刀都是她提前准备好的，因为她太了解小童的性格。

小童杀人后，一片凌乱，后来凶器不翼而飞，他自己都不知道是怎么回事，其实是被那女孩儿拿走的，把那个替死鬼的指纹弄到了刀柄上，然后扔到了干涸的河沟里，没多久就被人发现了。

总之，从逼小童杀死自己的父亲，一直到帮他脱罪，都是那女孩儿密谋的。而且她早就认识神龙了，并请神龙帮小童脱罪。她后来把小童介绍给神龙，看似偶然发生的一切，其实都是那女孩儿特意安排好的。日记中还记录着，她之所以跟小童在一起，就是因为他长得像她第一个男朋友。

小童得知这一切后，无比震撼，拿着日记去跟女孩儿对峙，没想到女孩儿十分镇定，觉得自己没做错，要不是她帮小童摆脱了酒鬼父亲，认识了神龙，也就不会有小童的今天。

小童想起母亲的话，想起母亲的绝望和愤怒，想起自己杀害父亲时，父亲甚至连反抗一下也没有，想起父亲清醒时，语重心长跟他讲，不要早恋……

结果那女孩儿还一副理直气壮的样子对他说，自己做得一点儿都没错。她高傲的姿态，冰冷的语气，终于让小童忍无可忍，他只想跟女孩儿一刀两断。当他提出分手，女孩儿却抱住小童想留住他。小童用力推开她，失手将她推下楼梯，女孩儿当场摔死。

小童不知道该怎么办，就先把尸体拖回家里。因为他女朋友摔倒的地方就在他家楼道里。之后小童倒也没想逃跑，只是想弥补母亲，想把自己这些年的钱都给母亲，然后以死谢罪。

边江听完所有的事情，看着狼狈不堪的小童，不禁替他感到惋惜，对他说："如果我能想办法帮你，你会不会放弃自杀的念头？"

一丝亮光从小童的眼中闪过，随即消失。他摇摇头："我第一次杀人，神龙帮我脱罪，后来我帮他做过那么多坏事。这一次，虽然是我误伤了她，但终究还是错了。我实在不想苟活了。"

边江掐灭烟，又点上一根："你怎么知道你母亲想让你死呢？如果她知道你已经觉悟，却还选择自杀，那她会不会更难过？从此以后，她可是要一个人过一辈子了，她有多痛苦，你想过没？"

"我妈不会原谅我的。"小童低着头。

边江马上摇摇头："你怎么知道？不如我去问问，然后你想自杀还是自首我都不拦着你，至少让你知道你母亲是什么态度。死了可什么都没了。"小童看着边江，眼睛睁得大大的，他迟疑了。

"怎么样啊，说句话，我真的没时间跟你耗着，要是不行就算了，反正我也懒得管你。但你要是不想死，我可能真的能帮到你。"边江语气十分诚恳。

小童抿了抿嘴唇，终于点点头："好。"

边江松了一口气，虽然一开始就知道小童未必是真的想死，但也难说他不会冲动做傻事。他拍拍小童的肩膀："行啦，现在给我说说莹莹的事吧？"

小童回过神来，对边江说："涂莹莹接触不同的男人，其实她是有任务的，全是神龙老板的命令。她接触你，肯定也是有目的的。"

"你确定？"

"确定。她接触过的男人，有的也是我的任务目标，那都是'神龙'想拿下的人。"小童十分肯定地说。

边江又问："那涂莹莹接触那些男人的目的是什么？"

小童告诉边江，涂莹莹主要是帮神龙打探老板的底细，看哪个老板能成为神龙的合作对象。

边江突然想，柴狗现在让自己做的，岂不是跟神龙让涂莹莹做的一样？他们两个人的目的都是试探对方，涂莹莹既然知道边江是柴狗的手下，那她接触边江肯定就是有目的的。

边江暗暗寻思：这么说，我今天不该带涂莹莹来，她一旦知道我和零度的关系，会不会怀疑我的身份，万一她发现我是卧底，这事再传到柴狗的耳朵里，那所有的计划就都完了。现在边江只希望涂莹莹意识不清，醒来什么都忘掉。

边江对小童说："行了，你赶紧下来，我陪你去医院看你妈。"

路上小童看边江心不在焉地开车，就问他是不是还在担心涂莹莹。

边江看小童一眼："嗯，我是怕她真的有困难，在向我求助，而不是算计我。"

到精神病院后，走了一些基本的手续，他们很快就见到了小童的妈妈，看着她的样子，边江怎么都没办法把她和正常人联系在一起。

小童的母亲虽然刚四十多岁，但头发已经白了大半，怀里抱着一个破旧的布娃娃，看见边江和小童的时候，眼神紧张又警惕，不由把那布娃娃抱得更紧了，生怕被夺走了似的。她就像很多精神病患者那样，疑神疑鬼地盯着人看。跟她熟悉的护士，连忙把她带到一边，跟她说着什么，好像在安抚她，她的眼睛却时不时偷偷往边江和小童这边看过来，紧张兮兮的。

·第十六章　真疯假傻·

"小童，你确定你妈精神正常吗？"边江低声问。

"确定啊！医生跟我说过，我妈精神没有任何问题，就是住院后话不多。而且每次要给她做测试，或者决定是否能出院的时候，她就装疯卖傻。后来我听说，她跟熟悉的护士说过，她觉得疯人院比外面好，说这里的人只是病了，外面的人才是真的疯了。"

小童低下头，流露出愧疚之情。边江又把目光重新落在那个可怜的女人身上，都说天下母亲没有不爱自己孩子的，他想，一定能有办法化解这母子之间的仇恨。

过了一会儿，护士一脸为难地走过来："你是小童是吧？"

小童马上往前站了一步："嗯，我是！"

护士点了下头，算是打招呼："不好意思，你妈妈精神状况不是很稳定，恐怕你们也说不上什么话了，你还是先回去，改天再来吧！"

小童哪能等得了改天，就跟护士说："你告诉我妈，我是要跟她说父亲当年的事情，我查明真相了。"

护士皱皱眉头，一脸疑惑，抿了下嘴唇："那好吧，我再试试。"

她走到小童母亲身边，凑在她耳边轻声说着，谁知小童母亲听完后，竟然大声尖叫起来，然后捂着耳朵，蹲在地上；布娃娃也掉在了地上，脸朝下躺着。

边江只听见她含含糊糊地喊着："你们别再骗我……我的小童……死

了……早就死了……他爸喝醉了，把他打死了！”

小童吓坏了，慌张地看看边江，看看母亲，倒退着往后走了两步，眼圈红红的，摇着头，转身跑出了精神病院住院部的大门。

边江追出去，拽住了小童："你干吗去？"

"我妈不想见我，她还是不肯原谅我，但我没想到她会用这样的方式折磨我……"小童蹲在地上，双手捂住脸，泣不成声。

边江回头看看住院部，对小童说："你妈妈刚才的反应不像是装出来的，你先在这儿等我一下，哪儿也别去，我回去问问护士再说。"

小童抬起头来，抱着最后一丝希望，看了一眼边江，点点头。当边江重新回到楼里，小童的妈妈已经被带回病房里了。他找到刚才那位护士，询问小童母亲的情况。

"护士，我听说刘阿姨一直是在装疯，您看，能不能让我单独跟她说几句话，她和她儿子之间有些误会，或许我可以帮他们化解……"

没想到护士拧着眉头看边江，十分不满："装疯？开什么玩笑，刘阿姨早就疯了。"

"早就疯了？确定吗？"边江再次问。

护士狐疑地看了他一眼，有些不耐烦："这还用说吗，真疯假疯都分辨不出来，我们就该失业。你等一下，我给你看点儿东西，你就相信了。"

护士说完走到护士站后面，翻出来一张检验单，递给边江："你自己看吧，这是她做过的一些测试，里面详细记录了，她从意识到行为习惯的表现，诊断结果也很明确，确定为抑郁症及持久的妄想性精神病。"

边江接过来那些病历单，测试纸，问护士："那有没有可能，装疯的人瞎填的？"

护士更加不满："你把精神病想得太简单了吧？那可不是想装就能装成的。要想不被人看出来，更难。"边江就说，可是医院的人明明跟小童说过，他母亲是在装病。

"那都是几年前的事情了！那时候我还没来这里工作，但是听人说过。"护士说完，把病历收回去，对边江失望地摇了摇头，"你们这些做家属的，对病人不闻不问，她的病只会越来越严重。就算以前不疯不傻，时间久了，也会生病。"

护士说完就去忙别的事情了，边江刚一转身，发现小童站在自己身后，问道："你都听见了？"小童点点头。

边江又问："那你多久没来看过你妈了？"

"三年多。"小童的声音很低。

"也就是说，三年前，你妈精神还好着……"边江没说下去，叹了口气，拍拍小童肩膀，离开了住院部。两人一路无话，小童只是默默看着车窗外，最后边江实在忍不住了，问小童家在哪里。

"家在哪里……我也不知道……"

"我问你租房子的那地方。"边江看他一眼，怕他一时想不开，再寻死，就把车子停在路边，问小童接下来有什么打算。

"边江哥，你要是我，你会怎么做？"小童茫然看着前面。

边江想了想："自首。"

"不，我不能去自首。"

"那怎么着？你还要跳楼啊？"

"不，也不跳楼。我现在就想脱罪……"

边江半天没吭声，小童也不说话。过了一会儿，边江问他："就算你不是故意杀你对象，那你想过那个替你坐牢的人没有？判了无期是吧？他白白替你蹲冤狱一辈子，凭什么啊！"

"他被判了死刑，不过那家伙也是我们当地的一个恶棍……"小童说。

"恶棍就该死吗？"

"不是，我不是这个意思……我是说……算了，如果我能脱罪，我会好好对他家人，听说他家里还有一个正在念小学的男孩儿，我会一直资助他……嗯，匿名。"

边江冷哼了一声："搞得你好像还挺伟大。"

小童皱起眉："哥，你那会儿不是说，你能帮我脱罪吗？"

边江咂吧一下嘴，当时他说可以帮小童脱罪，只是为了哄着他不要寻死跳楼。

"小童啊，你听哥一句劝。去自首，现在还来得及。"

小童一下子瞪大了眼睛："你凭什么这么说？我去自首，这辈子就毁了，什么都没了！"

边江点了根烟，沉默了片刻，对小童说："我就给你说这么个简单的道理，你自己斟酌。你去自首呢，肯定会从轻量刑。你要是不自首呢，我知道了你这些事，肯定也会去报案，不然我不就成了包庇犯罪了吗？你是个聪明孩子，你好好想想，到底该怎么做。"

小童瞪着边江，异常愤怒，但是一个字也说不出来，嘴唇不住地颤抖着。

"你！你威胁我！"

边江吸了口烟："我是为你好，法理有情，你认错态度好，自然少判你些年头。要是在狱中表现好，提前出狱，也不是没有可能，那你不就可以坦坦荡荡地孝敬你妈了？但你要是不自首呢？我去举报你，你成了逃犯，一辈子东躲西藏，有一天被抓住了，没准儿就是死刑或者无期徒刑。你可想好了。"

小童的眼圈红了，他抽噎起来。

这眼泪里，有悔恨，有不甘，有委屈，也还有那一丝没有泯灭的良心。

哭完了，小童抬起头来，对边江说："哥，我听你的。"边江掐了烟，载着小童到了最近的派出所。

下车前，小童对边江说："要不我们一起去？"

边江听完，哭笑不得，是啊，他跟着柴狗，也干了些坏事，小童杀了人，罪名严重，边江没杀人，可也一样犯了罪。

边江就对小童说："你放心，我早晚会主动来投案，但眼下，我还有些事没做完。"

小童点点头，拉开车门，下了车，他大步走进派出所，像个爷们儿。

之后边江又想起了涂莹莹，也不知道她现在是什么情况，按说零度早就把她送到戒毒所了，怎么零度也没来一通电话呢？

边江就拨通了零度的手机，铃声响了很久，直到自动挂断。边江的心里有点儿慌，就又打了两次。

第三次拨通零度电话，那头传来零度闷闷的声音，好像刚睡醒。

"喂……"

"零度哥，你把莹莹送到戒毒所了吗？"

"别提了，这个妹子太生猛，她半路醒了以后，一听我要送她去戒毒，说什么也不去，逼着我停车。我不停，她就跳车。我停下以后，她下车就跑。我追上她，没想到她还有两下子，直接把我放倒了，还拎起路边一砖头，往我头上一抡。我晕了过去，她也跑了。"

听着零度的讲述，边江的眉头也越皱越紧。他没想到涂莹莹这么自甘堕落，从心里面感觉到遗憾。

人不自救，别人是拯救不了的。

边江询问了零度的伤，自己给他惹了这么多麻烦，也挺不好意思，但涂莹莹的事情，不会就这么结束。

边江把涂莹莹的事情反应给了组织。因为涂莹莹的案子，已经涉毒，所以王志汇报给上级之后，上级十分重视，第一时间让缉毒大队的警员暗中跟踪调查涂莹莹。

边江报案的第三天，涂莹莹突然退房，离开了酒店。缉毒大队的便衣警察跟丢了她，再之后就没有人看见过涂莹莹了。

边江特意回到酒店，向酒店前台人员问了涂莹莹离开时的细节。工作人员告诉他，涂莹莹是一个人离开的，行李都是后来让服务生送到了一个地址。酒店服务生还说，她穿戴十分严实，就像过冬似的，戴着口罩和墨镜。工作人员当时也好奇问了情况，涂莹莹咳得嗓子都哑了，她就说了四个字：感冒了，冷。

小童说过，涂莹莹是为神龙做事，那么她突然离开，可能是有更重要的任务要去做。边江继续回到餐厅上班，调查神龙，等 π 教授的消息。

一周后，夜里两点，边江的手机突然响起来。他迷迷糊糊地接起电话，那头传来一个干瘪嘶哑的中年男人的嗓音。

零度的声音，他边说边"呼哧、呼哧"地喘着粗气，而且那边有明显的风声。

"边江，出事了！"

"怎么了，一惊一乍的，慢慢说……"

"你现在方便过来吗？我在楼顶！"

"哪个楼顶？你在楼顶干什么？"边江打开床头灯，已经完全清醒过来了。零度说，他在 B 大学实验楼楼顶。

边江听零度的声音都变了，估计事情挺严重。挂断电话后，他匆忙穿上衣服，开着车就朝着 B 大学驶去。

到达 B 大学的时候，是夜里两点半，大门紧闭，边江进不去，就站在大门一侧给零度打电话。零度让边江翻墙进来。好在大学的围墙不高，是很普通的铁栅栏，对边江倒是没什么难度。

实验楼的门倒是开着，边江顺利进入楼里。由于电梯已经关闭，他不得不爬楼梯走到楼顶。边江终于爬到顶楼，发现零度正站在通往露台的入口处，月光照在他的身上，出现了大片的阴影。

"零度哥，你在这儿干吗呢，出什么事了？"

零度转过身来，脸色凝重："涂莹莹死了。我怕你接受不了，路上开车再出点儿事，就没给你说那么详细。"

零度从阴影里走出来，下了几级台阶，来到边江面前，他双手沾满了脏兮兮的褐色物质，散发出一股令人作呕的腥臭。

"她在哪儿？"边江边说边快步朝天台上走去，却被零度一把拽住。

"边江，你还是别看了，涂莹莹的样子……"

边江甩开零度的手，径直走上天台，他看到一个大号行李箱放在地上，箱子盖打开着，一条女人的纤细手臂耷拉在外面。

在距离箱子三米远的位置，边江停下来，他看见了涂莹莹的脸，连忙走近："莹莹……莹莹！"

涂莹莹已经死去多时。身材瘦小的她，蜷缩在那个行李箱里，就像个无家可归的流浪猫。最让边江难以接受的，是她后背上的皮肤，已经不见了，只留下血淋淋的一片。

"你怎么发现莹莹尸体的，有没有看见送尸体的人在哪儿？"

零度说自己吃完饭，刚回到实验室，就看见门口的地上，放着一张纸条和一张涂莹莹遗体的照片。那张纸条一面写着想要回尸体就打一个电话号码，另一面则写着：想见涂莹莹，来实验楼楼顶。

他说着把那张纸条和相片都拿出来，递给了边江，并对边江说："边江，你看看吧，这纸条上的笔迹显然不是同一人的，'想见涂莹莹，来实验楼楼顶'这是 π 教授的字体，我认识，但另一面的字……"

零度还没说完，边江打断了他："是王哥写的。我为了引 π 教授出现，让王哥在他家里留了张纸条，留的电话号码是我的，我想让 π 教授以为，他藏匿的女尸在我手里，这些天我一直在等他找我，但没想到是以这种形式……"

就在这时，边江的手机响起来，来电号码是个完全陌生的号，他立即接起来，电话那头传来一个干瘦的中年男人嗓音。

"小子，你拿走了我最重要的东西，现在我也拿走一样你重要的东西，给你一天的时间，把我的东西带来这里，不然下一个就是田芳。"还没等边江回答，对方已经挂断了电话。边江连忙看向四周，跟这栋楼平行的，是另一栋教学楼，边江看向那栋楼的楼顶，只见一个黑影一闪，从天台边缘离开了。

"我看见他了，在那儿！快，带我去那栋楼的出口！"边江指着对面楼的天台，拍了下零度的胳膊，快速朝着楼道跑去。

"那这箱子怎么办？"零度看了一眼装尸体的箱子。

边江匆匆回头看了一眼涂莹莹的尸体："这么晚了，不会有人上来，先跟我把教授抓住！"随后两人快速朝着楼下跑去，零度带着边江顺利进入那栋楼内。

"咱们刚才速度很快，应该比他先到楼下，他现在还在楼里，要是我们顺着楼梯往上走，没准儿能碰到他。反正只要他还在楼里就好说，这栋楼里就一个楼梯吧？"

零度点点头，带着边江朝楼梯处跑去，还没跑到，就听到身后传来脚步声，边江停下脚步回头看去，只见紧急出口的外面站着一个人，看向边江和零度。

"教授在那儿！"零度喊完立即朝着紧急出口跑去，当他们跑过去，π教授已经走了，大门也被锁上了。

边江透过门上的玻璃往外看去，早已没了人影。边江一拳头砸在门上，巨大的"哐当"声回荡在走廊里。

"可恶，还是让他给跑了！"之后边江把零度往边上拽了拽，飞起一脚踹在门框的玻璃上，玻璃碎了。

"走吧。"边江快速从破掉的门里迈出去。

·第十七章　神秘零度·

边江和零度再次回到天台上。零度看着涂莹莹的尸体，问边江该怎么办。边江看一眼涂莹莹，把头别过去，低声道："报警吧！"

之后边江和零度一起回到了九楼实验室，决定在警察带走涂莹莹的遗体之后，再悄悄离开 B 大。

零度把边江带到凌哥之前休养的档案室里。边江本以为能见到凌哥了，没想到档案室里空无一人，便问零度，凌哥去哪儿了。

"凌哥好一点儿之后，我就把他送走了，这里毕竟不够安全，我担心 π 教授随时会回来。而且柴狗现在也不再盯着凌哥，我就把他转移到了我在郊区的一栋小别墅里。"

边江这才放心下来："麻烦你了，零度哥。"

"不用客气。凌哥原来救过我的命。他有难，我当然会救他。好了，不说了，你赶紧休息，我去外面看看。"零度说完，推门出去。

边江拿出手机，拨通了王志的电话。

"王哥，π 教授回来了，我后天必须把那具尸体交给他，你方便帮我把尸体运出来吗？"边江很着急，也有点儿语无伦次。王志让他先别急，先把话说清楚。

于是边江把自己半夜接到零度电话，到天台发现涂莹莹已死，然后又被锁在实验室里的全过程，都告诉王志。

王志沉默了片刻，对边江说："那具女尸从别墅里被搜出来之后，查明了女尸的身份，那是一起跨省的案子，由别省的专人负责，我无权过问，我跟赵局请示过这件事，但毕竟已经不属于赵局管辖范围内的案子，他也很为难。现在上头的意思是，我们可以设计骗 π 教授出现。"

　　边江便问王志："王哥，那种水箱你有办法弄到吗？还有箱子里的女尸，我该怎么办？难不成找一具真的女尸？"

　　"水箱我可以帮你找，但女尸是不可能的。我们可以考虑用一个塑料人代替，反正也是晚上，那教授看不清楚，只要骗他出现，我们的目的就达到了。"

　　第二天一早，边江就收到了王志准备的水箱，装在一辆厢式小卡车里，由零度暂时保管。边江这边，只需要找到一个像样的假人就可以了。

　　边江心里隐隐有些不安，毕竟现在的情况是，他在明，π 教授在暗。而且 π 教授已经知道，边江和零度是认识的，零度又是一个经常和警察打交道的人。

　　那 π 教授会不会已经猜到边江的卧底身份？

　　到了晚上，边江已经准备好了假人，正要去 B 大学和零度会和，为第二天晚上见 π 教授做准备，田芳的电话却打了进来。

　　"边江，你在哪儿？"田芳的声音特别小，声带几乎没有震动。

　　"我在外面，出什么事了？"

　　"我在家，诊所这个家……有人往屋里放了一种气体，很难闻……我感觉不太舒服……"

　　边江的心一下子提起来："光头呢？二虎呢？你还能不能跑出去？"

　　"二虎在他房间里，我觉得……他也中毒了，我跑不了了……那个人在客厅……你要救我……"

　　田芳的气息越来越弱，最终完全听不到了，边江不停叫着她的名字，直到电话那头传来了 π 教授的声音："你想拿假尸体糊弄我，对吧？那我也拿出点儿我的诚意来。你放心，这个叫田芳的姑娘，暂时死不了，我会把她带走。如果明晚见不到我要的东西，她就是第二个涂莹莹。到时候，

143

我会把她的皮扒下来，做一幅画送给你。你觉得怎么样？哈哈哈……"

π教授阴阳怪气地笑了一声，挂断了电话。

边江的脑袋乱哄哄的，眼前全是涂莹莹死去时的样子。他只能再次求助王志，看看有没有更好的办法。

王志的手机一直打不通，处于无法接听的状态。

边江沉不住气了，与此同时，他也产生了一个大胆的想法。边江拨通了可心的电话。

"喂？谁呀？"可心带着睡意的声音传来。

"我是边江。现在方便吗？我去找你，有些急事。"

"什么事啊？"

"见面再说。你给我说地址，我去找你。"

可心却给边江说了她家附近一家酒吧的名字，让边江去那里见她。当边江见到可心时，她正慵懒地坐在吧椅上，用吸管喝着果汁。

酒吧里人不多，边江一走进去，可心就注意到他了，慵懒地看着他，眼睛睁得很大，却完全没有精神，好像还没睡醒似的。

"这么晚叫我出来，什么事啊？"可心一只手托着下巴，端详着边江。

"你还记得在π教授家里见到的那个女尸吧？"边江说着坐在旁边的吧椅上。

可心点点头，撇下嘴，皱了下眉头："当然记得，那画面，我一辈子也忘不了。怎么了？π教授联系你了？"

边江默默点头，抿下嘴看看可心。

"干吗？一副欲言又止的样子，说吧，到底什么事，肯定很严重吧，不然你也不会突然来找我。"

边江点点头："当初我们想用女尸骗教授现身，现在联系上他了，可我的手里，没有女尸。现在田芳在他的手里，如果明晚他见不到那具女尸，田芳就会有危险。我想过用假人代替，但被他看穿了……"

"所以呢？"

"所以，我就想……要不找个替身……"

可心马上皱起了眉头："什么？替身？你可真能想，那可是装死人，还光着身子，谁愿意去啊！"

可心说着志忑地看了一眼边江："喂喂！你不是要我去当死人吧？"

边江点了点头："可心，我知道这件事很难，但就剩下一白天的时间，我不知道往哪儿找这么合适的人去，还得给她化装成那女人的样子……我真的是没办法了……"

"你就那么想把那教授抓起来吗？"可心平静地看着边江。

"他已经杀了涂莹莹，现在又把田芳抓住了。如果我不把那女尸给他，田芳也会死。必须想办法控制住他。如果你实在不想做，哎，我就再想想别的办法……"

没等边江说完，可心摆摆手，打断了他，说："其实你是不放心田芳，对吧？"

边江皱起眉头："就算他抓住一个跟我不相干的人，这样威胁我，我也一样着急。"

可心微微低头，淡淡笑了笑，然后抬眼看着边江，一双明亮好看的眼睛好像会说话似的："你为什么觉得我是最合适的？你之前不是也认识那些随随便便的女人吗？只要给她们足够多的钱，我相信她们肯定争着想去扮死人。"

边江挠挠头："这个……你不是也看过那具女尸了吗？她很漂亮，你们两个身材很像，加上你的眉眼也跟她比较像……"

他说着皱起眉头，仔细观察起可心来："可心，你和那个女孩儿真的很像，尤其是这里，还有这里，都很像。你没有双胞胎姐妹之类的吧？"边江指了指可心的眉心和眼睛。

可心白了他一眼："当然没有，就算有我也不希望自己亲姐妹有这种遭遇。不过你说我和她长得像，这个嘛，嗯，对于我们都很漂亮这一点，我确实不能否认。"

"其实……你比她好看，你更阳光，那女孩儿却很阴郁。"边江回想起女尸泡在福尔马林里的样子，突然感觉有些透不过气来。

"那是因为她死了，死人当然阴郁了。好啦，你就别说好听话了，我答应帮你，行了吧？"可心轻松地说。

边江一愣，惊讶地睁大了眼睛："我刚才没有故意说好听话，但这件事危险性很高，你想清楚再答应我……"

"哈哈哈！怕什么嘛！我还没扮过死人呢，想想应该挺刺激的。"她眼中闪烁着一丝奇异的光芒，看向边江，"但我帮你可不白帮哦，你得答应我一件事。"

边江点点头："你说吧，只要我能办得到。"

可心狡黠地笑了笑："我现在还不能告诉你，反正你答应我了。"说完她冲边江俏皮地眨了下左眼。

两人约好了时间和地点，商定好第二天去天台见教授的详细事宜。可心打了个哈欠，说自己困了，要赶紧回家补觉。边江想送她到小区门口，可心却说家就在酒吧后面这个小区，很近，不用送了，说完起身走出了酒吧。

第二天上午，边江突然接到了柴狗的电话，电话里，柴狗只说让边江去上次见面的茶楼，时间是下午一点。

边江没想到柴狗突然要见面，距离约定时间还有三个小时，如果这时候安排出警抓捕柴狗，也还来得及。

边江第一时间联系王志，然而不知道为什么，王志的手机依然是无法接听的状态。

这次机会非常难得，再加上现在警方手上已经握有柴狗的犯罪证据，边江不想错过这么宝贵的机会。联系不上王志，边江只好来到菜市场的熟食店。

让边江感到不安的是，熟食店也关门了。莫非组织里出了什么事？

留给边江的时间已经不多了，难道要让他亲自去公安局找赵局长吗？

可是这样做的风险，实在太高，而且边江不敢确定，柴狗这次突然见面，是不是在试探他。毕竟最近几天，他和零度的接触比较频繁，又劝说了小童投案自首。

边江做的这些事，肯定会让柴狗起疑心？

经过一番思想斗争，边江放弃了直奔警局的想法。他在下午一点，如约与柴狗会面。

边江走进榻榻米的小隔间里。柴狗依然戴着面具，看见边江后，便平淡地说："听说，你今天晚上要去见 π 教授。"

边江一愣："是。"

"怎么没有告诉我？"

"我没打算不告诉柴哥，是想等事情办成之后，再来汇报。"边江说。

"我很看好你，也很信任你，但你这段时间的行为，让我有点儿好奇，你真的是在为我做事吗？"

边江感觉到后背的汗水在往下淌，他尽力克制住内心的慌乱紧张，强迫自己坦然看着柴狗。

"柴哥，我当然是为您做事，这不是您安排我的任务吗？"

柴狗笑笑："的确。我今天来，也是给你提个醒。另外，今晚的行动很重要，一定要帮我把 π 教授抓住。"

"请柴哥放心，我一定完成任务。"

"我身边没有脑子的人太多，我喜欢聪明人。你就好好干，将来哥不会亏待你。"

边江连忙点头："多谢柴哥赏识，我一定尽心尽力。不过……"

"怎么？"柴狗问。

"能不能再给我分配些人手，那教授狡猾，我怕再让他跑了。"

柴狗却微微一笑，给边江斟了杯茶，做出一个请的手势。

·第十八章　被跟踪了·

边江忐忑地拿起茶杯，喝下茶水。柴狗摇摇头，笃定地说："你一个人就够了。我手下那些，尽是些头脑简单、四肢发达的家伙，去了反而坏事。我相信你的能力，放手去做。事成之后，少不了你的好处。"柴狗说得很笃定，说完对边江点了下头，示意他可以离开了。边江立即起身："那我走了柴哥。"

"去吧，今晚务必小心。"柴狗叮嘱道。边江点点头，微微弯腰鞠躬，然后走出了茶室。一出门，就发现不远处坐着几伙人，全都阴着脸看向边江，眼神就像鬣狗，边江则像是一块肥肉，好像马上就会被那些人给啃食干净。那些全都是柴狗的手下。边江把眼神转移开，假装没有在意。他大步流星朝茶楼外走去，刚走出茶楼，来到外面，还没回到车上，三个人从旁边的巷子里走了出来，一个个膀大腰圆，胳膊上有文身。边江只当没看见他们，继续往前走，一只粗壮的手臂拦住了边江的去路。

边江看向那人，冷酷的眼神随即变得柔和："哎哟，这不是阿强嘛！"阿强是站在最中间的那人，他也是柴狗的手下，类似贴身保镖。

"你就是柴哥看重的那小子？"阿强挑着嘴角，一双眼睛瞪得像牛眼，仿佛有一团火在烧。另外两个家伙已经冷笑着，开始摩拳擦掌。

边江笑笑："强哥，这话怎么说呢，我不过是个给柴哥跑腿的，总共还没见过柴哥几次呢！"

阿强听罢啐了一口，挥起一拳打在边江的左腮帮子上。边江顿时头晕眼黑、眼冒金星，只觉得半个脑袋嗡嗡作响。

待边江站稳脚跟，另一拳头已经打过来。这一次边江接住了那拳头。他一手攥着那铁拳，用另一只手的手背快速擦了嘴角的血，平静地看着阿强："强哥，这是几个意思？"

阿强的拳头被边江牢牢抓在手里，两人开始暗暗较劲儿。阿强身后两个人全都上来想帮他一把，阿强却一挥手，制止了其他人，同时猛地收回了力气，把拳头撤了回去，昂着下巴，来到边江面前："没什么意思，就是想提醒你一下，别太嚣张。别以为柴哥罩着你，你就牛了。"阿强说最后一句话时，几乎贴到了边江的脸上，口水喷了边江一脸。

边江也收起笑容，脸色严肃起来："强哥，我冒昧问句，哥儿几个想立功吗？"

阿强皱了下眉头，和身后两人快速交换了下眼神，大笑起来："哈哈哈！几个意思？以为我揍你是嫉妒你被柴哥看重？呸！"

边江直视阿强的眼睛："强哥，我没别的意思，但眼下柴哥给我的任务确实棘手。如果哥儿几个能帮我，将来我保证不向柴哥邀功，还会跟柴哥说，是兄弟们帮了我。"

阿强强笑了笑，撇了下嘴："少他妈来这套……"

边江也笑了："强哥，大家都是明白人，咱们就别兜圈子了。你们以为柴哥单独见我，这次的活儿油水大，所以想给我上上课。说实话，有没有油水我不知道，但这次的事办成了，确实能讨柴哥欢心。你们几个……"

边江目光快速扫视三人："你们几位大哥，跟在柴哥身边不少年头了吧？柴哥为什么还让你们只干些保安一样的工作？"

边江说着敲敲自己的太阳穴："脑子是个好东西啊，哥们儿。柴哥到底要什么？做什么才能让柴哥看重？动脑子想想，你们就算打死我，柴哥也不会重用你们。今晚十二点，B大学实验楼顶层，有一笔大买卖，你们要是想立功，就去那儿，见机行事。"

"干吗？把我们当成你小弟使唤？"阿强听罢气得眉毛都歪了。

边江连忙说："当然不是。我一个人真的不行，缺些帮手，事关重大，不如我们一起干，事后功劳平分，或者我不要任何柴哥的奖赏都行，怎么样？"

阿强后退两步，思考着边江刚才的话。另外两个人立即跟阿强说，边江这是想利用他们，傻小子才去卖命呢！

阿强始终撇着嘴，面色凝重，最后丢下一句话："要是你干砸了，我倒要看看你还怎么嚣张。我们可以去'帮帮'你，哈哈哈哈……"他阴险地笑着离开了。

边江郁闷地回到车上，咬着牙根，用力捶着方向盘："真是阎王好斗小鬼难缠。"正在他要发动汽车的时候，一个人突然拉开车门坐了上来，边江扭头一看，竟然是翠花。

边江马上皱起眉头："翠花，你疯了！咱俩之前不是都说好了，尽量不要接触。这周围都是柴狗的人。你怎么……"

翠花擦了把头上的汗，紧张地咽了咽口水："你先别着急说我。我现在也跟着柴狗当保镖呢。他们都走了。刚那个阿强，是保镖头子。他今天晚上可能要去坏你的事，你可得小心了。"

翠花阴着脸，边江郁闷地叹口气："既然你跟他们是一伙的，不如帮我去当个和事佬，今天晚上我不能失败，不然田芳和可心都会受连累。我可以保证，把这次的功劳给他们。"

"田芳怎么了？"翠花立即问道。边江就说，原本自己是想抓住教授，弄到柴狗犯罪的证据，没想到那教授抓走了田芳，柴狗也知道了今晚边江要去见教授的事情，甚至派人跟着他，把他原本的计划全都打乱了。现在边江只想把田芳救出来，至于柴狗的犯罪证据，只能来日方长了。

当然还有一个重要原因，就是边江现在失去了和组织的联系，凭他一人之力，要想把派教授抓捕归案，实在难上加难。

翠花沉重地点点头，叹了口气，看看边江，欲言又止。边江就说："哎，你就别跟我吞吞吐吐的了，有什么就说。"

"边江，我只能说，今天晚上，你要面对的不只是那个教授，还有阿强。他们就是见不得别人好，见不得你来了还没半年，就得到柴狗的重用，下定了决心要给你点儿颜色瞧瞧。能不去，就别去了。"

"怎么会有这么蠢的人！"边江气得够呛。

翠花叹口气说："我也是想不明白，那阿强跟你无冤无仇，怎么就那么恨你！要是柴狗知道他破坏了这次行动，肯定饶不了他们。但他们一贯喜欢暗中搞鬼，可能就是太看不顺眼你了吧！"

边江点点头："好吧，我知道了。谢了兄弟。"

翠花淡淡笑笑："客气啥，自家兄弟，那你今天晚上还去吗？"

边江点了点头，说就算再危险也得去，毕竟田芳在教授的手里。

翠花无奈拍了拍边江的肩膀："行吧，我得走了，你多保重。"

边江点点头，目送翠花离开，他手插着裤兜，低着头快速走进巷子里。

之后边江到达和可心约定的地方，那是一间破旧车库，这地方是可心定的，她早就在车库等着边江了，听到边江敲卷帘门的声音，马上去开门，然而边江却板着脸，冷冷看了一眼可心，就一言不发走进了车库。

可心皱了下眉头，把卷帘门降下来，回到车库里，靠在一张桌子上，盯着边江。两人谁也不说话，好像谁先开口就输了。最后还是可心没绷住："我能问问这是怎么了吗？一来就冲我摆着张臭脸，别忘了，现在是我在帮助你，不是我求着你……"

"我很感激你。"边江打断了可心的话，"但能不能不要什么事都跟柴狗说？"

可心也皱起眉头了："喂喂，说话要有根据，我从昨晚到现在，连吃饭都是一个人吃的，没见过一个熟人，电话都没打一个，你凭什么上来就不分青红皂白地冤枉我。"

"不是你跟柴狗说的？"边江再次问。

可心抿着嘴，非常认真地点头："本姑娘做事向来有一说一，做过的事情从不抵赖，没有做过的，当然也不会随便背这黑锅。"她扬着下巴，双臂在胸前交叉。边江更加困惑了。

"那会是谁呢……"

"这还不简单，肯定是你被跟踪了，或者电话被监听了。"可心一副很确信的样子，上下打量着边江，突然好像想起来什么似的，走到边江面前，一下子掀起他穿的 Polo 衫领子。边江几乎是下意识地往后退，问她这是在干什么。

"看看你身上有没有窃听器！"可心说着又要检查边江衣领处的扣子。

边江往后躲了下，没让可心继续检查："好了，我身上没有窃听器。"

"你确定？"

边江不耐烦地说："当然确定，要是有窃听器，早就……"

如果真的有窃听器，恐怕自己警察的身份也早就暴露了，所以不会是自己被窃听了。边江在心里暗想着。

可心追问他："早就什么？"

边江吧唧一下嘴："早就被我发现了嘛！我也经常换衣服，窃听器不可能安在衣服上。要我看啊，没准儿是你被人监听了，所以柴狗才会第一时间知道咱们的计划。"可心无所谓地耸了下肩膀，没有继续说下去。

可心眼珠子一转，鬼灵精怪地对边江说："喂，其实被柴狗知道了，也不是坏事嘛。他至少会保证咱们的安全，会派人来帮助你吧？"

边江苦笑，拎着旁边的一个大扳手，郁闷地说："只要别帮倒忙就行了。"可心皱起眉头，疑惑地看着边江，问这是什么意思。边江就说，今天柴狗主动见边江，当面跟他说晚上 π 教授的事情，其实就是想告诉边江，他知道边江在做什么，提醒边江别打其他主意，老老实实把 π 教授抓住，然后交给柴狗。

可心撇下嘴："那他也没帮倒忙啊！"边江就把阿强晚上或许会来阻挠的事情跟可心说了。她听完，愣了两秒钟，眨巴眨巴眼睛，哈哈大笑："不可能！他们要是真知道了咱们晚上的行动，绝对不会阻挠，你就放一百个心吧！"边江不解，就问可心为什么这么确定。

"当然是因为……"她停顿了一下，浅浅地笑了笑，"因为他们不敢呀，来阻挠咱们的行动，岂不是公开跟柴哥作对？他们又不傻。那么说，就是吓唬吓唬你罢了，完全不用担心。阿强就那样的……"

"你好像很了解他们？"边江放下那大扳手，认真观察起可心的神情来，这才注意到，她对于晚上的行动，竟然丝毫不害怕，也不紧张，竟然还十分兴奋。

可心冲边江"嘿嘿"傻笑，理了理头发："嗯，这个嘛……因为……"

她吞吞吐吐的，突然伸出食指往天花板一指，说道："因为我见过阿强那人，知道他对柴狗特别忠心，从来不会逆着柴狗的意思来，又是打你，又是吓唬你的，无非就是想给你点儿颜色瞧瞧。因为他这个人就是爱出风头，见不得你一个新人这么受柴狗信任。嗯，就是这样的。"说完，可心还点了点头，好像在肯定自己刚才说的话。

边江盯着可心，把她看得浑身不自在。可心小声嘀咕着："干吗这么看着我，都把我看毛了。"边江这才把目光转移开，说了句："没什么。开始化妆吧！"

可心却摇摇头说不着急，很简单的，有半个小时就行了。

"那咱们现在干点儿什么？你让我这么早过来干吗？"边江擦了把额头上的汗，说再在这儿闷下去，不被教授弄死，也要闷死了。可心却笑嘻嘻地撒起娇来："哎呀，我这不是正好有事想请你帮忙嘛！"

她说完拉着边江走到墙角，来到一个大箱子前面，蹲下来打开箱子上的锁头，掀开了箱子盖。边江看着箱子里的东西，不禁皱起了眉头，问可心："这些都是什么啊？"

箱子里整整齐齐摆放着书籍、纸盒、首饰盒、衣物等，看起来都是女人的用品。单单是那首饰盒，就看起来很昂贵的样子，衣服则是旗袍样式的。不过箱子里有一股樟脑球的味道，感觉已经放了很久了。

"这都是我妈妈的东西。"可心说，脸上挂着笑，眼睛里却没有笑意，反而有些悲伤的样子。

"你妈妈她现在……"边江试探着问。

"死了。"可心低下头，"听我爸说，她死了，但我从没见过她的照片，也没去过她的墓地。"

边江默默点头，然后又突然很好奇，问可心为什么没有去过妈妈的墓地。可心却说："我不知道她墓地在哪儿，也不知道妈妈叫什么名字，所以找都没法找。我也不知道为什么爸爸不跟我提我妈，连名字和墓地都不跟我说，只是跟我说妈妈死了。只要我多问一两句，他就会发脾气。"

"那你没有见过家里的户口簿什么的吗？你母亲那边也没有亲戚吗？"边江问。

可心再次摇头，这时边江注意到，在箱子一角，放着一个相框。他正要伸手去拿，可心却拉住了他："等一下，戴上手套吧！"可心从兜里拿出一副白手套递给边江。

"还要戴手套啊？"边江问。

可心就说不想让他留下指纹，或者弄花了上面的指纹。边江更加疑惑，看了可心一眼，他早就注意到可心打开木箱的时候，手上戴着一副手套，还以为她是嫌木箱子灰尘多，怕弄脏了手才戴手套的。边江戴上手套，伸手去拿相框，同时问可心："那你怎么知道这些东西是你母亲的？我能帮你什么？"

"我家原来在这个小区住，这间车库也是我家的车库，后来我们搬家了，但我很喜欢这个地方，感觉它……怎么说呢，就是很有人气的感觉，比我现在住的地方有人情味，所以会经常回来看看，有时候也会去旧房子里住两天。以前我也没注意过这箱子，以为只是些工具什么的，可能用处不大，所以搬家的时候没有带走。后来有一次我很好奇，就打开了箱子，发现了这些东西。然后我就有了个想法，想通过这里面的东西追查母亲的身份。戴上手套就是为了保护母亲的遗物——可惜什么线索也没有。"

边江失望地把相框重新放了回去，因为相框是空的，里面的显然已经被取走了，他不禁皱起眉头。可心连忙问怎么了，是发现什么了吗。

边江站起身来，对可心说："相框空了，却还被当作旧物放在这里，看来你父亲很在乎你母亲啊，只要跟她相关的都留着。"

可心苦笑："他要是真在乎我妈，就不会随便把这些东西放在这里了。"

"不过说句题外话，这儿的房价也不算低，你们家搬走后，房子既没出租，也没卖掉。而且你说偶尔回来住。看来搬家的时候，家具也都没有带走。"边江说着又敲了下脑袋，"我忘了，你家那么有钱，当然看不上这一两套房的小利了。"

可心却惨淡地笑笑，低声说："也就只是有钱而已。别说那些了，我现在想请你帮帮忙，看有什么办法把上面有可能留下的指纹弄下来，然后送去鉴定，也许能知道我妈妈是谁。"

边江把手套摘下来，一副为难的样子："你可真会给我出难题。我也不知道怎么把指纹弄下来，那不都是侦探、刑警的特长嘛，你找错人了。"

可心却为难地叹了口气，用哀求的眼神看着边江："我可不想找警察，你就想想办法，帮帮我吧，好吗？反正这会儿闲着也是闲着，行不？"

边江抑制住好奇心，故意一副勉为其难的样子："好吧，那我就从网上搜一下，看看怎么把指纹弄下来，不过鉴定的话，肯定还是得去求助警察。"

可心就问："你不是认识警察吗？"

边江一愣："我认识警察？"

可心点点头，说自己都听理发店老板说了，之前边江帮老杜躲过警察的搜查，都是因为边江认识警局里的人。

边江稍微松一口气："你说这个啊，就是以前参加过警察的考试，还被录取了，后来培训的时候被开除了。我就是在被开除之前，认识了一些朋友，后来也都不联系了。毕竟我跟他们已经分道扬镳了，现在也只是见了面能认出来罢了。"

"那也可以啊！你去找他们，他们又不知道你现在做什么，让他们帮个忙，应该没问题吧？"可心满怀期待地看着边江。

边江点点头："好吧，我去试试。你说的让我答应你一件事，就是这件事吗？"

可心一副被看穿心思的样子，不好意思地冲边江笑笑："是啊，我太想知道我妈妈的事情了，又怕你不肯帮我……"

"这是什么话，咱们都是朋友了，就算你不提条件，我也会帮你。"边江说着开始在手机里搜索起来，其实他知道该怎么提取指纹，只不过在可心面前，需要做做样子。

过了一会儿边江对可心说："嗯，我大概知道了，不过今天肯定不行，而且我也没什么工具，弄不下来。这样吧，明天，或者后天，等教授这件事过去之后，我马上就叫朋友来看看，可以吧？"

可心抿了下嘴唇，失望地说："好吧。其实我这里也有取指纹的工具，就是铝粉、碘酒啊之类的。不过，我不会弄，怕破坏了妈妈这些东西。"

边江点点头，对可心说，即使提取了指纹，也未必能知道她母亲是谁，如果她母亲去世时间比较早，那个时候公安系统里没有录入每个人的指纹的话，提取指纹就没有用了。如果是近两年去世的，才有可能找到。毕竟现在新身份证都是要录入指纹的。

可心若有所思地点点头："嗯，那就试试吧！"

边江看了看箱子里的东西："你介不介意我翻看一下这些衣物？"

·第十九章　大易容术·

"不介意啊，你看吧，这里面没什么有价值的东西，都是一些旧物。"可心说着，边江已经重新戴上手套，小心翻看起来。

箱子里面除了衣服，还有饰品和书籍。边江打开首饰盒，一下子就注意到了那枚戒指。

那是一枚铂金戒指，造型简单。边江小心拿在手里，仔细观察起来。

正在这时，可心突然抢过边江手里的戒指，放回首饰盒，对边江说："这些首饰对调查我妈妈身份也没什么帮助，还是看看别的吧！"

边江不禁皱起眉头，因为他刚才已经看到，在指环内圈刻有"TIFFANY& amp; Co."的字样，最最关键的是，边江非常确定，自己见过这枚戒指，只不过是款式相同的男款戒指。

"可心，你父亲是谁？"边江抬头看向可心，但见她皱着眉头，咬着嘴唇很为难的样子，便说，"怎么，到现在还不肯跟我说？"

可心的眼神更加纠结，摇摇头说道："不是，我是怕……"

边江放下戒指，站起身来："怕什么？怕我知道了你的真实身份就不跟你做朋友了？"

可心摇摇头，什么都没说，转身离开了木箱，边江也不说话，只是等着她回答。

"反正跟我爸也没什么关系，等忙完今晚的事情，我再好好跟你说吧！"可心说。

边江沉默两秒钟，对可心说："柴狗的手上，也戴着那样一枚戒指，我记得很清楚，是一样的。"

可心猛地抬起头，慌乱地看着边江，又仿佛是要从他的眼睛里读出他的全部心思，她始终紧咬着嘴唇。

边江朝着可心走过去："你是柴狗的女儿吧？"

可心黯然低下头，泄了气似地坐在椅子上："早知道就不给你看箱子里的东西了……你现在……要是想走，就走吧。如果需要我把今天晚上的事情做完，如果你还信得过我，我可以做完，没有问题。"

边江看着可心，沉吟着，最后叹口气："如果咱们两个只认识两天，我可能会因为这个不信任你，但经过这么多事，我们已经是朋友了，你也一直在帮我。所以我相信，你和你父亲不是一样的人。"

可心抬起眼来，明亮的眼眸里闪烁着泪光，小心地问："你真的……不介意？"

边江摇摇头："你是谁的女儿，对我个人来说并不重要。"

可心认真地点头："我跟我父亲不一样，不然我也不会一次次背着父亲，偷偷帮你。我只是想交到真正的朋友。我身边的人，都知道我的身份，不是对我献殷勤，就是对我敬而远之。"

边江问起之前的事情，可心坦诚地向边江说出了实情。她从第一次见到边江就认出来他是柴狗的手下，本来她也只是觉得好玩，想逗一下边江，但相处之后，觉得边江人还不错，后来在酒吧街，可心发现边江被柴狗的人跟踪，所以善意提醒他，并帮他躲过了一劫。

她说着说着，眼泪就顺着她的脸颊淌了下来。她快速抹了下眼泪："我不想要现在的生活。父亲已经在这条路上越走越远，我不想看他再害人了。边江，你愿意帮我吗？"

得知可心就是柴狗的女儿，边江的内心非常激动，只要可心肯帮忙，那抓捕柴狗，给柴狗定罪，都会变得非常简单。

边江对可心点点头："我当然愿意帮你。"边江甚至已经开始谋划，如何利用可心和柴狗的关系，把柴狗引出来。

"对了，今天晚上的行动，真的不是你跟你父亲说的？"

可心摇摇头："我连我父亲的面都没见到，我怀疑是有人跟踪我，还听到了我跟你的谈话。"

边江想了想："会不会是那间酒吧里的服务员，或者调酒师？"

"有可能，算了，别想这些了。反正既然他知道了，就肯定会保证我的安全。"可心说道。

"那他就不担心你吗？怎么不阻止你呢？"

"可能……他实在是太想抓住 π 教授了吧！"可心说着，从自己包里拿出化妆品，一一摆放在桌子上，说时间差不多了，她要开始化妆了，毕竟这不是普通的化妆，还需要一些易容的技术。

"你还会易容术？那不都是武侠小说里的情节吗？"边江看着那一桌子瓶瓶罐罐，惊叹道。

可心冲他笑笑："哈哈，没那么高深。只要工具得当，还是挺容易实现的。再说了，单单是妆画得好，就能蒙混过关。反正大晚上的，教授也看不清楚，没准儿像他那种老头子，眼神儿还更不好！"

之后边江就在一旁静静观看，可心一点儿一点儿地把自己的脸修饰成另外一个女人的样子，还戴上她提前准备好的假发套，长长的黑色头发披散下来，竟然和那女尸有几分神似。边江不禁竖起大拇指："厉害厉害，你这简直是独门绝技！"

"哈哈哈！其实很多女人都可以做到的。我也是刚好学过两年化妆，不然也弄不好。"可心说着站起身来，拉开了连衣裙的拉链。

边江赶紧把目光挪开："那个……你不用现在就把衣服脱掉，待会儿到了顶楼再准备也行的。"可心却爽朗地笑起来，说自己没想现在就脱掉衣服，只是想换一件衣服。而且，就算到了顶楼，她也没想把衣服脱掉。

边江马上问，那教授岂不是会怀疑。

"不脱衣服，随便找一件睡袍把尸体包上，那才正常啊！你想想，你带着一具尸体，还是没穿衣服的，太奇怪了吧！正常人还是会尊重一下死者，盖一块布什么的，即使你把尸体交给教授，也完全可以是穿着衣服，裹着床单的。因为这就是你跟他的不同之处，太刻意反而引起怀疑。"可心一边分析，一边在边江面前大大方方换上了一件丝质黑色睡袍，然后随便在腰间绑了一条腰带，似笑非笑地看着边江，朝着边江走过去，"咦？你还脸红啦？"

边江正想解释，可心却微微一笑，摆摆手打断了他："好啦，不用解释，先走吧！"边江只得把到了嘴边的话生生给咽回去，然后快走两步，追上可心。

边江先观察了一下车库外面，确认没有人看着他，这才打开车门，然后回到车库里，把可心横抱起来，朝车上走去。

"喂，你干什么啊？放我下来！"可心有些惊慌。

"嘘，别出声，我不敢确定附近真的没有人在盯着我们。你要装死人，就从现在开始装，然后装到底。"

听完边江的话，可心安分多了，老老实实被边江放在了汽车后排座位上。两人到达 B 大学时，教学区的大门已经关上。

由于昨晚边江接到 π 教授电话时，是在夜里一点，现在显然还没到约定的时间，而且这会儿路上行人不少。边江又没办法开车进教学区，若带着可心翻墙过去，难免会被人看见。最重要的是，π 教授在暗处，要是让他看到可心能跑会跳，那就糟糕了。

两人只好捺着性子在车里等着，想着等到再晚一点儿，从门卫身上下点儿功夫，争取让他放行。边江都想好了，实在不行，就用非常手段，把门卫打晕，然后开车进去。

时间一分一秒地过去，在晚上十一点时，边江收到了一条短信，是 π 教授发来的，短信的内容是：现在开车到实验楼下。

可心好奇地问边江短信内容，听边江说完后，若有所思地点了点头，然后又看看四周，冲边江露出一个自信的笑容："没什么好犹豫的，去就去呗！他肯定帮咱们把门卫都搞定了。"

边江发动汽车，并好奇看了一眼可心："你怎么这么兴奋，这件事挺危险的，你不害怕？"

可心哈哈一笑："有什么好怕的！我能打会斗，长得又漂亮，就算那教授发现我不是他要的尸体，没准儿看见我以后，就不想再要那女尸了，哈哈哈！"

对可心这种玩笑话，边江听着很难受，一来田芳现在在教授手里，生死不明；二来他不希望可心受到伤害。

他们光明正大开到了大门口，没想到折叠门自动打开。边江进入大门，发现门卫正笑嘻嘻地看着自己，那眼神直愣愣的，极其怪异。边江不想节外生枝，所以即便感觉诡异，他的车速也没有降下来。

边江把车开到实验楼楼下，停好车后，四下看看，没人，而且连楼前的摄像头都关上了，看来 π 教授做得很彻底，不想让任何人发现今晚的事情。边江打开车门，把可心抱下车，然后扛在肩膀上，朝着打开的实验楼里走去。

"喂，你能不能别掐我的肉啊，很疼！"可心抱怨着，此时她的长头发全部垂下来，手臂僵硬地耷拉着，倒有几分女尸的样子。

边江调整了下姿势说道："大小姐，你就忍忍吧，马上就到了，千万别再说话了！"

可心马上说道："拜托，我在帮你，你能不能态度好点儿！"

边江没再跟可心说话，生怕暴露。他快步朝着电梯口走去，本以为 π 教授帮他把电梯打开了，可惜电梯已经被锁住，屏上显示"Null"。边江见电梯用不了，叹口气，朝着楼梯走去。

"哎，要不你放我下来吧，我自己走上去，反正我没穿鞋，走路也不会发出声音，这样你还轻松点儿。"可心小声说道。

边江停下来："也好。"

就在他要把可心放下来的时候，突然又犹豫了，最终把可心又往肩膀上扶了扶。

"怎么了？"可心问。

边江小声回答她："可心，你最好不要再说话了，我怀疑那教授就在上面的某一层观察咱们呢！"

可心就问他怎么知道。边江说他也是猜测。因为之前来的时候，电梯晚上是会被锁上，但提示的是"closed"（已关闭），这次显示的却是故障。边江怀疑教授乘坐电梯上去后，故意弄坏了电梯，这样边江就必须走楼梯上去，他就可以暗中观察可心和边江了。他这么做，很可能是怀疑边江会带假尸体来。

可心听完认真地点点头，乖乖由边江扛着，并叮嘱边江小心，然后就不再说话了。边江一口气上到七楼，他腰酸背痛，胳膊都快断了，只好停下脚步稍作休息。他先把可心放在了楼梯间的平台上，自己则坐在楼梯台阶上。休息了一会儿，边江背起可心，继续往顶层爬。

终于到了顶楼，边江刚走上天台，一下子就被眼前的景象给吓傻了，不敢再往前走一步。可心趴在边江的肩膀上，看着露台边上的田芳，也不禁倒吸了一口冷气。

此时的田芳固定在椅子上，背对边江和可心，椅子放在天台边缘。两条椅子腿在边缘之外，使得田芳和椅子整个是向下倾斜的，一条绳子绑在椅子靠背上，拉得紧紧的，一直延伸到楼顶的蓄水池后，椅子看起来摇摇欲坠。

边江打算冲过去救田芳。

"最好不要过去，你想那教授会轻易让你救到田芳吗？"可心小声提醒着边江。

他只回答了句："我顾不了那么多了，先别说话，免得被看出来。"可心憋屈地闭上了嘴巴，没再吭声。边江也朝着露台边走去，他抱着最后一丝希望，想赶紧把田芳救下来。

"芳！"边江小声叫着，"我来救你了，别怕！"

但是田芳并没有任何反应，边江没再叫，而是加快了脚步。

"哎哟，想救她呀？"一个中年男人的声音传来，嗓音略沙哑，语气怪异。边江连忙朝着声音传来的方向看去，只见楼顶的水箱后面走出来一个人，后背微微佝偻着，手里拿着一把剪刀。

边江屏住了呼吸："你就是 π 教授？"

对方微微一笑："对。虽然没到约定的时间，但我知道你肯定留了一手，叫了帮手，所以提前把你叫过来。怎么样？人给我带来了吗？"

说着，π教授已经从阴暗中走出来，他穿着一身灰色格子西装，打着鹅黄色条纹领带，戴着金丝眼镜，发型跟爱因斯坦的很像，发色呈现出灰白色，看起来打了发蜡。他身材偏瘦，只看脸的话，年龄看起来不超过六十岁。

边江向后方摆了下头："在后面。"

教授看向可心的方向，皱起眉头："你就这么把她带过来了？"

边江点点头："对，你那水箱那么大，难不成我一个人给你抬过来？"

教授盯着边江看了一会儿："你把她带过来，我确认没有问题，就把你的田芳还给你，怎么样？"

他说着举了举手里的剪刀，冲边江使了个眼色："去啊，我在这儿等着你哦，不然我就把绳子剪断。"

边江看看田芳，后退两步，转身朝着可心跑过去。边江把可心扛在肩膀上，用极小的声音对可心说："待会儿他靠近你，能不能控制住他？"

可心"嗯"了一声。

之后两人回到刚才的位置，可心倒是配合，身体僵硬，尽量不那么柔软，由着边江把自己摆在教授面前，一双白皙的腿从丝质睡衣里裸露出来，教授用一种怪异的眼神打量着可心的身体，带着一种变态的欣赏，不住地点头。

"尸体我已经还给你了，现在我可以去把田芳救下来了吧？"边江问道。

教授却摇了摇头："不行哦，小伙子，你得让我亲自验尸才行，万一你拿别的女人的尸体蒙骗我呢？"

"要验你就验吧！"边江说完看了一眼可心，只要教授敢靠近可心，可心一定能控制住他。

教授朝着可心那边走了两步，边江则小心后退着，朝着田芳那边靠近。突然教授停下脚步，问了边江一个问题："你喜欢那个姑娘多一些，还是这个多一些？"

边江的精神立即紧绷起来，对教授说："我不知道你在说什么。"

"哎，我就问你，喜欢那个，还是喜欢这个。"教授指指田芳，又指指可心。

边江就说："地上这具尸体跟我有什么关系？"

教授哈哈一笑："不错，如果这具尸体是个活人，有生命的，我让你二选一，只有一个能活，你选哪个？"

他边问边从怀里掏出一把手枪，指着可心。

边江皱着眉头瞪着教授，不知道该怎么办。

"说啊，想让哪个活？"教授拉开了保险栓。

汗珠子顺着边江的脸颊往下淌，还没等边江回答，教授看了看田芳："要我看，你想让她活，对不对？"

边江快速在脑海中计算着，如果以最快的速度冲向教授，能不能阻止他开枪打死可心。教授身后就是那条绳索，能否不让教授碰到那绳索，就把他制伏。

边江往前走了一步，为了拖延时间，问教授："你难道真的舍得对自己心爱的女尸开枪？"

教授叹口气："哎，你真以为我看不出来，你在糊弄我？"

"我去哪儿给你找一具尸体来糊弄你？"边江不屑地说。

教授冷哼了一声："你以为我是在诈你？实话跟你说，我那具尸体一旦离开药液，会加速腐烂，而且非常僵硬，你以为化妆成一模一样的脸，就能蒙骗得了我吗？"教授话音刚落，边江已经朝着教授冲过去，然而教授似乎预料到了边江会这样做，快速转身，两步跨到绷紧的绳子前面。

与此同时，可心一挺身从地上站起来，也朝着教授跑去，却被教授一转身用手枪打中了肩部，随后她便身子一软倒在了地上。

"可心！"边江看向可心，这才发现，教授用的是麻醉枪。边江顾不上可心，继续跑向教授，却还是晚了，教授已经一剪子剪断了绳子。

田芳连同那把木椅子，朝着楼下栽去。

"田芳！"边江跑过去的时候，楼下传来"砰"的一声闷响，一切都来不及了。边江悲愤交加，痛苦地捶着天台边缘，随即转身愤怒地瞪着 π

教授，眼睛里仿佛有一团火。他发出一声咆哮，朝着 π 教授扑过去。教授的嘴角挂着阴险的笑意，缓缓举起麻醉枪，在他扣动扳机的同时，边江就地打滚，躲过了一枪。

终于，边江来到教授面前。教授掉转方向，蹲在可心旁边，用枪对准了可心的颈部，咬牙切齿地对边江说："你敢靠近一步，我就再给她一枪，保证送她也上西天。"

"看来你是不想要那具尸体了。你要是敢动她一根毫毛，我保证把你那具尸体毁掉。"边江威胁教授。

"哈哈哈！你以为我不知道，那具尸体已经被警察带走了，我这辈子都拿不到了。你夺走了我心爱的女人，我就杀死你的女人。让你也好好体验一下什么是痛苦！哈哈哈哈……"教授疯狂地大笑着。

边江看了一眼教授身后那扇通往楼梯的小门，站直了身子，对教授说道："恐怕，你今天也没打算让我离开吧？"

教授扯扯嘴角："看来还不傻，不错，我是打算要了你的小命。但我现在突然改变主意了。我打算慢慢折磨你，让你知道夺走我心爱女人的代价！"

边江却瞪着眼睛，慢慢朝着教授靠近，指着自己的太阳穴："好啊！来，往这儿打！"

教授握着枪的手开始颤抖，再次指着可心威胁边江："你再往前走一步，我真的会开枪！"

"你不会。"边江肯定地说，"因为你舍不得。如果你确定已经失去了那具尸体，你就更舍不得害死可心。"

"谁说的？我可以把她也做成标本！"教授反驳道。

"不，你不会。如果你真的是这么计划的，刚才就会那么做，但你对她下不去手。让我猜猜，被你泡在水箱里的女尸，是不是你的旧情人？你一直保存她的尸首，就是希望她还像活着的时候一样。对吗？"边江刚说完，教授的眼睛瞪得更大了，他浑身都开始颤抖。

正在这时，教授身后突然冲出两个人，其中一人一脚踢在了教授的手上；麻醉枪被踢飞，在水泥地上滑了一段，最终被卡在不远处的一条管道上。

两个人迅速制伏了教授。教授可能知道自己挣扎也是徒劳，于是大笑着说："所有你在意的人都会离你而去，等着吧！等着吧！"

边江默默地把可心抱在怀里，朝着小门走去，正好遇到往天台上走的几个年轻人。他们都是阿强的手下。刚才制伏教授的两人，其中一个就是阿强。边江没想到他真的会带人来帮忙，但一切都不再重要了。

田芳死了。

他甚至没有机会跟她说最后一句话，没有见她最后一面。想到这些，边江只觉得脑袋乱哄哄的，眼泪充满了眼眶，模糊了视线。

"把可心交给我吧！"身后传来阿强的声音。

边江停下脚步，犹豫了一下，并没有放下可心："我会救她，你们控制住那老东西。"随后边江朝楼下走去，阿强的两名手下跟着他一起下了楼。

当他下楼下到一半时，楼外突然传来警笛声，随后警察的脚步声从楼道里传来。阿强的两名小兄弟提醒边江，绝对不能让警察看见他们在这里，不然解释不清楚，只会惹祸上身。边江立即抱着可心走出楼梯，来到走廊里，跟阿强的两名兄弟一起躲在了防火门后面。

警察迅速赶到楼顶。当他们再下来的时候，只押着教授一人。阿强和他那些兄弟都消失了。直到警察走出实验楼，边江才敢从防火门后面走出来。边江把可心交给阿强的手下，立即跑到田芳摔下来的地方，却发现那地方什么都没了，只留下了一些碎木条，显然是木椅上掉下来的。

这时天空响起一声闷雷，随即密密麻麻的雨点砸了下来。

边江茫然地看向四周，大喊田芳的名字，最终被阿强制止了。阿强和其他人已经都来到了楼下。

"你这么喊下去，是要把警察喊回来吗？"阿强冷冷说道。

边江转过身，看着阿强："刚才为什么把教授交给警察？"

"是柴哥的命令。"

"什么？"边江惊讶地张大了嘴巴。

"柴哥让我们来保护大小姐的安全，然后报警让警察把教授抓起来。"

"那柴哥知不知道田芳出事了？"

阿强眼睛朝上翻了翻："大概不知道，但我们已经尽力了。"

他的语气那么轻松，那么无所谓。边江抿着嘴，攥紧拳头，突然朝着阿强的脸上打过去，阿强快速往后一躲，还是被边江打到了。他擦了下嘴角，并没有还手的意思："哥们儿，我们赶到的时候，就看到可心被挟持，并不是我不想帮你救田芳。"

边江什么都听不下去了，他默默转身朝大门外走去，走出几步后，从兜里掏出车钥匙，朝后面扔过去："把车开走，赶紧带可心去治疗。"

边江走出 B 大学，晃荡着疲倦的身体，走在昏黄的路灯下，漫无目的地在街上游荡，任凭大雨浇在自己身上。

他突然感到，自己在乎的、不在乎的；追求的、求而不得的，在血淋淋的现实面前，都变得不堪一击。老天爷仿佛就是要看他破碎，就是要看他痛苦挣扎。但边江想来想去，还是想明白了，这一切的根源都是犯罪。他体会到了凌哥的愤怒，更知道了自己往后的路该怎么走。

"边江！"身后传来零度的声音。

边江站住脚步，转过身："零度哥。"

"你不用太伤心，田芳根本没死。"

"什么？"边江又惊又喜，快步走到零度面前，可又怕他在骗自己。

"到底怎么回事？我明明看见田芳摔下去了。"

零度点点头："教授并没有杀死田芳，他杀死的，不过是一个假人。他让我把田芳绑在那儿，我就绑好了。但他不知道，那是我调包的假人，你也知道我们实验室里最不缺的就是人形模特儿。等假人摔下去以后，我就第一时间把现场清理了。"

边江立即问零度，田芳现在在哪儿。

"嗯……一个安全的地方，你放心吧，那地方还是她告诉我的。她说，她已经知道你的身份，不想当你的累赘，她会一直等着你。好了，我也先走了，你多保重。"

零度说完，快步朝前面跑去，一闪身钻进一条暗巷，看不见了。

不管怎样，零度带来的消息，确实让边江重新振作起来，回想刚才田芳坠地的地点，确实没有鲜血，所以零度说的是真的。边江终于放下心来。

第二天上午，边江再次试着联系王志。

这一次，电话终于打通了。

"王哥，这两天我一直打你电话打不通，出什么事了？"

"我去参加了一个紧急会议，全封闭的，不能与外界联系，通知来得突然，我没来得及告诉你。还好 π 教授最终落网。"

知道王志不是因为遇到危险而失联，边江稍稍放心，然后把这两天发生的事情汇报给王志。

"好，这次你能随机应变，立下大功，已经证明你有卧底潜质，我已经给你秘密建立了档案，保存在赵局长那里，你完成任务，就可以立即恢复警察身份。"

听着王志的话，边江的内心燃起了希望，觉得之前忍受的一切，都是值得的。

"π 教授的案子，现在是什么情况？能通过他，抓捕柴狗吗？"

王志告诉边江，π 教授的案情十分复杂，不是一两天能审理清楚的，目前是由专人负责；听说 π 教授完全不配合，始终一言不发。

边江想到了可心的身份，对王志说："王哥，我还有一个重大发现，现在我已经确定，可心就是柴狗的女儿。据我目前了解，她没有参与柴狗的犯罪活动，同时也希望自己的父亲停止犯罪行为。"

"你有没有告诉她，你的身份？"

"没有，但她很聪明，我不敢保证，她一点儿都没猜到。"

王志沉吟片刻，说道："就算她希望柴狗改邪归正，也未必真的能做到大义灭亲。你绝对不能让她知道你的身份，以防她为了保护她的父亲，而把你的身份告诉柴狗，那样你将陷入非常危险的境地。"

"那我们就什么都不做吗？她是柴狗的女儿，利用得当，甚至可以成为抓捕柴狗的关键。"

"边江，不要着急，我可没说要放弃可心这条线索。协助警方调查嫌疑犯，是每个公民的义务。我会让警方出面，命令她协助调查柴狗，同时秘密监控她的一举一动。"

听完王志这么说，边江总算放心。

"还有其他事情要汇报吗？"王志问。

边江想了想，说道："还有一件事，不算大事，但让我觉得很奇怪。"

"哦？什么事？"

"这次抓捕派教授，不是零度也不是我报的警，而是柴哥的手下，据说是柴狗让他们报案的，可是柴狗给我的命令是让我抓住教授，他不可能希望 π 教授被抓。我还没想通。"

边江说完，王志低沉地"嗯"了一声："确实古怪，那教授身上背的案子不小，一旦进去就很难出来，柴狗这是摆明了要放弃这枚王牌了。边江，你尽快搞清楚，柴狗为什么突然转了风向，随时跟我联系。"

·第二十章　纨绔子弟·

当天下午，边江回到餐厅，没想到刚换上工装，就遇见了一件奇怪的事。餐厅是全天营业的，即使不在饭点，也会有不少人，尤其是这个时间段，一般都是来喝下午茶的，也有些人借此谈生意、约会之类的。

而边江一走进大厅，就看到靠窗坐着一个年轻的男人，手里端着一杯咖啡，烫着卷曲的棕色头发，抹了好多发蜡，是今年最流行的发型。他戴着半黑框眼镜，一身休闲装，看起来很高档，无名指上戴着一枚戒指，闪闪发亮。他跷着二郎腿，悠闲地喝着咖啡。这个时间段，他是店里唯一的顾客，餐厅里显得格外冷清，就连走廊的吊灯都没全部打开。

起初边江也没在意，只把他当成附近的上班族，但很快边江就意识到，今天店里，连一名服务员都没有。他从进入餐厅的那一刻，就只看到了一位保安和一名站在门口接待的女服务生，除了这两个人以外，就没别人了。

边江有些诧异，开始查看今天的打卡记录，以及轮班安排。按照计划，这个时间点，原本该有五个服务生上班，而且他们都已经打卡了，说明他们都来上班了，就是不知道去了哪儿。Tasty 餐厅十分正规，也是数一数二的高档餐厅，服务员个个都训练有素，从不会出现旷工的情况，更何况是集体旷工。

边江朝着后厨走去，发现这里也没有人。他拨通了一个服务员的电话，问服务员人都去哪儿了，为什么就放着一位客人在店里。

那服务员先是有些忐忑："什么？有客人来了？"

"这话是什么意思？餐厅既然营业，当然有客人来。你们都去哪儿了？"边江问。

服务员又问了问，才松了口气："经理，原来你说的是老板啊！你在这工作时间短，可能不知道，咱们餐厅是两个老板合伙开的。今天你看见的那个，就是咱们其中一位老板。他说今天停业整顿，让我们回家了，明天恢复上班。"

边江倒是听可心提过 Tasty 餐厅的老板，可心帮边江留在餐厅，就是因为她认识其中一个老板，只不过并不是此刻坐在餐厅里的这位。边江想，无论如何，自己也该去打个招呼，便整理了下衣服，朝着那位老板走去。

那老板听见边江的声音，便抬起头看向他，上下打量了一番边江，皱起眉头："你就是新来的经理？"年轻老板言语间透着对边江的不屑。

边江注意到他是南方口音，说"是"的时候，略有些口齿不清，听起来像"似"。边江还发现他面前的烟灰缸里已经有好几个烟蒂了。

边江点头说："是的。"

年轻老板嘴角扯了扯，看看自己对面的座位："你来得正好，我刚好有些事跟你谈。坐吧！"

边江看着玩世不恭的年轻老板，想着这家伙肯定是用他老子的钱开了餐厅，典型的纨绔子弟，这么想着，他大大方方坐下了。

"你凭什么挤走了之前的经理？"年轻老板问道。

边江张张嘴，老板却又开口说道："你不用给我打马虎眼，说什么你有本事之类的。我知道你是托关系进来的，托了谁的关系？"

见这年轻老板是个精明家伙，边江也没想再隐瞒："我托一个朋友，她认识另一个老板，帮我说了说，就来上班了。但我绝对尽心尽力了……"

还没等他说完，年轻老板挥挥手，制止了边江："行了，漂亮话就别多说了。我培养那家伙挺长时间，要不是我大哥不懂规矩，也不会让你进餐厅。他就是耳根软的一个人，拎不清轻重。这样吧，我给你一笔钱，你换家餐厅工作。"他说完伸手从包里拿出来五沓钱，码好了，推到边江面前，然后就不再看边江，像打发一条狗。

边江看看那几沓钱，知道自己不走不行了，毕竟他没签合同，老板赶他走，他不走也得走。边江拿了一捆钱，站起来道："这就算是我这个月的工资吧！"说完起身离开了餐桌。

这时那老板的电话响了起来："小童啊，对，是我找你，怎么刚才不接电话呀？"

边江愣了一下，放慢了脚步。

"在上课啊！是这样，我眼下有件事要解决，想来想去，别人都不如你合适……哈哈，放心，这件事很简单，我要你去帮我探望一个人。这样吧，今天晚上你去老地方，我让人详细跟你说。"年轻老板挂断了电话，边江也走到了门口，但刚才那电话他听得真真切切。

边江转身回来，再次站在年轻老板的面前，把刚才拿走的那一万块钱放在了桌子上。

年轻老板斜着眼睛扫了他一眼："怎么回来了？后悔了？嫌拿得太少啊？那行，我再给你这么多，拿了钱赶紧走。"他说着又甩出来五捆钱，有些不耐烦。

边江笑笑："您可能误会了，我不是在讹钱，我就是觉得在这儿工作挺好。既然是您大哥雇了我，我想还是由他来解雇我比较好。"

年轻老板的眼神里露出一丝阴暗的神色。他没再扔钱，只是观察着边江，两人仿佛对峙一般，过了一会儿才说："你身上这股劲儿，我很欣赏，想要留下来，可没那么容易。"

"之前那个经理能做的，我都能，所以我认为您不该炒了我。再说，我听说那个经理已经出国了。"

边江的话让年轻老板的脸色一下子变得很差。他不动声色地看着边江，两秒钟后，他拿出手机拨通一个号码，边江没有听到听筒里的提示音是什么，但年轻老板挂断电话时，那表情就像吃了死苍蝇一样，嘴角向下耷拉着，随即瞪向边江："是谁介绍你来的？"

"不如您去问您大哥，怎么样？就算我说了这个人的名字，您也未必知道是谁。"边江说道。

"我可是你老板！你就这么搪塞我？"年轻老板声音不大，那语调却能听得出来很生气。

边江低头说不敢，那样子十分恭敬。

最后年轻老板扯动嘴角笑了笑："你想留下来也可以，今天晚上就帮我去办件事，先说好，跟餐厅有些关系，但关系不大。你做还是不做？"

边江紧张地咽了咽口水："哎呀，那不会是违法犯罪的事情吧？"

年轻老板冷笑着看了边江一眼："当然不是。就是让你陪我去个地方，给我开车当司机。"

边江松了口气，又问具体时间、地点。这时餐厅里来了两个中年男人，还有一个四十多岁的女人，三个人都神色紧张，一进来先是看了一眼边江。年轻老板冲他们点了点头，他们才走上前去，跟年轻老板打招呼。

两个男人一个矮胖，一个瘦高，矮胖的腆着啤酒肚，戴着大金链子；瘦高的斜着肩膀，穿了一件白色棉布对襟衬衫，手上戴着小叶紫檀的珠子，珠子被盘得锃亮。至于女人，则珠光宝气，气质很好。

"小边，给我两个哥哥还有姐姐沏茶。"年轻老板说道。

边江点头走向后厨，身后传来年轻老板对那三人的声音："今天小弟请三位过来，主要有两件事：一、小弟我遇到点儿麻烦，在汉都也算是人生地不熟，想烦请三位帮帮我。二、汉都四大天王之首该由谁……"

之后的话边江没有听到，他不能慢吞吞地走，那样偷听就很明显。一钻进后厨，他就以最快的速度泡茶，然后放在托盘里，端了出去。边江一走近，四个人就都不再说什么，全都笑呵呵地说着无关痛痒的话，什么餐厅不错啊，天气挺好之类的。年轻老板瞥了边江一眼，看他站在一边候着也不走，就使了个眼色，让他先下去。

边江没办法，只好离开，走到吧台后面，那几个人的谈话已经听不清了。边江心里着急，也不能靠过去。他看了看吧台后面的电脑，就想到了可以从这里看到监控，便立即打开电脑，输入开机登录密码，连接到了摄像头的软件。

录像是无声的，也不可能看口型就知道对方在说什么，边江只能看见四个人的表情都很凝重，穿白衣服的瘦高男人不停地盘着手里的珠子，好像很焦虑；那矮胖的家伙，则不时调整坐姿；那个女人则始终端坐着，双手就没离开过自己的手包，茶水也没喝一口。

边江想了想，拿出手机，打开录像功能，对着电脑屏幕录了一段。而就在这时，年轻老板从他身边的公文包里拿出来三个方形盒子，乍一看像是装手表的首饰盒。矮胖男人笑了笑，拿了过去。女人和瘦高男人迟疑了一下，但也都拿走了。年轻老板这才露出了笑脸，而这一段刚好被边江录在了手机里。

见那三个人起身要走，边江连忙收起手机，关掉了软件，并随意翻看着吧台上的酒单。等年轻老板送三个人走进边江视线，他才抬起头，帮着送了出去。临走的时候，边江听到矮胖男人说了句："小龙，别送了，你交代的事情，我尽力。"

另外两人也附和着。年轻老板的脸稍微僵了一下，连忙笑着开门，送他们三人离开。之后他也离开了餐厅，并告诉边江，晚上九点来餐厅。

因为餐厅停业，边江也就提前下班了。边江刚走出餐厅，就看到阿强站在马路对面。他看到边江后，朝边江招了招手。

边江走到路对面，坐上了阿强的车。

昨晚可心受了伤，是阿强带她回去的。后来边江打电话问过阿强，听说可心已经脱离危险，才稍微放心。

这会儿阿强突然出现，表情还很严肃的样子，边江心里有点儿没底。

"可心现在怎么样？"

"可心没事，但是想见你，让我来接你。"

边江点点头，脑子里想的全是那"四大天王"的事情，就问阿强，知不知道汉都四大天王是谁。

阿强"噗"的一声笑了："四大天王你都不知道啊？"

边江做出一脸茫然的样子，阿强就说："四大天王是柴哥、黑龙、万宝，还有一个女的，人都叫她'唐姐'。对了，咱们柴哥是四大天王里的老大！"

阿强说这些的时候，充满了自豪感。

边江"哦"了一声，又问阿强，黑龙不是都被柴哥给收拾了吗，怎么还是四大天王。

"柴哥不过是打压了一下他，哪能那么轻易收了。他其实是因为搞什么实验室，被警察盯上，现在不敢折腾了。"

边江又问，那有没有人顶替黑龙的位置。

"我哪知道啊。你问这些干吗？"阿强瞪着大眼问。

边江说就是听人提起了四大天王，觉得好奇才问的。一路无话，当阿强把车停到茶楼下面，边江才意识到有些不对劲儿，因为每次和柴狗见面，都是在这座茶楼。

"真是可心要见我？"

阿强也不看边江，"嗯"了一声，带着边江上了楼。

边江没有猜错，真的是柴狗要见他。柴狗故意让阿强把他骗来，应该是怕被警察盯上。看来π教授被抓之后，柴狗更加谨慎了。

柴狗问边江的第一句话就是："找到田芳的尸体了吗？"

边江一愣，这才反应过来，阿强肯定都汇报过了，因此柴狗以为田芳坠楼身亡了，他并不知道摔下去的是个假人。

"其实……"边江刚想说田芳没死，话到嘴边，赶紧咽了下去，"其实我找了很久，都没找到。"

"听说，连血迹都清理干净了？"柴狗又问，他声音低沉，听起来十分沮丧。

边江先是点了点头，又摇摇头，说那血迹不是被清理干净了，而是田芳没有流太多血，她应该是内出血，内脏受损严重，加上昨晚下了场雨，血迹就被冲刷干净了。

柴狗沉默了一会儿："嗯，但尸体没有了，就可能还活着，你觉得谁最有可能带走她的尸体？"

听起来，柴狗是在试探边江，好像在怀疑是边江把田芳的尸体带走了。

"我也想知道……早一天找到芳姐的尸体，就能早一天让她入土为安。"边江说完，看了一眼柴狗，就赶紧转移了话题，"柴哥，我想不明白，你为什么让警察带走π教授。"

柴狗叹了口气："他罪行太多，我不想让他连累我，就这么简单。"

"那他进去后不会乱说？"

柴狗微微一笑："放心，要是没有这个把握，我也不会报警。我今天叫你来，就是要让你帮我去办一件事。"

“柴哥你说。”

“我希望你去探望一下 π 教授，并把这件衣服给他送进去。”

柴狗说着，从旁边拿起一个服装袋，放到了边江面前，里面是件格子衬衫。

边江疑惑地皱起眉头：“送衣服？柴哥，您这是什么意思啊？”

“只是给他送件干净衣服慰问下。”

边江却觉得没那么简单。

“怎么了？有困难？”

边江连忙说：“没有。我是在想，π 教授正在接受审讯，恐怕警察不会允许探望的。”

“无妨，你直接去找 π 教授的律师，他会带你去看望 π 教授。”柴狗说完，把一张名片递给边江。

边江拿起来，看了一眼，那位律师姓裴，事务所的名字叫“前诚事务所”。

柴狗示意边江可以离开了。边江拿起衬衫，往茶室外走，犹豫了一下，又回过头来，对柴狗说：“柴哥，神龙老板合作的事情，您现在是什么态度？”

柴狗歪了歪头：“合作肯定还是要合作的，只不过我们自己也马上要有自己的拐杖了，并不是没了他就不行。怎么，有进展了？”

边江重新回到柴狗面前坐好，拿出手机，打开录像。

看完餐厅的录像之后，柴狗冷哼道：“听到他们说什么了？”边江便把自己听到的简单给柴狗汇报了一下。柴狗听完阴森森地笑起来。

“我说这小子怎么迟迟不肯露面，原来他也摊上麻烦了。他现在还妄想当汉都的老大？真是痴人说梦。”柴狗说完，眼睛在面具下转了转，看向边江，对他说，“这些信息，对我很有用。边江，你这次干得不错。”

“柴哥抬举我了。”边江挠着头，憨憨地笑着。他随即又问：“那个叫小龙的难道就是神龙？”

“没错。他就是神龙，但我没想到，他还是那家餐厅的老板。”柴狗把玩着手里的紫砂茶杯，饶有兴味地说。

边江把餐厅有两个老板的事情告诉柴狗。柴哥就说，其实餐厅只有一个老板，就是神龙，另一个老板不过是神龙的替身罢了。柴哥说罢看着边江笑笑："怎么，没想到神龙这么年轻？"

边江点点头。柴狗就说，其实"神龙"是个家族，那年轻老板也不过是继承了他父亲的事业。他们家族历来就做毒品相关的生意，而且十分神秘，神龙见首不见尾，才得了这么个外号。

"对了柴哥，今晚他让我去餐厅见他，说是有件事要我去做。"边江说道。

柴狗点点头："你尽管去，他要你做什么，你就做什么，不过我提醒你，他应该已经知道你是我的人，所以你要谨言慎行，最好弄清楚神龙现在的立场，以方便我们今后和神龙合作。"

边江点点头："好，不过……柴哥，我要是有了重大发现，该怎么联系您？"

柴哥的手指在桌上敲了敲，微微一笑："不用担心，我到时候会联系你。"

之后边江离开了茶楼，在边江确定身边没有柴狗的眼线之后，他给王志打了个电话，把最新的情报汇报给王志，并告诉王志，今晚神龙必有毒品交易行动，这是一个抓捕神龙的好机会。

王志当即说："我会立即把情况告诉缉毒大队，让他们在餐厅伏击神龙，你自己也要万分小心。"

边江想了想，对王志说道："王哥，我也希望咱们一切顺利，但神龙狡猾多端，虽然说的是在餐厅见面，未必真的在餐厅现身，到时候，极有可能再换地点。"

"嗯，你现在去菜市场熟食店，我会让人把一套窃听装置交给你，你佩戴在身上后，可以随时汇报情况，也可以帮助组织定位你的位置。"

"好——对了王哥，还有一件事，很奇怪，是关于 π 教授的。"

"什么事？"

边江于是跟王志说了柴狗要他去看 π 教授，并送一件衬衫过去。

王志听完也没有头绪，对边江说："我一会儿把这个情况告诉负责 π 教授案子的警员，让他们提高警惕。"

结束了和王志的通话后，边江怕柴狗监视自己的行动，不敢先去熟食店拿窃听器，毕竟这样的举动显得很不正常。于是，他先去了律师事务所，见了那位裴律师。

·第二十一章　新的盟友·

裴律师对边江态度十分殷切，笑着说："柴哥都跟我说过了，我们现在就过去吧！"

之后裴律师开着他的帕萨特，带着边江去往看守所。半个小时后，他们就见到了 π 教授。

π 教授见到裴律师和边江后，一个字都没说。但边江一拿出衬衫，π 教授就笑了。警员检查了衬衫，确定没有问题后，交给了 π 教授。他怪异地看看边江，轻轻摸了摸衬衫，起身离开了探视间。

边江看看裴律师，满脸疑惑："裴大律师，这……这什么情况啊？"

此时，裴律师的表情相当凝重："走，出去说。"

裴律师带着边江离开了房间，一直到走出警局，回到车上，他才松了口气，对边江说："总算没让警察看出来你的身份有假。"

"原来你是担心这件事啊！"

"那可不，要是让人看出破绽，别说我和我的事务所要被连累，以后的事情也不好办了。"裴律师的话让边江更加困惑。

边江说："刚才 π 教授根本就没有配合，一句话不说，这样就算你想帮他，也帮不了啊！"

裴律师听完边江的话，先是愣了两秒钟，随即哈哈一笑："谁说我要帮他了？我就是带你进去，给他送件衣服。虽然我是他的辩护律师，但我也没打算为他辩护。事实上，他也没有出来的那一天了。"

"啊？"边江张大了嘴巴，感到不可思议。

裴律师笑得更加神秘，他小声对边江说："他不是喜欢穿得体面点儿嘛！反正也快见阎王了，就给他送件新衣服当寿衣喽！"说完这句话，裴律师发动了汽车。

边江睁大眼睛，皱着眉头："什……什么？可是……"

"好啦！小边，别可是了，你就等着看好戏吧！"裴律师开着车，目视前方，时而瞥一眼边江。

边江挠挠头："裴律师，我还以为你是要给 π 教授做辩护的。"

裴律师撇下嘴，点点头："我的确是他的辩护律师，只不过他的命能不能撑到开庭，我就说不准了。"

边江想了想问道："是不是那件衣服有问题？"

裴律师微微一笑，本来就不大的眼睛眯成了一条缝："衣服要有问题，警察怎么没查出来？你就别胡思乱想了。你去哪儿？我送你过去！"

边江"哦"了一声，心里还是有一堆问号，忍不住问裴律师，他和柴狗到底是什么关系。裴律师看看边江，想了想才说："有些交情。"

"该不会是因为 π 教授伤了可心吧？柴哥要报复？"边江这话一问出来，裴教授就忍俊不禁了，说边江的想法倒是挺有意思的。但他既没说是，也没说不是。

边江见从裴律师嘴里也套不出话来，就让他把自己送到一个地铁口，说自己坐地铁回去。下车后，边江走下地铁通道，又从另一头回到地面，拦了辆出租车，直接去了菜市场熟食店取窃听装置。

边江把纽扣窃听器别在衣领下面，又在店老板的辅助下，测试了信号，确保没有问题之后才离开了熟食店，然后边江找了个清静的地方给柴狗打了个电话，汇报情况。

柴狗听完心情大好，叮嘱边江道："对了，晚上跟神龙出去，注意点儿。他狡猾得很，可能已经知道你是我的人，也可能以为你就是个普通人才敢放心用，但不管哪种，都有可能要你命。"柴狗嘱咐道。

"明白。"

"明白就好。你是个聪明人，关键时刻知道该怎么做吧？"柴狗问。

边江点了下头："我不会出卖柴哥。"

柴狗笑笑，挂断了电话。

边江一直等到晚上八点半，才来到 Tasty 餐厅。

餐厅外面挂着"今日停业"的牌子。

边江径直走到吧台前，看看时间，还差十分钟到约定的时间，便捺着性子又等了一会儿。九点整，楼梯上传来脚步声。边江一个激灵站起身来，看向楼梯处，发现一个陌生男人打着哈欠走了下来。

他不是餐厅里的员工，边江之前也从来没见过这人。他体型高大、皮肤黝黑，看年龄不超过二十五岁。

此时餐厅外已经布下了天罗地网，准备抓捕神龙，但眼下这个人并不是神龙。他担心警方没弄清状况，就上来抓人。如果那样的话，非但这次行动会失败，而且更有可能导致"打狗计划"全盘皆输。

边江立即小声对卡在衬衣领子上的窃听器说了句："不是神龙，不要行动。"

陌生男人走下来，看了一眼边江："你跟我来。"

边江便跟着陌生男子来到了员工休息室。男子塞给边江一袋衣服："换上衣服，我带你去见老板。"

边江打开袋子，发现那是一身高档服装，再仔细一看，竟然就是神龙白天穿的那身衣服。

"这是？"边江不解。

男子眯着眼睛，狡猾地笑笑："你换上这身衣服，然后把你的衣服给我，之后咱们开车去个地方，快点儿啊，我在外面等你。"

男子说完也不走，就等着边江换衣服。边江的心都提到嗓子眼儿了，那套窃听器就在他衣服上，神龙让人这么做，其实无异于对边江搜身。看来，神龙的警惕性很强。边江正想着该怎么在陌生男子面前把衣服上的窃听器撤走的时候，男子的手机响了，他看一眼边江，走到一边去接听。

边江连忙把窃听器从衣服上拆下来，攥在手心里，然后换好了衣服。

边江正暗自庆幸，窃听器没被发现，却看见男子拿起一个仪器，开始在他身上扫描。

"大哥，你这是？"

"例行检查，看看你身上有没有可疑的东西。"

边江头上冒出了冷汗，脸上却笑着，说："我能问问咱们晚上要干什么去吗？怎么搞得要去犯罪似的。"

男子看了他一眼，没说话。边江说话时，悄悄把那窃听器扔进了脚边的垃圾桶。

等检查完没有问题之后，两人才一起走出了房间。刚才的检查让边江心有余悸，同时也相当郁闷，神龙这么谨慎，今晚的抓捕行动，注定不会太顺利。

边江跟着陌生男子直接从餐厅后门离开，七走八拐，来到了另一条大街上，最终走进一家冷清的酒吧。

这期间，边江一直想用手机共享自己的位置，可身边的男子警惕性很高，边江没能找到机会。

进入酒吧后，边江看见了神龙，他正坐在吧台边喝酒。可能听见边江的走路声，神龙扭头看过来，上下打量着边江，然后满意地点点头。他起身走过来，接过边江的衣服，走进了更衣室，然后换上了边江的衣服。

之后神龙揽着边江的肩膀走出酒吧，来到一辆没有牌照的黑色奥迪边，刚才带边江过来的男子正坐在驾驶位上。

边江正要坐到副驾驶位置，神龙却率先坐了进去，让边江坐在后排。

边江暗自寻思，坐后面也好，我正好能拿手机给王哥发短信。

这么想着，他悄悄把手机拿出来，把自己的位置共享给了王志，只要警察一直跟着，今晚就一定能把毒枭神龙抓捕归案。

"边江啊，你知道为什么我让你换我的衣服吗？"

边江看神龙一眼，冷静答道："我知道，是让我冒充你。"

神龙愣了两秒，突然笑了："那你知道我让你冒充我去干什么吗？"

边江摇摇头："不知道，肯定不是好事。"

"哈哈哈！你倒坦诚，那你可想好了，还去吗？"神龙问。

边江马上点头："去啊，当然去。"

神龙看了边江一眼："那我就实话跟你说，今天晚上我要去送些货，就是昨天你见过的那三个人。他们并不在现场，他们的手下也并不认识我，但那地方有监控。我知道那些老狐狸都在摄像头后面看着，所以送货的时候，我需要你给我当替身，防止他们对我使诈，明白了吧？"

边江明白，神龙说的"货"肯定就是毒品，他点了点头。神龙又看了一眼边江，见他没有退缩的意思，这才驾车朝前方开去。

"老板，这种事情，你为什么一定要自己做？既然担心对方有诈，干吗不让别人代劳？"边江不解地问。

神龙瞥他一眼："别人？哈哈，我这不是找你来当替身了吗？再说了，你都不知道我说的是什么货。要知道，这么大一笔，我不亲自去，怎么能放心。最主要的是，那几个老狐狸非让我亲自来，还不能带人，他们要看看我对他们的诚意。哼，他们还以为我不敢去。"

边江怕神龙起疑心，点点头，就没再问下去，神龙也不再多说什么。

半个小时后，神龙忽然让高个男子停车，扭头对边江说："把你的手机给老三。"

边江心里一"咯噔"，说道："龙老板是不信任我？"

神龙微微一笑："不是，我的手机也会给老三，主要是担心咱们的手机被警方定位。现在的警察手段很高明。今天他们在餐厅外布下埋伏，显然已经盯上我们了。搞不好你我的手机已经被他们定位。"

边江假装恍然大悟："还是龙老板想得周到。"说着话的时候，边江已经快速把手机锁定了，递给了老三。

边江的手机做过特殊的设置，解锁屏幕需要密码，连续输入两次，手机就会进入另一套系统，即使之后破解了密码，打开了手机，也不会发现他的秘密。

老三接过边江的手机，对他说道："我会带着手机往相反方向走，带着那些蠢警察在城里绕圈子。想想就觉得有意思，哈哈哈！"

边江也附和地笑了，但他心里，却一点儿也笑不出来。看来，今晚的抓捕行动，是要失败了。

"行了，别废话了，赶紧下车。"神龙催促道。

老三吧唧吧唧嘴，没再吭声，赶紧打开车门。

老三下了车之后，神龙亲自驾车，又行驶了半个小时，最终把车停在了一个公司大院门前。边江看了看门口，没有挂牌，公司里面也黑漆漆的，一盏灯都没有。

"一会儿你自己进去，办完事以后，就去前面那个路口等我。"神龙说着打开了后备厢，"去吧，把后备厢里的皮箱拿上，进去后一直走，右手边有一排平房，走到那儿会有人来跟你交接。大门口那里有一个摄像头，走过去的时候，不要抬头。"

神龙说着指了指公司大门口里面的一根电线杆，边江隐约看见那上面有闪烁的红点。

边江点点头，问神龙："我待会儿要跟他们说什么吗？"

神龙想了想："什么都不用说。他们要是问你，你也不要理，交完货就出来。今晚之后，你可就是我这条船上的了。你想清楚了吗？"

边江淡淡笑了笑："老板，我上了车的那一刻，就上了你的船了。你不用问了，我想清楚。放心吧，我不会反悔。"

神龙面无表情地看着边江，愣了两秒钟，随即哈哈大笑："好，不错不错！去吧，今后你跟着我，我绝对不会亏待你。"

现在摆在边江面前的，有两条路。

第一条路，他和神龙一对一，他有信心把神龙制伏，然后直接交给警方。

第二条路，他去帮神龙交易，取得他的信任，然后等待下次抓捕的时机。

第一条路简单粗暴，可以阻止这次的毒品交易，却会带来一系列问题。首先，边江只能抓住神龙一个，至于神龙手下的贩毒团伙，以及今晚和神龙交易的人，他都抓不住。而且一旦这么做了，就会打草惊蛇。同时，他自己的卧底身份也将暴露，柴狗的案子，也就进行不下去了。

边江深吸一口气，下车打开后备厢，看到了唯一的拉杆箱，拎了出来，很沉。他刚关上后备厢，神龙就驾车离开了。

边江拎着箱子，快步走进公司大门。很快，他就看到了神龙说的那排小平房。边江刚走到那儿，就有四个彪形大汉走了出来。对方以为边江就是神龙，全都态度很好，但还是要求验货。边江就打开箱子让他们看，那是一整箱的白粉。其中一个人拿出来一袋，在手上掂了掂，问边江："龙老板，能试试吗？"

边江点点头。对方就小心打开袋子，用手指沾了一点儿，放到舌头上，小心品尝了一下，瞪着边江，随后"嘿嘿"一笑，露出一颗大金牙，对旁边的人点了点头。

"那龙老板，我们就先撤了，要不要送您一程？"金牙男笑嘻嘻地问道。

边江冷冷一笑："不必了，我的车在外面。"金牙男"嘿嘿"一笑，冲身边三人使了个眼色，那些人迅速上了一辆没有牌照的面包车就离开了。边江也迅速离开，走到跟神龙约定的路口。没一会儿，神龙驾车过来了。

汽车停在边江面前，神龙降下车窗，冲边江笑笑："上车吧！"

·第二十二章　神龙聚首·

上车后，边江坐在后排位置，对神龙说，一切都办妥了。神龙很满意："不错，现在你知道我是做什么生意的了吗？"

边江点点头，"嗯"了一声。

神龙扔过来几件衣服，让边江换上。边江一看，是自己的衣服。

等边江换好衣服，神龙靠边停车，之后就由边江驾车继续往前开。

"老板，咱们去哪儿？我送您回家？"边江问。

神龙微微一笑："不回，去个地方，我给你设置好导航，你跟着导航走。我眯一会儿，不然待会儿没精神对付那些老家伙了。"

神龙把目的地设置好，把座位往后放了放，然后躺着睡了起来。边江窃听器暂时无法安装上，手机也被拿走了，无法与组织取得联系，这之后的事情，也只能随机应变了。

当边江把车开到距离小区还有一公里的地方，他叫醒了神龙。

到小区外面时，神龙让边江直接把车开进小区。门岗值班的人一看边江驾驶的车，立即把栏杆升了起来。

"老板，这是哪儿啊？门岗的人好像都认识这车了。"边江随口问。他看着小区的楼房，少说也有十几年了，都只有六层高。

神龙漫不经心地"嗯"了一声，指了指前面："一直开，到最后那栋楼。"

边江点点头，识趣地没再问下去。

等他们把车停好，边江以为神龙说什么都不会让自己跟着进楼里了，没想到，他竟然对边江说："一起上来吧，喝杯茶，休息一会儿。我一时半会儿也忙不完，你在这儿多无聊。"边江连忙锁好车，跟着神龙朝着一单元走去。

单元门还是很老旧的伸缩铁门，门里站着两个穿着黑衣服的男人。

边江扫了一眼他们的腰部，鼓囊囊的，看形状像手枪。两人看看神龙，眼神毕恭毕敬，再看边江的时候，则上下打量。

神龙马上笑着拍拍边江的肩膀，对两个黑衣男子说："自家兄弟。"

"龙老板，不好意思，按规矩，我们恐怕得搜一下二位的身，请您行个方便。"其中一个人脸上堆着笑，态度相当坚决。

神龙愣了一下，马上点点头，把双臂展开，昂着头，让人搜身，边江也赶紧照做。

搜完身，黑衣人对神龙说："好了，龙老板，你们上去吧！"

神龙对他们笑笑，昂头挺胸朝楼上走去。等他们到二楼的时候，边江才低声问神龙："老板，你脾气也太好了吧？真让他们搜身？"

神龙回头看看边江，无所谓地笑了笑："搜下身又少不了两块肉。再说了，咱们到了人家的地盘，还不得听人安排？"

两人又往上走了一层，神龙突然回头对边江说："你待会儿也别那么客气地叫我老板了，就叫我'小龙'吧！"

边江连忙摆摆手，压低声音说道："不好不好，我要不叫你龙哥吧！"

"嗨，我看咱俩年龄差不多，不用叫我哥，就叫我小龙，我喜欢别人这么叫我。"

"那好吧！"边江说。

神龙微笑点头，继续朝楼上走，一直到五楼的时候，神龙走到501门前，防盗门还是铁栏杆的，并不是现在常见的全封闭式的。

神龙一手插着裤兜，一手轻轻叩门。很快门里传来脚步声，对方只开了一条门缝。神龙冲那人微微一笑，打了个招呼，对方便把木门全打开，随即又打开了防盗门。

"龙老板里面请。"开门的人也是个黑衣男。他话音刚落，里面传来一个浑厚的中年男人的声音："哎呀，小龙啊！你终于来了！三缺一，我们都等你半天了。"

男人说完，女人爽朗的笑声也传了过来："是啊，你赶紧来，我正走背运，没准儿你来了，给我转转运呢！"边江一下子听出来，这两人的声音，就是昨天跟神龙见面的三人中的两个。

"哈哈，要不是你们非让我亲自送货去，我能晚来吗？"神龙的话里略带不满。

说话间，黑衣人带着神龙和边江穿过门廊和过厅，走进了客厅里。客厅中间摆着一张麻将桌，胖老板叼着烟，笑呵呵看着神龙；瘦高老板则拿着手串，一边盘珠子，一边对神龙说："过了今晚，咱们都是一家人，不说那些见外话。"

阿强曾经跟边江说过，四大天王有柴狗、黑龙、万宝和唐姐，黑龙已经不再是四大天王了，取代他的人就是屋里这两个男人中的一个，而另一个男人就是万宝。至于那唐姐，此时正双臂交叉，靠在椅子背上，似笑非笑地看着神龙和边江。

"哎，这不是你们店里的那个小经理吗？"唐姐看着边江，笑着问道。

神龙回头看一眼边江，哈哈一笑："小边是自己人。来吧，整上吧！啊？"

说着神龙落座，三个老板互相看看对方，也都在自动麻将桌边坐好。边江坐在沙发上，心不在焉地看着电视。刚才给他开门的黑衣人，也是板着脸坐在沙发上，眼睛盯着电视，精神却高度紧张，还不时给几个老板端茶倒水。屋里除了这一名黑衣人之外，还有五六个人，但都在别的屋里，听起来正在打牌。

麻将打了一圈下来，边江看出点儿端倪了，他发现神龙输的小，赢的大，没一会儿手里的筹码就有一堆了。他笑呵呵地叼着烟，跟另外三个人说起话来，别提多谦和，就像个刚来道上混的小弟，再看另外三人对神龙的态度，那真是一个比一个殷切。

"小龙啊，姐我是真没想到，你真能把你家里这一摊儿给挑起来，还挑得这么好！"唐姐说着，摸了一张牌，只用手指一摸，失望地叹口气，扔在牌桌上："北风。你看我这手，怎么就不上牌了呢！"

神龙微微一笑："先赢的是纸，唐姐急什么。不过我能把我家里这一摊儿撑起来，也多亏了各位，不然哪有我的今天啊！幺鸡。"瘦高的老板笑呵呵听着他们的谈话，转脸对胖子说："胖三，你哥哥那烂摊子，你收拾得怎么样了啊？警察盯得还紧吗？别到时候给小龙添麻烦……"

边江这才知道，胖老板叫胖三，而他就是黑龙倒台后接盘的人，至于这个瘦高的老板，自然就是万宝错不了了。胖三"嘿嘿"一笑："小意思。我哥就是想一口吃个胖子才会栽。我跟他不一样，我这个人，最看重细水长流。别忘了，我们家就是这样一点点积累起来的。"

唐姐斜眼看了他一眼，一脸不屑："不过别怪妹妹没提醒你，你们哥俩最大的问题是女人。就你那小情人，我怎么看怎么不地道，小心别让人给坑了！"

胖三"嘿嘿"一笑："唐姐这可说错了，我那小妞单纯得很，就喜欢钱，没别的心眼儿。"唐姐撇了下嘴，没接话。

这时候神龙点头插了句话："黑龙大哥最大的失误就是丢了龙头。我早跟他说过，以你们家的实力，我们合作起来最便利。你想想，就你收租的那些地方，随便哪个地方都是咱们自己的地盘，以后肯定有大把的钱赚，可他不听啊，非去碰车站那个烫手山芋，中了柴狗的计。"

胖三听着，脸上有点儿挂不住，连连说是，打出一张五条，顺手就给神龙点了一炮。神龙乐得合不拢嘴："哥哥姐姐们，你们得加把劲儿啊，我这都连和好几把了。"

万宝乐呵呵地把牌推进麻将机里："以后哥场子里的生意，可全靠你这大庄家照应呢，你可不得连庄嘛！"

神龙眼睛都笑成一条线了："那是自然，有福同享嘛！"边江这个角度正好能看见胖三的牌，这才发现，他刚打出去的牌正是神龙要的牌。

边江稍微理清一些思路了，今晚这三个大佬是明摆着在给神龙送钱，但跟神龙给他们的那批货相比，这些都是小钱。神龙为了笼络这些大佬，便宜卖给他们海洛因，然后逐渐打开市场，以后三个大佬的地盘上都会有神龙的一席之地。神龙一直不跟柴狗合作，就因为柴狗想要跟他一起瓜分市场。而神龙要做的恰恰是垄断，所以神龙才会想做四大天王之首，把柴狗排挤出去。边江想，就算柴狗本事再大，也肯定敌不过这三个大佬加起来势力大。

就在几个人兴致高昂地打牌时，胖三的手机突然响起来，万宝和唐姐看他一眼，继续不动声色地抓牌。

"什么？！丢了？！你们怎么办的事！什么人抢的？"胖三一下子站了起来，啤酒肚蹭着桌边，仿佛要把桌子掀翻。神龙皱起眉头，万宝和唐姐也都立即流露出担心的神情。

等胖三挂断电话，他"扑通"一下坐回到椅子上，脸色煞白，汗珠子顺着脸往下流，他看看神龙，又看看唐姐和万宝，先是忐忑和害怕，随即皱起眉头抿起嘴唇，变成了憎恨。

"小龙刚给咱们的那批货，丢了。"他平静地说，却掩饰不住声音的颤抖。

神龙挑了下眉毛，身子往后一靠，环视其他三人，好像要把他们的心思看穿。

"丢了？不会吧？别是哥哥和姐姐们欺负我年纪小，把货私藏了吧？"神龙漫不经心地问。

胖三立即说："当然不可能！傻子才那么干，我们又不是只靠这一批货活！"

神龙撇撇嘴："讲道理，这批货不少，谁要是私藏了，还真能靠这个发一笔财，没准儿都够你们金盆洗手了。"

万宝那张常年挂着笑意的脸，此刻也拉了下来，嘴角向下耷拉着，眼睛不时在唐姐和神龙身上来回扫着，左手拿着手串，盘得更快了。唐姐哼了一声，半开玩笑说："胖三，该不会是你私藏起来了吧？"

胖三鼻孔出气，圆滚滚的肚子好像一个快吹爆的气球："唐凤怡，你忘了？仓库是咱们一起找的，人也是各出一位。凭什么说是我私藏起来了？你这么急着往我身上泼粪，该不会是你干的吧？"

神龙点起一根烟，一言不发地看着他们三人。

万宝说："都先别着急生气，事情还没查清楚，怎么先自己人跟自己人打起来了？你们说，会不会是柴狗？"

"不可能！"胖三马上答道，"今晚的行动，除了咱们屋里几个人，还有那几个去接货的兄弟，没人知道。那几个兄弟都是咱们的心腹，不会是叛徒。而且还是小龙亲自去送的货，不会有人知道这事！"

胖三说完，神龙吐了个烟圈，眼睛看向边江，两个人对视长达半分钟，边江坦然地看着神龙，眼神里没有丝毫闪躲和不安。神龙看了他一会儿，便把头扭过去了，依然不说话。

这时，唐姐拿起手机，开始给自己的手下打电话，结果没人接听。胖三就说："不用打了，我小弟是唯一活下来的，受了重伤，别人都死了。"

万宝皱了下眉头："那你小弟怎么汇报的，对方是什么情况？"

胖三就说，在他们带着货到仓库的时候，突然从路边阴影里出来一个人，手里拿着消音手枪，他们还没反应过来，就中枪了。胖三的小弟反应快，跑得也最快，及时躲进了路边的一个大垃圾箱里，这才躲过一劫。后来他看着那人把货拿上，骑着摩托离开了。

万宝想了想说："所以对方知道咱们今晚要收货，还知道咱们仓库的位置，提前去蹲守了。柴狗到底知不知道仓库的位置？"

胖三和唐姐都说，柴狗当然不知道。这时，神龙叹了口气，三个人忐忑地看向他，看那表情，好像心都提到嗓子眼儿了。还是万宝先开口对神龙说了句："所谓吃一堑，长一智，事已至此，我愿意跟大伙儿平摊损失。"

胖三看看神龙的脸色，也连忙附和说道："咱们三人加起来，可是张不小的网，他抢去了货也没处销。"唐姐点点头，随即又担忧起来："话是这么说，但柴狗能破坏一次，就能破坏第二次，我觉得是咱们内部的问题。"

神龙把烟熄灭，微微一笑："货我有的是，损失这点儿，无所谓。钱嘛，是咱们的也跑不了。"

他说着把筹码往中间一推："不如这样，今晚就当我来陪哥哥姐姐打牌了，别被那点儿货破坏了心情嘛！"

神龙顿了顿："不过，有一点得弄清楚，到底是谁的手下出卖了咱们。"

神龙说的每一个字都敲打在边江心上，他越发不安起来。

"是，小龙说得有道理。咱们就是太掉以轻心了才会出事，往后可不能这样了。"万宝连忙说道。

胖三和唐姐的脸色依然难看，胖三嘀咕了句："万宝老兄，可真有你的，这时候还能笑得出来，那可不是几十万几百万的小事……"

边江心想，万宝当然不心疼，把这件事全推到柴狗身上，就不影响他和神龙的关系，也就不会影响他以后挣钱。至于货，就像神龙说的，他有的是。

"嗨。"神龙连忙摆手，"好了胖哥，小钱小钱，就别说了，省得让手下人笑话。"

胖三闭上了嘴巴，把眼前的一摞牌往中间一推，丧气地说："哎，不玩了不玩了，没心情了。我得赶紧去照看下我那小弟去。"

万宝却按住了他的手，阴阳怪气地说："我和唐姐的小弟命都丢了，还没人过去给收尸呢，你小弟好歹活着，急什么，让别人去看看不就得了。"

胖三一愣，看看另外两人的脸色，没再多说一句要走的话。这个时候，他们三人之间彼此猜疑，彼此防备，虽然都说是柴狗做的，但又都怀疑是三人中的一个偷偷把货偷走了，或者其中某个人跟柴狗有联系。因此，在事情弄清楚之前，谁也别想脱身。屋子里的气氛变得微妙起来。

这时，唐姐的电话也响了起来，她浑身一震，连忙拿起手机要接听，但神龙突然开口说道："唐姐别急。我看你们三人也都彼此信不过，这样好不好，从现在开始呢，谁的手机再有电话打来，就打开外放，大家都听听，要是跟那批货相关的，也就一目了然了。"

唐姐又看了下自己的手机，打电话来的人叫小李，她镇定地点点头："可以，我身正不怕影子斜，没什么好怕的。"说完她把手机放到桌子中间，接听后按下了扬声器，手机那头传来一个男人的声音，对方火急火燎地说："唐姐，出事了啊！那个……那个……"

小李气喘吁吁的，话都说不利索了。唐凤怡听着也着急："到底怎么了，你慌什么！赶紧给我好好说。"

"唐姐，咱们场子让人围了！"小李说道。

"哪个场子？"

"就是咱们老窝'凤凰'啊！咱们的人都让他们给控制住了。我是好不容易才溜出来给你打电话的！"小李带着哭腔汇报着。

唐凤怡眉头紧锁，冷静问道："对方是什么来头？"

"我也不知道，起初就两个客人看上咱们的一个小妹，就想一起玩，结果小妹不同意，对方也不放小妹走。结果呢，那小妹是个新人，也不懂规矩，就跑去找经理。经理调解了两句，没想到反而得罪了其中一位客人。对方就叫来一伙人把咱们场子围起来了！唐姐，你快点儿来看看吧，我听他们一会儿嚷嚷着把警察叫来，一会儿又说要砸场子。"

唐凤怡的眉头都拧成了疙瘩："小李，那他们到底想干什么？"

小李想了想，叹口气："哎，就是要讨个说法，我估计您来了才能压住场面。"

唐凤怡冷哼一声："笑话！我唐凤怡是什么人？他们竟敢在我的地盘上撒野！跟他们耗着，他们要报警就报。敢扣我的人，也尽管扣。以后我会让他们加倍奉还！我倒要看看他们敢怎么闹！小李，你也别怕他们，他们要是想报警，敢砸场子，早就动手了，这么抻着不过是想跟我讲条件。"唐凤怡的火爆脾气上来了。

电话那头的小李更加着急，说正是因为这次的人看起来非同一般，所以才请唐凤仪赶紧回去看看。

·第二十三章 电话陷阱·

"行吧行吧，我一会儿就回去。"唐凤怡说完挂断了电话，扭头对其他人说，她得赶紧回去看看。她还没起身，万宝那边的电话也打来了。唐凤仪眼睛一转，又重新坐好。万宝看一眼手机，也放在桌子中间，打开免提。没想到他接的这通电话，竟然跟唐凤怡刚才接的那个差不多，说是警察突袭，查封了他的一个赌场。虽然不是最大的一个，但对他来说也是个不小的打击。至此边江就弄清楚三个大佬的身份了。万宝是个开地下赌场的，唐凤怡则是个妈妈桑，而胖三，也就是黑龙这股势力，其实就是由一群收保护费的小流氓组成的。

万宝和唐凤怡快速交换了一下眼神，又看了看胖三和神龙，现在最忐忑的就是胖三。神龙脸上的笑意也消失了，他不动声色地说："不会吧，这么巧，你们怎么看？"唐凤怡赶紧说，可能就是赶巧了，也没什么，给她捣乱的人，不过就是虚张声势吓唬人罢了。万宝也跟着说，自己被查封的那个场子之前就遇到过警察的突击检查，这次被查封也只能自认倒霉，但应该跟唐凤怡那边没什么关系。

神龙没吭声，胖三倒是先说话了，他是个直肠子："我先说好，如果这是柴狗故意的，咱们可得团结起来，不要被他吓住。无论如何，不能妥协。"

万宝和唐凤怡却开始装傻，说不过是遇上点儿小纠纷，跟柴狗能有什么关系。

神龙摇摇头："诸位，话不是这么说。小弟我就问你们一句，柴狗手里到底有没有你们的把柄？"

神龙话音一落，屋里鸦雀无声，还是万宝先笑呵呵打破了沉默："当然没有！我们的领域不同，向来都是互相配合，不存在冲突。他也没必要抓我们把柄不是！"

神龙听完点点头，又问："那你们还把他奉为老大，定期给他上贡，为什么？"

"哈哈！没有的事！小龙你想多了，他不能拿我们怎么样，只要我们几个承认你是老大，从今往后，就没有他柴狗的立足之地了；前提是，咱们几个必须团结！"唐凤怡的话鼓舞了万宝和胖三，纷纷点头说是。这时门外传来急促的敲门声，四个人谁也没有动，最后还是神龙说了句："小边，看看是谁。"

边江来到门口，打开一个小门缝，看见门外那个身材臃肿的男人时，一下子紧张起来。因为来的人是黑龙。黑龙跟上次见面时不太一样，比原来瘦了一些，脸上多了两道伤疤，左臂没有了。关键是他知道边江是柴狗的人。黑龙看着边江愣了两秒钟，然后对边江说："我找我弟弟，胖三。劳驾开门。"

边江见黑龙没有揭穿自己的身份，松了口气，赶紧给黑龙打开了门，所有人的目光都集中在黑龙的身上。胖三皱着眉头，面露忐忑："黑子，你怎么来了？"黑龙走到胖三身边，凑到他的耳朵边上，悄悄说了句什么，胖三顿时火冒三丈，一拍桌子，桌上的麻将发出"哗啦"声："什么！你说什么？！丢了多少？"

黑龙没有重复，抿着嘴唇，对胖三点了点头。胖三立即问："谁干的？"
黑龙叹口气说道："是你那小情人偷走的。"

胖三当即起身，对其他三人说，自己家的保险柜被盗了，损失惨重，得赶紧回去调查一下。唐凤怡也说，自己得赶紧走了。两人便一起离开。

临走之前，黑龙对边江说了句："当初我挖你小子来你不来，还以为你多忠心呢，没想到，你只是在挑主子啊！"

边江嘴角抽动了下，看着黑龙的眼睛说："不好意思，这位大哥，我不知道你在说什么。"

唐凤怡和胖三刚要出门，神龙叫住了他们，说让黑龙留下。唐凤怡和胖三明显松了口气，黑龙可吓得不轻，问神龙想干什么。神龙好半天没有说话，他铁青着脸，手里把玩着一张麻将牌，黑龙也不敢再吱声。

过了一会儿，他看看万宝："宝哥怎么不走？"

万宝苦笑："警察都端了我的场子了，我还去干吗？而且这儿是我家，我去哪儿？再说了，那个也不是什么大场子，无所谓。"

神龙笑了："这几个人里，我最欣赏宝哥你。"

万宝笑了，递给神龙一根烟。神龙抽一口烟，说道："事情已经很明显了，给你们找麻烦的人就是柴狗。他知道咱们今晚要谈什么。为了阻止咱们的合作，就给你们的后院烧了把火。我知道唐凤怡和胖三是留不住了。"

万宝点点头："你觉得是谁最先出卖了咱们？"

神龙没说话，放下手里的麻将块，扭头看看边江，伸出一根手指，示意边江过去。

待边江走到自己身边，神龙冲他笑笑："小边，坐。"边江坐在刚才唐凤怡坐过的椅子上，神龙又冲他笑笑："把手伸出来，放这。"神龙指了指自己面前的麻将桌。

边江看看神龙，心里"扑通、扑通"猛跳："您这是？"

神龙微微一笑，把烟放在嘴里吸了一口，猛地烫在了边江的手心里，边江大叫一声，"噌"的一下站起来，随即一个坚硬冰凉的东西抵在他的后脑勺儿上。

用枪指着边江的人是万宝的保镖，边江心一沉，不敢再动。

万宝看看神龙，神龙咬着牙，绷着嘴唇，点了点头。边江听到自己脑后传来拉下枪栓的声音。

"等等！我有话要说！我能帮你们对付柴狗！"边江知道再不为自己争取，命就没了。

神龙看了眼边江身后的人，让他先等等，那人便没再有动作；神龙又看向边江："你今晚害我损失上千万，又破坏了我们的合作，我肯定要杀你。而且我可以很负责任地告诉你，所有背叛我的人，都是这个下场，包括那个唐凤怡和胖三。"

边江调整了下呼吸："你不就是想当老大吗？一直不露面，不跟柴狗合作，就是不想让他分你一杯羹，你想垄断汉都的毒品交易市场，所以才跟这几个大佬合作，对吧？"

神龙撇着嘴，冷哼一声："废话少说，你到底想说什么？我只给你半分钟，不说就送你去见阎王。"

边江淡定地笑笑："先别急，听我说完。你杀了我不过是泄愤，能改变大局吗？不能。你想想，今晚一过，谁还会听你的话？唐姐和胖三肯定已经倒向柴狗了，他们只要活着出了这个门，你再想杀他们，可就没那么容易了。至于这位万宝大哥，背叛你恐怕也是迟早的事。"边江说完，神龙的脸色变得更加难看了。

"你……"万宝瞪着眼睛。

边江忙说："宝哥别急，我不是要针对你，只是帮神龙老板分析局势。神龙老板，你想想，你不杀我，我就能帮你跟柴狗较量上几个回合，谁输谁赢还不一定。但要是杀了我，就对你没一点儿好处了。当然，你要是那么想泄愤，我也没话说。"

神龙示意边江身后那人把枪先放下，然后对边江说："我听说柴狗手下个个忠诚，你是他千挑万选的，竟然跟我说，你要帮我对付他？"

边江就说，柴狗之所以让他来做这件事，是因为柴狗手下那些人个个油头滑脑，都知道这次行动有多危险，不想白白送死，就联合推荐了边江，柴狗信了他们的话，派边江来执行任务，边江心里也是一百个不愿意。

神龙根本不信，他说："你以为这么说，我就信了？你当我是三岁小孩儿？柴狗的手下哪个不忠诚？如果柴狗说要他们的命，他们当时就能把自己的头割下来。"

边江冷哼了一声："您说的，好像真的在他手下做过事一样。这一点我比你清楚。您也是老板，万宝哥也是老板，你们肯定都知道，组织越大，人心越不齐，哪有那么多死忠。大部分人跟着柴狗，还不都是因为他势力最大，想着在他手下能混得风光些。不说别人，就说我自己吧，也是这样！可是我倒霉就倒霉在，给柴哥立过几次功，那些老家伙就阴我，原本想着让我的直接上司保我，没想到我的上司还失踪了。哎！"

"啰里吧唆地说了这么多，你到底想说什么？"万宝急了。

边江更加不着急，他越不急，万宝和神龙好像就越不淡定，两个人眼睛里都要着火了似的。边江无意跟坐在远处的黑龙对视了一眼，黑龙阴沉着一张脸，死死地盯着边江。

边江不再看他，继续对神龙说："我可以帮你们对付柴狗，让你做老大，但我也有条件，那就是事成之后，你给我一笔钱——这个数。"边江伸出一只手。

神龙和万宝相视一笑，神龙问："多少？五千万？"

边江笑着摇摇手："我没那么贪心，五百万就够了。"

神龙冷哼了一声："可以。那你说说，你要怎么帮我搞垮柴狗呀？"

边江看出来，他还不相信自己，但又扔抱有一丝希望，所以才不着急杀他。

边江就说："说实话，最初柴哥是想跟你合作来着，但是后来他又反悔了，你觉得是为什么？"

神龙皱起眉头，没吭声，边江就继续说："因为他自己有本事生产毒品，而且比你的更纯，产出量更多。所以你根本就整不过他。而我能做的，就是帮你把他制毒的那一套捣毁，威胁他退出毒品市场。"

边江说着，流露出阴险的笑意。

神龙"扑哧"笑了："不可能，π教授都送进监狱了，已经是废人一个了，国内像他那样的牛人，根本找不出第二个。我已经把他的技术都学到了，我不信柴狗比我厉害。"

边江撇下嘴："那可未必。柴哥敢这么整你就说明他手里有筹码。海洛因市场谁不知道油水多，柴哥当然不会放着这个市场不做。神龙老板，我现在就要你一句话，到底要不要我帮你？"

神龙拧着眉头，看看万宝，然后冷笑着对边江说："好，我就信你一次。但我也不会就这么把你放回去。"

边江点点头说："没问题啊！你到底要什么保证？"

就在神龙提出要求的时候，黑龙突然在后面发出了一声不合时宜的冷哼。

神龙和万宝几乎同时回过头去，神龙看看黑龙，微微一笑："哎哟！你看，我倒把他给忘了。来，黑龙大哥。"

黑龙畏畏缩缩地走过来，眼神阴险地看着边江。

"你刚才那是什么意思？"神龙问。

黑龙冲神龙毕恭毕敬地点了点头，然后站直了腰板儿，对边江说："你以为凭你那三寸不烂之舌，就真的能蒙混过去？上次你去我那儿，我问你愿不愿意跟着我，你跟我说什么吕布是三姓家奴，你不是，我问你愿不愿意暗中帮我做事，你说考虑下，就走了。我当时肯放你走，也是不想惹麻烦，但是你今天又拿这套说辞来跟神龙老板说，哼哼，你小子是聪明还是蠢？"

边江脸上的笑意也消失了，他看着黑龙，不屑地说："我不跟你同谋，是你庙小。事实证明，我是对的。怎么样？还有什么话说？"

神龙看看边江，看看黑龙，哈哈大笑："有意思啊，边江，你小子倒是挺狂气，但黑龙大哥的话也不错。除非你能给出有用的信息，否则别想离开这屋子。"

这时，万宝凑在神龙耳朵边上说了几句话，神龙的脸色变了，亲自绕到保镖那边，拿过手枪，对准了边江的脑袋。

边江愣住了，看看万宝，知道他肯定没说好话，不禁咬紧了后槽牙。

"是因为柴狗手里有你的把柄，所以你才千方百计要回去，亏了老子还听你叨叨这么半天！"神龙愤恨地说着，就要扣动扳机。

边江急中生智，抓住最后的机会说了句："我恨柴狗，是因为女人。我也知道他的软肋是什么。你想好，杀了我，可就什么都别想知道了！只能跟他认输！"

"认输？我字典里可没这个词！"神龙说得咬牙切齿，整张脸都气白了，却没有真的扣下扳机。

这时，万宝走过去，把神龙的肩膀放下，并从他手里拿过那把枪，交给了一旁的保镖，还快速给那保镖使了个眼色，让他不要在这里站着。保镖拿着枪，连忙退回到了里屋。

"小龙，反正咱们要他一条命也没什么用，还不如留着，没准儿他还真能将柴狗那老狐狸一军。"万宝给神龙铺了台阶。

神龙顺着这个台阶走了下来，他冷眼看着边江，对他说："既然宝哥也这么说，我就再给你一次机会。说吧，你刚才那话是什么意思。"

边江越发镇定，他拉开一把椅子坐下说："其实，我喜欢上一个女孩儿，就是柴狗的手下，没想到他也惦记着那姑娘，可那姑娘不喜欢他，他还非要占着茅坑不拉屎，他得不到人家的心，也不让别人得到。唉，我和那女孩儿也是真的相爱，就背着柴狗，偷偷恋爱，没想到，他还是知道了。没想到这个人特别狠，他派我来执行这个任务，还把那个女孩子关押起来了，他知道，我会被神龙老板看出来，所以说白了，他就是想让我去死。两位大哥要是肯帮忙，放我一马，咱们联手对付柴狗，我一定好好报答两位。"

神龙听完，和万宝交换了一下眼神，随即万宝问边江："我们怎么知道你不是在编故事？"

边江一脸无辜："这……可是，我说的都是真的啊！对了，黑龙大哥，他肯定知道我没有瞎编，我喜欢的那个女孩儿就是田芳！"

边江求助地看向黑龙。黑龙冷冷一笑，看起来并不想帮他。万宝斜睨了黑龙一眼，说道："黑龙啊，我知道你看这小子不顺眼，但眼下最重要的是帮小龙把柴狗搞定，不然以后咱们都没有立足之地。你呀，就别计较那么多了。"

万宝这话还是有用，黑龙气鼓鼓地看看边江，对神龙和万宝点了点头："是有这么个女的。但是不是像他说的，两个人情投意合，我就不知道。"

边江马上说道："黑龙大哥，你不能这样说话啊。你不是知道吗，瘦子打小报告给柴狗，说了我和田芳的关系，结果柴狗大发雷霆，非要把我杀了。那次我险些死在柴狗手下。要不是我想办法证明自己的清白，让柴狗暂时相信了我和田芳没关系，我也活不到现在。没想到，柴狗疑心特别重，从那之后，他就盯上我了，经常派人跟踪我和田芳。我们两个就算再小心，也扛不住他这么盯着，最后还是被发现了。柴狗就把田芳关了起来，然后让我接近神龙老板。"

万宝就说："你明知道这件事危险，也还是答应了？这么说，你小子还是个情种？"

边江叹口气，说自己也没有办法，心爱的女人在柴狗手里，他就算再不愿意，也得配合，说着他的眼神里流露出对柴狗的仇恨。边江咬着牙说道："我知道，我和田芳在一起的可能性不大，但我还是会尽力试试。如果最后不是好的结果，那我就亲手杀了柴狗。"说最后一句话的时候，边江格外用力，仿佛那就是他的真心话。

神龙扭头看看黑龙："他刚才说的都是真的？"

黑龙吧唧一下嘴，无奈点了下头："是有这么回事。"神龙淡淡一笑，看向边江："我们可以放你一马，但也要看你能干什么。"

边江身子往前凑了凑，微微低着头，眼睛从下往上看着神龙和万宝，压低声音说："这件事很简单，只要抓住了柴狗的软肋就行了，到时候根本不怕他不合作。"神龙马上问，那柴狗的软肋是什么。

边江嘴角往上一挑，阴险地笑了笑："你们知不知道，柴狗其实有个女儿？"

神龙点点头，说听过，但除了柴狗的心腹，其他人都没见过他女儿，也不知道她在什么地方。有人猜测，柴狗的女儿出国了；还有人说，其实就在汉都，但身份保密，而且她从来不掺和柴狗的生意。

边江一拍手："对嘛！为什么这么神秘？既然柴狗把他的女儿保护得这么好，说明他非常在意这个孩子，生怕她卷进来。我呢，刚好就知道她在哪儿。"边江露出一个自信而神秘的微笑。

神龙皱皱眉头："你怎么会知道？"

边江"嘿嘿"一笑，说来也是巧了，他认识柴狗女儿的时候，也不知道她的身份，后来两个人出来喝过几次酒，柴狗女儿喝多了，就跟他说了。

神龙皱眉观察着边江的表情，片刻后，问他："好，那你告诉我，他的女儿叫什么？现在在什么地方？"

边江紧张地舔了舔嘴唇，额头上的汗珠子流了下来。万宝就看着边江说："你最好能帮我们把柴狗的女儿抓住，不然你可就别想见到你那小女朋友了。"

边江认真地点了点头："放心，我拎得清。不过他女儿挺谨慎的，只跟我说了个网名，叫'风丫头'，我不知道她的真名。她家住址我倒是知道，就在……"

边江还没说出口，神龙阴险一笑："别急，这样好不好，你给她打个电话，把她约出来。"

边江一下子紧张起来："啊？我怕她不会出来。"

神龙挑下眉毛，问为什么。边江就说，如果柴狗就在她身边，那柴狗肯定知道是怎么回事，肯定不会让他宝贝女儿出来的。神龙点点头："嗯，有道理，所以才要给她打个电话呀，先问问她身边有谁。如果没人，你不就可以把她约出来了吗？嗯？你说是不是？"

神龙阴恻恻地笑起来，万宝一抿嘴，冲神龙竖起了大拇指。

"可是，我知道她家在哪儿。咱们直接去她家里，不就行了吗？免得引起怀疑。"边江竭力挽回局面。

但神龙打定了主意，他问边江："不过你没带手机，记得她的手机号码吗？要是不记得了，就让老三打开你手机，查一下她的手机号。"

边江不可能让老三打开自己的手机，只好对神龙说："我记得她的手机号。"

"记得就好，那现在打吧。"万宝说着，把自己的手机递给了边江。

"待会儿把免提打开。"万宝补充了句。

边江面露难色，好声好气地说："宝哥，她很聪明，免提一开，那声音就不一样，她能听出来啊！"神龙听完考虑了下，默默点了下头，算是默许了，万宝也就没再说什么。

边江拿着手机，却没有拨出去，他突然问神龙和万宝："对了，我把她约到哪儿啊？"万宝想了想，看看神龙的脸色，等着神龙拿主意。

"就说一个你们两个都熟悉的地方吧，尽量不要引起她的怀疑。"神龙说。

边江点头，同时在脑海里搜索这样的地点。

电话拨出去。

"嘟、嘟、嘟……"边江害怕可心接听这电话，又怕她不接，毕竟自己要想脱身，也就只有这一个办法了。

手机那头响了五声之后，可心接听了。

"是我。"

"边江？怎么这么晚了还打电话啊？我都睡了。"

边江连忙道歉，说不好意思这么晚还打电话给她，问可心好些了没有。

边江说着看看万宝和神龙，发现他们都正以一种急切的眼神看着自己，就冲他们点了点头，用眼神告诉他们少安毋躁。

可心在电话里轻声笑着，全然没了平日的泼辣和活力，她的声音软绵绵的，还有些沙哑："你打电话来，就是为了问我这个啊？我真开心。你放心吧，我已经没事了，就是现在还是浑身没有力气，那麻醉枪还真是要命。"

边江叹口气："连累你受苦了，不过那家伙已经被抓起来，你可以放心了。对了，我给你打电话，还有一件事。"

"什么事啊？"可心好奇地问。

边江紧张地舔了下嘴唇："我想见你。"

电话那头陷入沉默，过了两秒钟，可心问边江："怎么了？出什么事了吗？"

边江连忙说没有，就是从她受伤到现在，边江还没见过她，有点儿不放心。

"你……我……我没想到，你也会这么关心我……"可心说。

边江就说："你是我的朋友，我当然关心你……"

这时，万宝皱起眉头，对边江用口型说了句："说重点。"

神龙也不耐烦地抱着双臂，拧着眉头瞪着边江。边江此时站在墙边，他再次冲神龙和万宝恭恭敬敬地点了点头。

"丫头，明天我能见到你吗？"边江问。

可心愣了一下，傻笑起来："你叫我什么？"

边江连忙清了清嗓子说道："咳咳，明天，我能见你吗？"可心就说，如果想见面，今天晚上就可以，她可以把自己的位置现在就发给边江。

"明天吧，而且我不想去你家。"边江说。

神龙已经不耐烦地站起身来，用手指着地面，一个字一个字地用口型说："现在见！"

边江却没听，他知道自己现在是可以跟神龙谈条件的，就故意把头别过去，没再看神龙和万宝。

可心稍微有些失落，问边江为什么不想去她家里，她刚才可不是随便说说，也不是谁都邀请来家里的。

边江坦白说："你的家对你来说是最安全的地方，我接触的人比较杂，我不想让人看见我去过哪儿……"

可心"哦"了一声，明显变得沮丧起来："我明白了，你怕连累我。好，那就听你的吧，咱们在哪儿见面？"

"明天早上八点，就在上次咱们吃小笼包的地方见面，可以吗？"边江说。

"啊？小笼包？"可心马上疑惑地问。

"嗯，对，你忘了吗？咱俩吃饭的时候，还遇到三个人，他们总是偷看你，我还教训了其中一个小流氓。想起来了吗？"边江紧张地等着可心的回话。

"哈哈，到底是我中枪，还是你中枪了，那次咱俩吃的不是……"

可心还没说完，边江赶紧打断了她："对啊，就是那次，咱俩吃小笼包，那小店铺你还记得吧？明天早上就去那儿吧，我请你吃早饭！你上次不是还说那儿的包子好吃吗？"

"哦，对对，我想起来了，好，明天八点是吧？"可心附和着，声音明显紧张起来。

之后两人互道晚安，挂断了电话。

那次，他们吃的不是小笼包，而是板面。他想，只要可心听出来有问题，就会明白他这边遇到了危险，一定会帮他脱险。神龙的脸色非常差，他好像在竭力压制自己的愤怒："你听不懂人话是吗？"

边江眨巴眨巴眼睛，一脸无辜地说，自己这不是已经按照要求把柴狗的女儿约到了吗？

没想到，这句话一下子把神龙激怒了，他"噌"的一下站起来，两步走到边江面前，揪住他的衣服，猛地推到墙上："我跟你说了今天晚上，怎么还明天早上？你现在就给我打电话，不打老子就打断你的腿！说到做到！"

神龙气急败坏的样子把边江吓了一跳，也非常意外，边江没有想到像神龙这种神秘大老板，竟然会这么暴躁，而且他的一言一行表现得就像个蠢人，甚至不如万宝稳重。

万宝赶紧走过来，拉开了神龙："小龙，你先别着急，越是现在这种情况，咱们越不能着急。"

万宝说完扭头看向边江："你倒是解释解释，为什么不按我们的要求做？"

"那个……刚才不是也听到了吗，她受了伤身体不好，就算我现在让她出来，她也未必出得来。再说了，这么晚让她出来，就算她不起疑心，柴狗也会怀疑。如果带着保镖，对方有准备，咱们不就前功尽弃了嘛！神龙老板，宝哥，这可是咱们最后的机会啊！"边江诚恳地解释说。

神龙紧绷着嘴唇，依然很生气。边江求助地看向万宝，万宝叹口气，拍拍神龙的肩膀："好了小龙，这件事确实不能操之过急，就这么办吧！"

神龙就问，那明天早上去哪个早餐摊，人那么多，怎么下手！

边江连忙说："请放心，只要明天我见到她，就把她带走，骗到车上，不就行了？"

万宝皱着眉头，若有所思地点点头，刚想对边江说什么，看看神龙的脸色，又连忙恭敬地对神龙说："小龙啊，我看他说的有道理，你就别担心了。"

神龙板着脸,坐下来,深呼吸了一次,指着边江说:"行,我就信你一次。你最好不要耍花样。"

边江连忙摆手,说自己不敢耍花样。

神龙这才放心地点点头,扭头对万宝说:"宝哥,行了,那今天就到这儿吧!我和这小子就住在你这里了,明天咱们再一起出发,怎么样?"

万宝"嘿嘿"一笑,做出一个手势:"OK啊!那我这就让兄弟们给你安排。这小子就跟我的两个保镖住在一个屋,也省得他耍花样。"

神龙昂着下巴,点了点头:"行吧,可一定要确保他不会逃跑。另外,明天早上……"

万宝笑笑,看看边江,看看神龙,低声说:"小龙你放心,明早我会给他用点儿特殊的东西,让他不敢耍花样。"

边江被保镖带进了一间小卧室,里面有两张上下铺的床。为了防止边江逃走,保镖就把他五花大绑,扔到了其中一个床铺上。屋里两个保镖轮流值班盯着。

边江躺在床上,手脚被束缚着,加上床板又硬,连个枕头也没有,真是要多难受有多难受,他好声好气地跟两个保镖求情,请他们把他松开,他保证不跑,或者至少给自己一个枕头也行。

其中一个保镖年龄小一点儿,看着边江的样子,似乎也不大忍心,就问另一个年长的,能不能把边江松开。

那年长的保镖冷冷看了边江一眼:"哼,他想得美。这小子狡猾得很,你就别'咸吃萝卜淡操心'了,听老板的吩咐,干好自己的活儿,别的不要想。"

年轻人"哦"了一声,点点头,没再说什么。

这时候,边江看到年长保镖的腰带上别了一个手铐,就对那人说:"大哥,你这不是有手铐嘛,直接拷我一只手不就得了!那样我要想跑,除非砍了自己的手!"

年长保镖冷漠看他一眼,没有动,闭上眼睛,靠在床铺上开始睡觉,边江考虑了一下,又对年长保镖说:"大哥,你跟着宝哥多长时间了,以前见过神龙老板吗？"

年长保镖依然不理他，边江继续说："不如这样，你帮我松绑，改用手铐，我跟你说说宝哥的事情，你不想在他手下混出点儿样子吗？我这可有独家消息！"

边江故意卖着关子，年长保镖微微睁开眼，瞥了边江一眼："有话快说，有屁快放！"

"大哥，你不给我松开，我这么难受，气都顺不了，怎么说啊！我保证，一定劲爆，能帮到你！"边江说道。

年轻人倒是先沉不住气了，拉过凳子坐在边江床边低声问："快说说，宝哥怎么了？"

年长保镖腾地坐了起来："你小子不想混了！"

年轻人挠挠头，郁闷地吧唧一下嘴，咕哝了句："铁头哥，他挺不简单的，不然怎么连神龙老板都能被他说服了，一开始还被他骗了……"

这时老保镖铁头连忙看看门外，确定外面没人之后，才走到年轻人身边，低声警告他，不要再胡说八道。他看看在床上躺着的边江，皱了皱眉头，犹豫了下："小子，我现在给你把手铐铐上，你最好老实点儿。要是给老子惹了麻烦，别怪我不客气！"

边江连忙点头，保证不惹麻烦，铁头这才把边江手上的绳子解开，用手铐把他的右手和床头的铁栏杆铐在一起，然后才把边江脚上的绳子也解开。边江活动了下手腕："谢了，大哥。"

铁头点上一根烟抽起来，他顶着两个大黑眼圈，双眼无神又冷漠。他看着边江说："说说吧，你都知道什么？"

边江眼珠子一转："你们先跟我说说，这个小龙真的是神龙老板吗？"

这一问，铁头的脸色更难看，黑着张脸，压低声音，凶巴巴地说："你胡说八道什么？"

边江皱皱眉头："怎么，还真让我给蒙对了？"

铁头却说："蒙对什么！你知道个屁！小龙当然是神龙老板。你小子刚才就是想骗我帮你松绑是吧？"

这时年轻小保镖却说："我看小龙也是有点儿不对劲儿，刚才你们没来的时候，三个老大还说呢，小龙年纪轻轻的就撑起来这一摊子事，挺不容易，但是我怎么听，都像是大家不相信他……"

"活腻歪了你，瞎说什么，小心让人听见了！"铁头提醒年轻保镖。

边江连忙说："其实咱们三个，都是给人卖命的，哎，说起来，都是道上的兄弟。我也不跟你绕圈子了，我就直说吧！"

边江顿了顿，铁头和年轻保镖互相看了一眼，年轻人沉不住气，也容易激动，一听边江这话，连忙点头，身子往前倾着。铁头吧唧吧唧嘴，没有表现得那么着急，但明显也在等边江说下去。

边江就说："那两个老大都走了，宝哥却没走，为什么？你们看出来没有，其实宝哥也有自己的打算。实话跟你们说，我不喜欢小龙，我宁可跟着宝哥混。而且小龙没啥真本事。"边江说完观察着两个保镖的表情。

· 第二十四章　一针毒剂 ·

保镖铁头毕竟年长，只是阴着脸，并不表态；倒是年轻保镖按捺不住了，他连连点头："可不！你知道吗，我也这么想，我觉得小龙没啥真本事，还不是依仗着他们家的势力，谁会把他放在眼里！你看他那样，早晚会被宝哥取代了……"

年轻人说到这儿，铁头马上瞪了他一眼，年轻人赶紧闭嘴，小心翼翼看着铁头。

边江也看向铁头，他知道自己明天能不能顺利脱身，就靠这家伙了。边江对年轻人说："嗯，你分析得有道理，不过有一点我悄悄跟你们说一声，你们知道后，该怎么做，我不管。但这绝对是个立功的机会。"

铁头点了点头。边江马上凑过去，用极小的声音说："柴狗可不是善茬儿，如果我们绑架了他女儿，他动不了小龙，第一个就拿宝哥开刀，而且据我对他的了解，我担心他根本就不在乎女儿的死活。"

铁头马上皱起眉头："你刚才不是说了，他很宝贝这个女儿吗？"

边江看看门口："我就跟你们这么说啊，他女儿亲口说，跟父亲的关系不好。如果柴狗知道你们绑架了他的女儿，他可以不在乎女儿死活，到时候杀过来，谁倒霉？还是宝哥，对不对？"

"那咱们赶紧去提醒宝哥吧！"年轻人一激动，声音也拔高了两度，铁头马上捂住了他的嘴。

"你以为宝哥是真心实意想帮小龙啊！"铁头问。

年轻保镖不吭声了，边江十分赞同地点点头："说得太对了，宝哥现在就是在观望。可这么观望下去，就把他自己坑了。这话我还不能跟他说，说了他也不信。"

铁头的眉头皱得更紧了，他和年轻人交换了一个眼神，最终两个人都把目光集中在边江身上，铁头问边江："那你说该怎么办？"

边江阴险地笑笑："说实话，你们要是想救宝哥，将来让他感激你们，明天就把我放了，然后我再去找柴狗说明情况，到时候宝哥和柴狗自然不会发生冲突，你们岂不是救了宝哥一命。"

"你怎么不去跟宝哥说？"铁头眯着眼睛看着边江，显然并不相信他的话。

边江无声地笑了笑："宝哥根本没把我放在眼里。我知道，明天只要把柴狗的女儿绑架到手，他就会把我解决掉。到时候只要两位大哥对我手下留情，我将来就能帮你们大忙。"

铁头直视边江的眼睛，想看清他的话语背后有何含义，边江并不回避这样的眼神，两人对视了一会儿，铁头突然阴险地笑了笑："你小子不就是想让我们把你放了吗？还兜了这么大一个圈子。"

边江身子往后一靠，一副毫不在乎的样子："反正就算你们不放了我，我也会自己想办法脱身，但到了那时候，我可就不会对你们感恩了。等柴狗把你们连窝端了，我可不管。如果你们把我放了，我给柴狗说说情况，也许你们就能免受牵连；将来我再跟宝哥一说，你们就算是立了功，那还愁宝哥不给你们好处？"

年轻人眼睛直放光，铁头瞪了他一眼，年轻人这才按捺住激动的心情，没有吭声。边江就问铁头，考虑得怎么样了，到底成交不成交。

铁头皱着眉头想了想，问边江："你为什么要帮我们？"

边江"嘿嘿"一笑："你们放了我，我就省得跟你们大打出手了，也降低了我逃跑失败的可能。对我来说，没坏处。至于我的死活，其实跟你们，跟宝哥也没关系。如果你们帮了我，我感谢你们救命之恩，将来就一定会报答。"

事情都分析得相当清楚了，铁头和年轻人互相看看对方，点了点头。年轻人挠挠头说："不过，这还都是你的猜测，没准儿宝哥根本就没想杀你呢？"

边江微微一笑："就算宝哥不想杀我，小龙肯定也想杀了我。我在小龙的餐厅里干了那么久，该知道的不该知道的太多了。你们就等着瞧吧！"

果然，天快亮的时候，万宝看了一眼边江，把铁头叫了出去。过了一会儿，他回来了，脸上表情很复杂。边江眯着眼睛看了看他，淡定地笑了笑："怎样，我没说错吧？"

本来正在打盹儿的年轻保镖也一下子清醒过来："铁头哥，宝哥真的让你杀了他啊？"

铁头没吭声，从兜里掏出来一个钢笔盒大小的东西，打开给边江和年轻保镖看了一眼，连忙收了起来。那里面放着注射器，注射器是五毫升的，里面装满了一种粉色的液体。

"这是啥呀？"年轻保镖忙问。

铁头看看边江，对年轻人说："能要他命的东西。宝哥说，待会儿他下车之前，给他打上一针，两个小时后，药效发作，他就可以见阎王了。"

边江不禁倒吸冷气，不过仍然保持镇定，不让铁头和年轻保镖看出来自己紧张。

铁头冷哼了一声，撇撇嘴："真有你小子的，这都让你猜着了。"

年轻保镖就问铁头，那待会儿到底怎么着。

铁头瞪了他一眼："关你屁事！我当然是该怎么着就怎么着了。"

边江听出铁头的意思，他不跟年轻保镖直接承认，肯定是怕年轻人背叛自己去告状，所以即使铁头有了主意，也不会直接表露出来，想着这些，边江心里稍微踏实了一些。

早上六点，边江的手和年轻保镖的手铐在一起，被铁头带出了门。万宝带着五六个兄弟，乘坐另一辆别克商务车，神龙也在车上。

边江乘坐的车打头阵，他这辆车上，除了年轻保镖、铁头以外，还有另外两人。之后边江指路，汽车一路开到了板面摊前面，卖小笼包的就在板面店旁边。他想，聪明的可心一定能明白他的意思，但愿她不要亲自来见自己。

边江下车之前，铁头拿出注射器，边江以为铁头不会给自己注射，可能只是做做样子。没想到，铁头竟然真的拔下针头帽，一针扎到了他肩膀的三角肌上。

边江心里一惊，睁大眼睛看着铁头："你……"

铁头表情严肃，冲边江摇了摇头，使了个眼色。边江再一看那针头，发现铁头并没有扎进去很多，边江又从车内后视镜里看了眼前面坐着的两个人，他们都在有意无意地看着铁头的动作。边江眼睛一转，象征性地挣扎了一下，铁头立即凶巴巴地骂了一句，但就在边江挣扎的时候，铁头已经悄悄把针头拔了出来，他把针头尖端对准车座，推掉了里面的药液，整个动作十分隐蔽，前排的人根本看不出来。

"下车！"铁头恶狠狠地说。年轻保镖一哆嗦，由于他把刚才铁头做的一切都看在了眼里，此时已是脸色惨白。年轻人赶紧把手铐打开，开锁的时候，他的手都在颤抖。边江揉了揉手腕，随即被铁头拽下了车。

"你们刚才给我打的到底是什么东西？"边江问。

铁头"嘿嘿"一笑："毒药。只要你把那女孩儿成功骗过来，就给你解药，两个小时候药效发作，你看着办。"

铁头说完，另外两人在暗处阴险地笑着。

边江故意装作愤怒又害怕的样子，他瞪了铁头一眼，转身走向小笼包摊位。

边江快速观察周围的情况。

虽然万宝的人就在周围监视着他，但吃早点的人不少，距离这里不到二百米，路边就有一个警察亭，边江在想逃走的路线。

边江要了一屉包子，吃了一半的时候，看看表，已经八点十分，可心并没有出现。边江觉得自己昨天在电话里的那套说辞奏效了，可心定是知道其中有诈，所以才不来赴约。想到这，他放心多了。

边江快速吃完剩下的包子，给老板结账，谨慎地看看左右两边，发现已经有两名保镖朝自己走过来了。要跑就趁现在，边江心想着。

就在他拔腿要跑的时候，一个熟悉的声音传来："边江！"

他心一沉，闻声看过去，只见可心穿着一身轻便的运动衣，朝着自己快步走来。

边江赶紧走上前去，神色紧张地看着可心，小声说道："你怎么来了！而且还一个人来！昨天我给你打电话不是……"

可心拉住他的手："放心。我懂。你还好吧？"

边江点了点头："我很好，他们以为给我注射了两小时后必死的毒药，威胁我把你骗到车上去，但其实没有注射。现在咱们必须快点儿想办法脱身，在三点钟方向有三个人，五点钟方向两个，早餐摊上有两个，还有……"

可心突然笑了笑："别紧张，我没那么蠢，我不是自己来的。"

可心话音刚落，边江用余光看到，三点钟方向的三个万宝的人。一下子被四五个人围了起来，边江连忙回头，只见其他保镖，也全都被围住了。那些围住他们的人有的看起来像大学生，也有晨练的大爷大妈，还有一些浑身肌肉的大块头。

边江看向马路对面的别克商务车，正好对上万宝阴冷的目光，万宝把车窗升起来，别克轿车迅速驶离。随着别克车的离开，那些原本负责监视边江的人也纷纷撤了。令边江意外的是，别克车开走了，神龙却被留了下来。他惊慌失措地看向周围，又看看边江，掉头就跑。

"那是神龙！不能让他跑了！"边江说完追了过去。

神龙刚跑出去，还不超过二十米，就被一旁突然冲出来的两名男子给制伏了。他们边扭着神龙的胳膊，边喊："看你还往哪儿跑！把偷的东西交出来……不交是吧！走，带他去警局！"

边江知道，这两个人也都是可心带来的，他们倒是机灵，怕路人会说，就先把自己伪装成警察。

边江退了回来，可心冲他愉快地笑笑："没想到这么简单，我带了那么多人来，还以为今天的场面会很混乱呢！"

说完挽着边江朝自己的车上走去。边江也感慨了句："还好你够聪明，我真怕你昨天没听明白我的话。对了，我也是没办法了，才给你打了电话，骗他们说，我能把你带走，他们绑架你，就能威胁到你父亲。可心，你不会怪我吧？"

可心摇摇头："当然不会，说起来，多亏了你说什么小笼包，我一听就知道不对劲儿，想到了你那通电话是向我求助的。我就给我父亲打了电话，他就让我亲自带人来接你了。说真的你遇到困难，能想到我，我又刚好能帮你解围，你不知道我有多高兴。"

可心说完，边江勉强挤出一个微笑："谢谢你可心。"

她一愣，把打开的车门又重新关上了，疑惑地看这边："不对啊，你告诉我，昨晚到底怎么回事？"

边江不知道该怎么跟她解释，但可心是个聪明的女孩儿，她一瞪眼睛说："我昨天打电话给我爸，让他救你，他问我，你都把我出卖了，为什么我还要帮你，根本就没问你这边的情况。这不是他的风格。也就是说，他知道你会有危险，但决定见死不救？！他怎么能这样！"

边江叹了口气，无所谓地笑了笑："小弟给大哥卖命，不就该是这样的吗？老大让我今天死，我不敢活到明天。"

边江的话刺痛了可心，她咬着嘴唇，考虑片刻，拉开了车门，让边江也上车。

上车后，可心对司机说了句："丁叔，回家。"

司机看起来有六十多岁了，头发已经灰白，边江坐在后座上，感觉这个丁叔很精干。

丁叔没有马上回答，过了一会儿才说："丫头，你确定带着外人回去吗？"

"对，确定！"可心赌气地说，"边江不是外人！"

丁叔没吭声，默默看了可心一眼。

可心气呼呼地交叉双臂抱在胸前，过了一会儿，对丁叔说："放心，我不会让边江记得路。"

说完可心看向坐在后座上一头雾水的边江，丢给他一个眼罩："边江，委屈你先戴上吧，你不能知道我家在哪儿。这规矩不能破。对了，还有你的手机，也得暂时给我。"

"我的手机被神龙拿走了。"边江说着，看向可心，"不过，有这么严重？"

丁叔笑呵呵地说："不戴也可以，去年有个新来的小弟因为好奇，偷偷去了家里，我昨天刚给他上了坟。"说完还回头看看边江。

边江不禁张大嘴："啊？"

可心"扑哧"笑了，随即认真地对边江说："丁叔从来不骗人的。你可要知道，那是谁的家，那地方连警察都找不到，我不能破了规矩。"

边江也只好戴上眼罩："可心，那次我去你家附近酒吧见你，你不让我去你家，也是因为这个原因吧？"边江蒙着眼，冲着坐在副驾驶位置上的可心说。

可心哈哈一笑："那才不是我家附近呢，我当时只不过暂时住在那附近的酒店里。那时候我不能让你知道这么多事情，所以就没跟你说实话。"

边江"哦"了一声，心里有些不是滋味，同时也更加想知道柴狗家在何处，那可是他的老巢，一旦知道了他老巢位置，将来抓捕柴狗就方便多了，边江闭着眼睛，心里默默盘算着。

"哎，你怎么不说话了？该不会是怪我了吧？"可心问。

边江回过神来，忙说："不会，换作我，也会这么做的。从你的立场考虑，你做得对。"

可心打开了音响，一首歌一首歌地开始听了起来。第一首歌唱完之后，边江突然想到了一件事，他默默在心里记下了第一首歌的名字。随后便是第二首、第三首、第四首……他努力记下所有歌名，直到播完第十八首歌的时候，可心打了个哈欠说："终于到了！"

边江问："可以摘眼罩了吗？"

丁叔哈哈一笑："可以可以。摘下来吧！"

边江摘掉眼罩后，没想到周围竟然黑漆漆的，只有汽车前大灯的光。他揉揉模糊的双眼，短暂适应了下，这才辨认出来，汽车已经开进了车库里。

下车后，边江直接从车库的小门里走出去，乘坐电梯，来到房子内部。

"可心，你家够奢侈的啊，还有内部电梯。"边江说。

可心抿嘴冲他笑笑，笑容里有些许尴尬和倦意："算了吧。"

边江没再说下去，他想起来，可心并不喜欢这个家。丁叔到一楼后就走了，边江则跟着可心直接来到了三楼。

丁叔走后，边江歉然地说："刚才不好意思，我没别的意思。"

可心冲边江笑笑："反正你说得也没错，我明白的。"

当电梯门打开的那一刻，可心就立刻板着脸，走进自己家中。边江拍拍她肩膀："打起精神！"

他们两个人来到一个大大的书房，房间内拉着厚重的窗帘，边江看不到外面，这栋豪华别墅外面的环境，他也就无从了解了。

在靠近窗台的位置，放着一把藤椅，柴狗就坐在上面，他背对着边江和可心，并没有戴面具。边江看见他穿着干净的家居服，头发梳理得一丝不苟，身材匀称，肌肉明显，可以看出他经常锻炼。不知怎的，边江觉得他很熟悉，并不是因为以前就见过他，而是觉得柴狗像自己认识的某人。

可心看看边江，看看柴狗，不带任何感情地叫了声："爸。"

"嗯，还顺利吗？"柴狗问。

可心说："当然顺利，我亲自出马，怎么可能办不成。倒是对方很有趣，你说的那个很厉害的神龙，竟然轻而易举就被我们的人给抓住了。"

柴狗笑了笑："那当然了，他一点儿用都没有，只会影响我和万宝的关系。万宝又不傻，自然会把这个累赘丢掉。不过，要是你落到他们手里，那就是另一种情况了。他们用你来威胁我，我可没有一点儿办法。万宝这家伙，最会见风使舵。"

可心撇撇嘴，好像并不认同柴狗的这番话。柴狗继续说："怎么，不相信我？"

可心一愣，边江也不禁感叹，这柴狗真是够了解自己女儿的，后背就像长了眼睛一样，完全知道可心会有什么表情，也知道她的想法。可心就说："你是我爸，我当然相信你。"

可心和柴狗的对话，让边江想起了马上要扯断的皮筋儿，他能明显感觉到两个人之间的关系紧张。他们两个人就像是长时间没被使用过的皮筋儿，关系已经僵化，那点儿仅存的父女之情，就在这样的对话中，把这根脆弱的皮筋儿越扯越紧，仿佛下一秒就会绷开。

"边江，是不是怨我没有保护你？"柴狗突然问。

边江摇摇头："不，怎么会，柴哥让可心亲自去救我，这还不算保护吗？"

柴狗微微一笑："你倒是会说话。你也知道，要是你不说出可心，可心不来质问我，我是不会去救你的，反正我的目的都达到了。"

边江深吸了一口气："就算那样，我也能理解。总不能因为我，损失更多兄弟。"

柴狗哼了一声："你倒是宽宏大量，罢了。"

边江想了想，问柴狗："柴哥，你不是说，咱们要跟神龙合作吗？现在又完全不顾这些，是已经完全不需要他了吗？"

柴狗深深吸了口气，又慢悠悠地呼出："这个嘛，那倒不是，而是我已经掌握了制胜点，神龙早晚会听命于我，他们昨晚只不过是在垂死挣扎。至于今天的事情，你歪打正着，自救的同时，反而还帮了我一把，把小龙给我抓来了。不错。很不错。我果然没有看错你，哈哈哈。"

边江也跟着笑了两声："柴哥过奖了。"

柴狗摇了摇手："行了，漂亮话不用多说了，现在我要你替我做另一件事。"

边江看看可心，见她也疑惑地皱着眉头，完全不知道柴狗要干什么，边江的心里也犯起嘀咕来："柴哥你说吧！"

柴狗干笑了两声："你昨晚也受委屈了，正好小龙被抓来了，待会儿你就出出气，跟我一起去审审他。"

边江点头答应："好。"

他想了想，继续问："那我怎么配合你？"

"你很聪明。我不方便跟他见面，所以一会儿，你来替我审问，我来个'垂帘听政'。"柴狗说。

边江一下子就明白了。柴狗紧接着告诉他，一会儿丁叔会给他一副无线耳机，并带边江去审问小龙的地方，而柴狗自己会通过那个耳机跟边江保持连线，并告诉他该怎么做。

边江再次点头："明白。"

柴狗挥了挥手，示意边江离开。

这时可心突然插话说："我也要去！"

她说完看看边江，看看自己的父亲，轻咬着下嘴唇，补充了句："我要去旁听！"

柴狗微微一笑，叹了口气："你呀，什么去旁听，就是想去扁一顿那个小龙，出出气，是不是？"

柴狗的语气又无奈，又和蔼，边江听着他这么跟可心说话，竟然还有些恍惚，完全想象不出来这是个盘踞在这个城市的黑社会老大。可心撅着嘴，往前走了两步，迟疑着，却没再靠近。

她撒娇说："哎呀，老爸！你就让我去呗！我保证不添乱！我发誓！再说了，你以前不让我露面是怕有人害我。现在万宝啊、小龙啊，他们都见过我了，以后我也就不用再怕他们认识我了。"

柴狗又笑了两声，无奈地说："行吧行吧，既然你这么想去，那就去吧！不过先说好，你不可以意气用事，这件事可不能出差错。"

可心欢快地点点头："放心！我保证！"

离开书房后，可心兴奋地挽着边江来到门外。

"咱们在哪儿等丁叔啊……"

没等边江说完，可心就拉着他朝着走廊尽头走去："就去那儿吧，那儿还有两把椅子可以休息下。"

走廊的尽头是一个台球室，里面放着一张台球桌、两把椅子，一切台球用具一应俱全。从这些装备的保养程度也能看出来，柴狗是个台球迷。大大的落地窗帘遮住了外面的阳光。可心打开灯，让边江坐在椅子上，然后从旁边的小吧台的冰桶里拿了两罐啤酒，递给边江一瓶，她自己则轻轻一跳，坐在了台球桌上。

"我看你跟你爸相处得挺好的，他对你也挺好的，跟我想象的不太一样。我还以为，你们两个关系很僵呢。"边江说。

可心挑了下眉毛，点点头："是很僵啊！他从来都不真的关心我，也不了解我想要什么，反正没钱了就给钱花，这方面倒是没委屈过我。嗯……仔细想想的话，其实他也算宠着我，可惜不是我想要的，我就想要……"

"陪伴？"边江问。

可心点点头，深深赞同："对。他根本就没参与过我的成长，我就是被钱养大的，说起来，还不如丁叔跟我亲呢。他也就是跟我有血缘关系的……吐钞机！"

边江笑了："好吧，虽然我能理解，不过大小姐，你也得知足，多少人盼着这样的吐钞机呢！"

可心撇撇嘴，笑得有些凄凉，但随即把这些抛开，压低了声音，一脸严肃地对边江说："好了，别说这些了。我跟你说啊，现在我跟你是一条战线的，我现在就一个目的，不让我爸涉毒。他收收保护费这样的事情，我都能理解，但这件事绝对不能做。我不能看他再干这些了。"

边江想要达到的效果，自然不是仅仅阻止柴狗涉毒这一件事，但他还是点了点头："好。我会帮你。不过，你父亲可不会只停留在收保护费的层面，他想要的更多。"

可心想了想："嗯，我知道啊，其实你也看到了我们家不缺钱，现在我父亲好像也不怎么涉黑了，具体的我也不懂，就是看他最近接触的人都是一些有头有脸的大人物，都是很正经的商人。所以我觉得，他可能要转行了。但是毒品市场这块，他抓得很紧。"

边江早就听说过，柴狗想洗白自己，现在听可心这么说，看来不假。

"你不是都不参与你父亲的事情吗？怎么知道得这么清楚？"边江问。

可心就说，好歹他也是自己的父亲，就算再不亲，也不想看他继续这么下去，而且做的还是坑人的事情。她还说，别看自己是黑社会老大的女儿，良知还是有的。

边江笑了笑："那你打算怎么做啊？"

可心皱着眉头，想了想："其实我今天一定要旁听，也是为了尽快参与进来，我要先取得我爸好感，帮他负责一些事情，然后我再暗中给他搞点儿鬼，不让他的事情那么顺利。"

边江不禁感叹："十个卧底也不如你这样一个胳膊肘往外拐的女儿啊！"

可心忙说："你可别这么说，我从来没想让他坐牢。我只是想帮他救赎！对，就是救赎！"

"好，我支持你。"这句话边江说得很违心，但作为朋友，这也是他的真心话。

可心冲他笑了笑。边江想了想说："我能问你个问题吗？"

可心点点头。

边江问："你父亲他，为什么总是戴着面具，不以真面目见人？听说是因为脸上有疤？"

"才不是呢，抛开别的不说，我爸长得还是挺帅的，要不我这基因从哪儿来啊，至于他戴面具嘛——大概是也想给自己留一条后路吧！"可心说。

边江皱皱眉，摇摇头："什么意思？"

可心解释说："不让任何人知道自己的真面目，将来才有机会重新做人啊！而且，我爸他也不是一直戴着面具见人，只不过你们认不出来他罢了。"

"那我见到过他本人了吗？"边江问。

可心一愣，正要说，突然传来一阵咳嗽声，可心没再说下去，边江连忙回头看去，只见刚才开车带他们过来的丁叔站在活动室外的走廊里，笑盈盈看着可心，然后又收起笑容，面带恭敬地对边江点了点头。边江也连忙起身，微微弯腰回礼。

丁叔从兜里拿出一副嵌入式耳机和一部手机，递给边江。

"走吧，那倒霉蛋已经送过去了。待会儿老板会给你打电话，你就用这耳机接听，听老板的指挥做事。"

边江接过手机和耳机，点点头："明白。"

丁叔满意地点了点头，带着可心和边江穿过走廊，进入电梯，按下了一个空白按钮。边江只感觉到电梯在下行，却不知道这是要去哪一层。显示屏上的数字从 2 变成 1，又变成 B1，再之后就只是乱码了。

边江看看可心，发现她也一头雾水，似乎也是第一次发现电梯还有这种隐藏功能。

"我说丁叔，咱们这是去哪儿啊？"可心问。

丁叔却只是笑吟吟的，神秘兮兮地看着可心："一会儿你就知道了，丫头。"

可心撅着嘴，一脸不高兴，丁叔笑笑，仍然什么都没说。

电梯轻微晃动了下，边江感觉电梯停了下来。随即电梯门打开，出现在他们眼前的是一个约十米长的走廊，墙壁是深灰色的，走廊两侧分别有黑色铁门，一股牢笼的气息扑面而来。

"丁叔……这是什么地方？我怎么从来不知道？"可心不禁打了个哆嗦，双手抱肩。

丁叔冲她笑笑："放心吧，这里呀，关的都是不听话的人，你不用怕。"

丁叔说完先走出电梯，等可心也走下去，边江才紧跟着来到了走廊里。电梯门在边江身后关上，地下室里安静得出奇，边江心里也不禁感到一丝寒意。

"那……里面还有人吗？"可心小声问。

丁叔摇摇手："没了，都空着。这也不是长期关押人的地方。"

说着，丁叔看看边江："老板让你来这里，看来是非常器重你啊，能知道这地方的，都是老板信任的人。"

边江笑笑："嗯，丁叔放心，我不会辜负柴哥。"

丁叔满意地点了点头，把可心和边江带到了右边最里头的房间，对边江说："老板就在隔壁房间里，他那边有监控，可以看到你这边的情况，也能听到声音。你待会儿自己进去，需要问什么，老板会通过耳机跟你说。"

丁叔说完看向可心："丫头，你就别跟着进去了，咱们一起去监控室就好。"

可心嘟着嘴，不开心，说也想亲自审问那个什么神龙老板。

丁叔却说："不要闹了，待会儿不知道会发生什么情况，跟我来吧！"

丁叔的话没得商量，可心只好点点头，嘱咐边江小心，然后跟着丁叔去了另一个房间。

边江拉开铁门，房间里面的样子，让边江想起了审讯室，里面只有一张椅子，神龙老板就被捆在那张椅子上，脖子上挂着黑色眼罩，边江就知道，他这一路也是被蒙着眼送来的。

边江走进去后，神龙抬起头来，有气无力地冲边江打了个招呼："又见面了。没想到你小子本事不小，之前是我低估你了。"

边江没吭声，等着耳机里传来柴狗的指令。他绕着神龙的椅子走了一圈，瞪着他，神龙却一脸不屑的样子，好像根本就不害怕边江，也不害怕柴狗。

这时，耳机里传来了柴狗的声音："问他是谁。"

边江收到指令，问神龙："你是谁？"

神龙冷笑："我是谁你不知道吗？我就是传说中的神龙老板，我叫小龙，怎么，这么快就忘了？哈哈哈！"

耳机里，柴狗说："揍他。"

边江握紧拳头，朝着神龙脸上就是一拳，他的嘴角立马流出血来。他回过头，恶狠狠地看着边江："有本事打死我？看最后咱们谁遭殃！"

"继续打。打到他服了为止。"耳机里传来柴狗冰冷的声音。

边江照做，对着神龙一通拳打脚踢之后，他躺在地上，身体依然跟椅子绑在一起，已经没有猖狂的劲儿了。就在边江又要下手的时候，神龙突然开口哀求："好吧，我说。别打我了。"他嗓子嘶哑，说话都不利索了。

边江停手："好，那你说吧，你到底是谁？"

"我确实是小龙，但不是神龙老板，我是他的表弟，替他办事情，哎，没想到我还是办砸了。"小龙郁闷地叹了口气。

边江皱着眉头，眨眨眼睛，没想到这个不稳重的年轻人，果然是个山寨神龙老板，但显然柴狗已经知道小龙不是神龙，那接下来柴狗又要让自己干什么呢？他心里不禁敲起了小鼓。

柴狗冷哼了一声："果然。白粉市场他们不占优势，就算拉拢了那三个大佬也不行，我有太多方法让他们结盟失败。如今 π 教授已经进监狱，我现在就想知道，他和他表哥还打着什么主意。他要是不说，你就揍他。"

边江马上把柴狗的意思传达给小龙，小龙开始确实不想说，但边江只冲他比画了两下，他就招了："π 教授进去了，但我自然有办法把他弄出来。明天一早，他就会被放出来。我表哥会接他走。我看你们的小算盘还怎么打得响！"

边江说："你应该知道就算你们把那三个大佬拉拢过去，也斗不过柴狗，而且那三个人也不会听话，为什么你们还要拉拢他们？"

小龙笑了："他们当然会听话。"

"你们之间到底有什么内幕！说！"边江一把揪起小龙的领子，恶狠狠地瞪着他。

小龙面露惧色，连忙对边江说："能有什么内幕啊！我就是想笼络他们，把柴狗挤走，然后霸下汉都这块肥得流油的肉。柴狗没了那三股势力的帮助，很快就会垮台，将来的……白粉市场就全是我们的！"

边江注意到，小龙最后一句话说得有些不自然，好像是临时改口说的——这里面另有隐情。

这时，柴狗又开口了："让他帮我约见真正的神龙，就说我有重要的事情要跟他谈。"

·第二十五章　垄断计划·

"现在就给你表哥打电话，就说柴哥要见他。"边江说道。

小龙一愣，眼中流露出阴险的笑意："可以啊，那就麻烦你帮我把手机拿出来。"他看了一眼自己右边的裤兜，示意边江去拿。边江皱着眉头，从他裤兜里把手机用两根手指夹出来。

电话拨通后，边江把免提打开，放到小龙面前。那边很快就有人接听了。小龙的眼泪说来就来，委屈地哭诉："表哥，出事了！你可得救我啊，柴狗那老狐狸……哎哟……"

他一说老狐狸，边江就照着他小腿来了一脚，小龙龇牙咧嘴怒视着边江。电话那头传来一个颇有磁性的男中音，那是真正的神龙老板，他问："什么？你不是昨晚还跟那三个老大在一起吗？你现在在哪儿？"

然后小龙又对电话里的人说："不是……表哥……你听我解释，我真的尽力了，可是他们不听我的啊！柴狗暗中捣鬼，他们就都跑了……"

"怎么不早说！我问你现在在哪儿？"神龙老板厉声问道。小龙连忙说："我……我被柴狗抓住了……"

神龙老板沉默了两秒钟，再开口的时候，语气就平稳多了："那他们到底要干什么？"

小龙连忙摇头："表哥，我真的不知道啊，哎呀……我刚才跟他们说了，咱们会去把 π 教授接出来，这……我是不是说错了……"

边江不禁同情这个神龙老板，这才是不怕神一样的对手，就怕猪一样的队友。从小龙刚认识边江没多久，连调查都没调查，就把他带到几个老大的聚会上就能看出这家伙多鲁莽。边江想，要不是昨晚遇到黑龙，自己的身份就不会败露，没准儿就能发现更多神龙家族的机密。

"你都说了，还来问我能不能说，该不该说？我就问你一句：你现在在什么地方？"神龙老板问。

小龙唯唯诺诺地说："柴狗的一个手下正在拷问我，这地方看起来……嗯，看起来像个牢房……表哥，你一定要来救我啊！"

电话那头的神龙老板，什么都没说，只是冷哼了一声。小龙吧唧一下嘴，好像也很害怕的样子，不敢再吱声。

"你现在把电话挂断，过一会儿我再打过去，咱们视频通话。"神龙老板冷冷说道。

小龙点点头，着急地说："表哥，你可一定不要不管我啊，我知道这次给你闯祸了，但以后我肯定加倍努力！只要你把我救出去！"

"你虽然废物了点儿，但始终是我弟弟。我答应你父母，会好好照顾你，就一定不会让你有闪失。"神龙的语气始终平稳，好像不管外面发生什么，他都能轻松料理。

边江也没想到，他会在电话里说这些。神龙不会不知道，柴狗正在监听这次通话，他还敢让柴狗听见自己很在乎这个弟弟，看来是没有把柴狗当回事。

边江耳机里传来柴狗的声音："照他说的做。"

边江挂了电话，约过了十分钟，依然没有动静，小龙以为自己表哥不来救自己了，脸色越发难看，一句话不敢多说。

另一个房间里，柴狗却十分镇定，让边江耐心等着，对方肯定会再打来。终于，对方请求视频通话了，边江连忙接听，画面有些模糊昏暗，很快画面清晰起来，图像中是一个女孩儿的背影，她正坐在阳台上，手里拿着喷水壶，侍弄着阳台上的花花草草。镜头拉近了一些，边江突然看清了，那个女孩儿就是田芳！

"你看到了什么？"柴狗问。

边江咽了咽口水，紧张地说："芳姐。我看见田芳了。"

边江话音刚落，电话那头传来神龙老板的声音："放了我表弟，不然我就杀了田芳，一切条件免谈。今天晚饭我表弟要是不回家吃晚饭，你们就等着给田芳收尸吧！"神龙说完就挂断了电话，边江拿着手机愣在原地，直到小龙得意地"嘿嘿"一笑，他才回过神来，一脚踢在小龙肚子上，疼得他再也笑不出来，咳得脸都涨红了。

柴狗说："不用管他了，到后面屋子里来。"边江瞪了一眼小龙，走进了监控室。屋子不大，里面放着一些电脑设备，这里可以清楚地看到审讯室发生的事情。

柴狗戴着面具面对边江，他坐在椅子上，还没说一句话，边江就感觉到一股寒意。可心和丁叔也不说话，脸色一个比一个差。柴狗盯着边江看了一会儿，把他直接给看毛了，边江就说："柴哥，刚才我已经尽力在审问他了。"

柴狗点点头，马上做出一个手势，让他先别急，听自己说话。边江闭上嘴巴，微微低着头，柴狗问："刚才你亲自审问他，除了问出来的那些，你还有没有别的收获？"

边江想了想，对柴狗说："有，我觉得小龙还知道一些内幕，但他刚才没说。"

柴狗微微点头："具体说说。"

边江抿了下嘴唇："他们应该不只是做白粉生意，我觉得他笼络几个大佬，孤立柴哥，如果只是经营白粉生意，对他并没有太大好处。"

柴狗笑了，歪着头问："你这说法我倒是第一次听到。我有渠道，他有货，如果他把货给我，我卖出去后就可以拿到一部分利润，这样他虽然赚钱，却不得不跟我分一杯羹。但如果他把那些渠道都变成自己的，就相当于少分出去一部分利润，对他肯定是有好处的。他跟那些老大联手，其实就是想省去我这个中间人，这样他就能获得更大的利润，然后再把那些老大一个一个打压下去，直到完全垄断这个市场。这就是先从内部分裂我们，然后逐个击破，他难道不是这个目的吗？"

边江点点头："话是这么说，但我总觉得事情没这么简单。尤其是他说白粉市场的时候，有点儿犹豫，好像原本不是要说这个词，但出于某些原因，他不想让我们知道，就没说出口。我觉得他和那些老大之间肯定还有别的交易。"

柴狗听完，看着边江愣了一会儿，随即微微一笑："边江啊，你想太多了。你没看见吗，那小子外强中干，吓得不轻，口不择言，说话也结结巴巴，这都是正常的。而且不管他们有什么交易，神龙的目的都是一样的，那就是把我孤立起来，然后逐个击破，垄断市场。你觉得呢？"

边江看着柴狗的面罩，眉头紧锁，点点头："柴哥说得有道理，是我想太多了。不过，他们把芳姐抓起来了，你不担心吗？"

柴狗笑了："担心，也不担心。你先跟我说说，视频里田芳是什么状态，有受苦吗？"

边江回想了下，摇摇头，说看起来还挺安逸的，因为她当时正在阳台浇花，但这不代表神龙没有把田芳软禁起来。

柴狗看了一眼可心，边江这才注意到可心撅着嘴，好像在赌气，可能是感觉到了边江的目光，抬头看了他一眼，眼神里充满了怨气。边江觉得可能是自己太紧张田芳，让可心吃醋了。

柴狗笑了笑，对边江说："你不用担心田芳的事情。我可以明确告诉你，她肯定是被软禁了，但她绝对没有吃苦，神龙应该也不会对她怎么样。"

边江听出这话里话外有些不对劲儿，就跟柴狗解释说，自己毕竟原来是田芳的手下，所以看她身处危险之中，就不免有些担心，并没有别的意思。

柴狗点点头，挥了挥手："不用解释了。我明白。"

这时可心突然开口了："我看啊，神龙跟田芳没准儿压根儿就是认识的。要不是咱们抓了他表弟，他也不会把田芳在他那里的事情说出来，所以他根本就不会杀了田芳，咱们完全不需要向他妥协。只需要继续跟他对峙下去，直到他把……"

柴狗突然一挥手，打断了可心的话："好啦，你一向不管爸爸的事情，就别跟着瞎指挥了，我心里有数。"

可心抿了下嘴唇，闭上嘴巴。边江皱了下眉头，他以前就怀疑可心有事瞒着自己，虽然表面说要跟边江一起阻止她父亲经营毒品，但她并没有把自己知道的一切都说出来。边江看向可心。可心的目光有闪躲，并不看他。边江决定等到单独跟可心相处的时候，再好好问问这件事。

这时，他突然想到了另一件事，就问柴狗："刚才小龙说，他们会把 π 教授接走。这件事咱们怎么应对？"

柴狗愣了下："哦，这个事情啊，你不是已经帮我把衣服送进去了吗？"

边江点点头，更加疑惑："可是这两件事有什么关系吗？"

柴狗笑了："当然有关系。不用着急，等着看吧！"

柴狗说完，突然神秘地对丁叔说："老丁，你知道小龙和他表哥为什么都那么淡定吗？"

老丁想了想，回答道："他们以为自己肯定能把 π 教授救出去。"

柴狗笑起来："没错，只可惜，已经晚喽！"

边江和可心面面相觑，可心微微摇头，边江给她使了个眼色，她便走到柴狗身边，略带撒娇地问刚才说的是什么意思。

柴狗看着自己女儿，笑着指了指她："你呀，还跟我这耍鬼头！好奇心上来了，就跟我撒娇耍赖，用完你老爹，转脸就变陌生人！"

可心却依然用一种可怜巴巴的眼神看着柴狗："爸，你就跟我说说嘛，以前我不关心这些，你嫌我就知道玩，现在我关心了，你看你又不告诉我。再说了，这里又没外人，有什么不能说的啊！"可心楚楚可怜地看着柴狗，哀求着。

"哎，女大不中留啊！你不把边江当外人，那怎么不问问人家的意思？"柴狗看向边江。

可心也用一种期待的眼神看着他。边江突然不知道该怎么回答了，这是摆明了的，柴狗对自己的信任，有很大的原因是可心喜欢他，他真正被架到了一个进退两难的尴尬境地。

如果解释说，自己只是把可心当成普通朋友，让可心伤心不说，恐怕还会直接影响柴狗对自己的信任程度，他好不容易才走到这一步，无论如何都不能有半点儿差错。如果稀里糊涂地说自己对可心也是同样的感情，那就等于当着可心父亲的面，向她做出了一份承诺。边江知道可心是个好姑娘，他不想让她以后伤心。

见边江不说话，可心的脸上有点儿挂不住，她着急看着边江，恨不得替他回答。

"哎呀，爸爸！你这样逼着人家回答，也太难为情了吧，之前你不是看过我们两个的照片了吗？"可心说。

边江一愣，有点儿不知她在说什么。这时，丁叔说："哦，可心说的是前段时间你们一起吃夜宵那张。哎，那不是你们好多朋友一起聚餐的嘛！不能说明什么，你爸爸这也是想帮帮你！"

边江想起那次的事情，当时要不是可心替他隐瞒了下来，他的卧底身份恐怕已经暴露，柴狗一定会怀疑到他头上来。

"我……我对可心，一直也是同样的心情……但我知道自己配不上她，所以我不敢想太多……"边江忐忑地说着。

可心听完抿起嘴唇淡淡笑了笑，看着边江的眼神似乎也柔和了许多，眼睛里闪烁着亮晶晶的液体。边江没想到自己这句话会让可心有这么大的波动，内心十分歉疚。

柴狗哈哈一笑："边江啊，你也不用这么想，我这个女儿从小刁蛮任性惯了，我还怕没人受得了她的坏脾气呢。你呢，虽然是我的手下，但经过之前的一些事情，我确实对你刮目相看，也十分欣赏你。既然你今天这么表态了，那我就放心了，以后定然不会再让你遇到昨晚那样的危险，就算是为了我的女儿吧！"

边江第一次听到柴狗用这样的语气说话，倒真像个慈爱的父亲，一时间竟然还有些恍惚——眼前这个男人，就是那个神秘莫测、心狠手辣的黑社会大佬吗？

可心又撅起嘴来："爸，你说了半天，还没告诉我刚才那句话是什么意思呢！你说神龙和小龙的计划泡汤了？"

柴狗看看可心："你真想知道这里面的事情？"可心认真地点了点头。

柴狗又说："你小时候，我确实不想让你参与过多家里的事情，但现在你大了，自然是免不了要帮爸爸做事，但有一点，你自己可想清楚了，别心血来潮。"

可心再次点头。柴狗笑了笑："好，那这次的事情，我就让你全程参与。不过 π 教授的事情，我这边也在等消息。所以你和边江先上去，等我有了确切消息再告诉你们，到那时候就妥了，而且这之后，我也有要你们帮我做的事情。"

可心一脸的不乐意："到底什么事啊？不能先告诉我吗？"

柴狗笑着对丁叔说："行了，先这样吧。老丁，你带他们两个上去。"

柴狗的话没有半点儿回旋余地，可心和边江离开了房间。丁叔一直把他们送到三楼，离开之前，又转身回来说了句："对了，可心啊，要是你爸爸那边有消息了，我会来通知你，这期间，你就好好招待你朋友，不要出别墅，也别自己去地下。电梯现在不通地下，我已经锁上了。"

"不是吧丁叔，怎么连我都要防着！"可心抱怨着。

丁叔乐呵呵地解释说："不是我要防着你，而是一贯如此，我也是按你爸爸的要求做的，平时都是锁着的，只有我和他各有一把钥匙，不管是谁，乘坐完电梯都要锁上。你不知道这些，是因为你平时不怎么回家。你要是多关心关心你爸爸，也不至于到今天才开始抓瞎嘛！"

丁叔的话说得可心无力反驳。可心没好气地问："那我刚才怎么没见你用钥匙打开电梯，咱们就直接下去了？"

丁叔笑道："怎么？不相信丁叔啊？丁叔什么时候骗过你。好了，我还有别的事情要忙，先走了啊！"

"丁叔，别走啊……"可心叫了一声，但丁叔只是摆摆手就逃掉了。

可心一噘嘴，跟边江说："算了，咱们就先等等吧。我爸既然说了，就不会说话不算话。"

可心带着边江走进了一个房间，房间里外共两间，外间是个小客厅，有沙发、电视这样摆设，里间是个大卧室，摆放着一张奢华的天鹅床，床上铺着长毛毯子。边江简单扫了一眼，就知道这间卧室是可心的屋子。

他坐在外面的小厅里，没有往屋里走，可心则随意地坐在地毯上，看着边江。两人谁也不说话，气氛有些微妙和尴尬。终于，可心忍不住先开口了："问吧。我知道你心里有疑问。"

边江换了个姿势，看了一眼可心："其实也没什么，就是刚才你父亲让我对你表态……"

边江还没说完，就被可心给打断了："刚才我爸逼着你表明心意，你是想说这个吧？"边江迟疑了一下，点点头。

可心反倒一副无所谓的样子，冲边江笑了笑："你不用往心里去，他那么问就是图个心安，刚才你就权当是一出戏，放心吧，我根本没在意，也知道你说的不是真心的。"

可心说话时，也不看边江。他看得出来，可心嘴上这么说着，心里还是失落的。他本想安慰可心，但想了想，自己并没有一个合适的立场去安慰她，很可能说得越多，可心越难受。于是他就低头不说话。

可心冲他笑笑，懒洋洋地打了个哈欠："这一大早上就开始折腾，真要命！"

"我还没好好谢谢你，今天那么危险的情况，还去救我。"边江说。

可心满不在乎地摆摆手，闭着眼睛懒洋洋地说："不用谢，我爸当然会保护我的安全，所以没有什么危险的。"

边江想了想问："可心，我有件事想问你。就是刚才你说了一半，说什么要跟神龙对峙下去，直到他把什么，那句你没说完，到底是什么意思啊？"

可心睁开眼睛，突然坐直了身子，皱着眉头对边江说："其实我也不知道，就是偶然打听到的消息，说我爸之所以要跟神龙谈判，是因为神龙手里有我爸的什么把柄，他想逼神龙自己交出来。"

一直以来，边江也在找柴狗的把柄，甚至想通过 π 教授或者神龙来达到目的，可惜没有成功，一听可心这么说，他就有些激动，连忙问具体是什么把柄。

可心皱了皱眉头："你怎么这么兴奋？干吗？想去举报啊？"

边江越发心虚，连忙解释说："没有没有，我就是比较好奇，究竟是什么把柄？"

可心就说，自己也不是很清楚，反正肯定是她爸爸非常在意的事情。

"既然这样，为什么神龙不直接威胁你父亲，还要大费周折地跟其他老大合起伙来对付他？直接用那些把柄威胁他，跟他瓜分地盘不就行了？"边江问。

可心想了想："嗯，话是这么说，但我觉得并没那么简单。神龙之所以一直手握王牌，不轻易出手，肯定有原因。"

可心皱着眉头，顿了顿，问边江："换作你的话，你会轻易亮出底牌吗？"

边江摇摇头："你问得有道理。换作我的话，也不会马上把底牌亮出来，肯定要先自己努力争取争取。如果实在没办成，底牌就是最后一招救命的。而且牌一亮出来，就会变主动为被动。"

可心一拍手说道："对！就是这个道理，所以我爸现在就是在把神龙往绝路上逼，等他无路可走了，自然就会乖乖听话了。"

边江看着可心，笑了笑："你还挺有这方面头脑的，适合做你父亲的接班人。"

可心一听这话，马上皱起眉头来："边江，你什么意思啊？试探我啊？我早就跟你表明过态度了，我跟我爸不一样，我现在之所以掺和进来，还不是为了……"

她突然不说了，看看门外，低声对边江继续说："还不是为了了解我爸做的这些事情，好阻止他嘛！你要是真把我和他说成一样的人，那就是根本不相信我，也没把我当成朋友！"

"好好好，大小姐，我说错话了行不？我给你道歉，对不起。真的，我其实就是看你和你爸刚才那么亲昵，觉得你不会真的做出对他不利的事情来。"

边江越说声音越小，他越说，可心就越生气，等他说完最后一句话，可心直接站了起来，叉着腰在屋子里来回走了两圈，又做了一次深呼吸，才终于把自己的怒火给压了下去。

"边江，我再跟你说一遍。我能分辨是非，知道什么事情对我爸好，什么事情对他不好。就是因为我跟他还有父女情义，所以我才不愿意看他做这些事情，不想看他万劫不复。我爸陷得太深，他必须有人拉他一把。所以，我所做的一切，都是为了阻止他犯罪。如果你能理解我，并且帮助我，那我们就是朋友；如果不能，或者你现在看我父亲这么重视你，你改变了主意，决定以后好好帮他做事，那我们就没什么好说的了。"

可心义正词严，边江听完整个人都愣住了："对不起……我刚才不该那么说你。我就是没想到，你和你父亲的关系那么融洽。"

可心无奈地耸耸肩，叹了口气："那不叫融洽，我又何尝不想拥有正常的父爱呢，你看他天天戴着个面具。"

"好了，别说那些了，你不是累了吗？之前还受过伤，赶紧去休息吧！"边江说。

可心打了个哈欠，走进里屋，倒在床上就睡着了。

边江看可心睡下了，就悄悄走到窗台边上，拉开窗帘朝外面看去。

他本以为柴狗腰缠万贯，家肯定在繁华的市中心，他万万没想到，这里根本看不到高楼大厦，旁边也没有别的建筑，别墅前是一大片空地，外围有围墙拦着，空地中间是一个圆形喷泉，这里看起来就像个大庄园。别墅外面，有一条公路，再往前面，就是一大片树林。边江可以确定的是，这房子坐落于林地之间。

"你不该往外看的。"身后突然传来可心的声音，听起来冷冷的。

边江猛地回头，发现可心正站在里屋门口，直视着他。

"对不起，我没想那么多。"边江说。

可心挤出一个笑容，但眼里一点儿笑意都没有。

"我希望你不要记住这里，就当刚才什么都没发生过，可以吗？"可心问。

边江木讷地点了点头："可以。"

可心走到边江面前，用一种从未有过的严肃表情看着边江："我知道你心里的疑问，但我可以肯定地告诉你，你查不到这里，如果你非要调查，只会害了你自己。”

“我明白，你放心吧。我不会给自己添麻烦。”边江说。

可心点点头，重新回到屋里。之后边江没有再靠近过窗台，可心刚才的话，以及那种眼神，让他莫名地不安起来。

门口传来三声敲门声。可心"噌"的一下坐起来，警惕地问了句："谁啊？"

门外传来丁叔的声音："是我，可心，你和边江可以跟我来了。"

可心答应着，从里屋走出来，看看边江，两人迅速走出屋去。丁叔正面带微笑等着二人。

"丁叔，是我爸那边接到消息了吗？"可心问。

丁叔笑着点头："没错。"

可心又问："看来，是有好消息。"

丁叔哈哈一笑："还是等你见到你父亲，亲自问他吧！"之后三人重新回到了地下室，在那间监控室里再次见到了柴狗，他正悠闲地坐在椅子上，房间里播放着悠扬的钢琴曲。

柴狗手托红酒杯，闭着眼睛，享受着红酒与音乐，他的状态跟刚才一点儿都不一样了。可心一看这情形，兴奋地问："爸，有什么消息了吗？"

柴狗点点头，放下高脚杯，拿出手机，手机显示屏上是一张照片，边江一眼就认出来那是 π 教授，再一看，边江就不禁倒吸了一口冷气。

π 教授躺在一张床上，面如死灰。可心看完，皱了皱眉头："这 π 教授怎么了？"

柴狗看了一眼可心，微微一笑："死了。"

边江和可心快速交换了一下眼神，可心随即问道："死了？怎么回事？"

柴狗神秘地笑着："自杀，这是我拜托一个朋友给我搞到的照片。"

边江迅速在脑海里把事情串联起来，对柴狗说："π 教授自杀，不管神龙盘算着什么都晚了，他们肯定怎么都没料到这个结果。柴哥，接下来需要我做什么？"

"我把这照片发给你，你再发给小龙，让小龙把照片传给他表哥，然后咱们就等着他们的消息就行了。"柴狗淡淡说着，语气里透着得意。

边江拿出手机，很快柴狗就把照片发送给他了，并让他拿着手机去小龙那间屋子。

可心突然拦住了他："等一下边江。"

她扭头对柴狗说："爸，你有没有想过，还有一种可能，那就是神龙也想让 π 教授死，如果这个结果正好是他们想要的呢？"

柴狗笑了，赞赏地看着可心："可以啊丫头，考虑还挺周全！放心吧，不是你想的那种，他们才舍不得杀了 π 教授。"

柴狗看了眼丁叔，丁叔就给可心和边江解释说，他已经调查清楚那个后勤临时工了，也问出来，对方是要他疏通关系，想办法在送饭的时候，给 π 教授送去一针带有传染病病毒的同血型血液，一旦 π 教授被体检出来有恶性传染病，就会取保就医，他们便有机会把 π 教授带走。如果这个方法行不通，就由那个后勤人员给 π 教授传话说，让他装精神病患者。这对他们来说是下下策，但也是唯一的办法，没想到这针带病毒的血还没送进去， π 教授就已经自杀身亡了。

边江忍不住问："柴哥，那 π 教授的自杀，跟那件衬衣有关系吗？"

柴狗点点头："当然，所以你这次可立了大功。不过我还有更重要的任务交给你，那就是在 π 教授被火化之前，把他的尸体偷出来，要完好无损。"

边江不禁皱起眉头："偷他的尸体？"

丁叔看看柴狗，对边江说："哎呀，小江啊，你就别问那么多了，快去把这个好消息告诉小龙吧！"

柴狗举了下手，做了个手势，打断了丁叔的话："无妨，我可以告诉你，那件衬衣在毒液中浸泡过，那种毒液无色无味，只需要少量就可以致命， π 教授早就跟我约定过，如果到了万不得已的时候，我就把这样的一件衣服给他送去，一了百了，这样谁也不牵扯。咱们这一招就叫先发制人。"

柴狗说完得意地笑起来。

可心却嘟起嘴："哼，我还想着亲手解决了他呢。要知道他差点儿害死我。爸，你就让他这么死了，可真不解气！"

柴狗笑着说："行了，你就别抱怨了，他在里面待得越久，对咱们越不利。而且神龙就指着把 π 教授弄出监狱，然后以此为筹码，逼我跟他妥协呢，可惜如意算盘打错喽！"

边江若有所思地点了点头："可是，他拿走衬衣的时候，说很快就会跟我见面，是不是还有别的意思？"

柴狗看着边江愣了两秒钟，突然笑起来："他说得也没错啊。你看，我们不是马上要跟他见面了吗，虽然是见到他的尸体。还有问题吗？"

边江摇摇头，他没想到柴狗会给自己解释那么清楚，不过转念一想，这件事也没什么隐情，自然没有什么好隐瞒的，柴狗给他解释清楚点儿，还能让边江觉得受到了信任。他想，这不过是柴狗笼络自己的一种方式。

边江回到关押小龙的房间，小龙依然被捆在椅子上，倒在地上，整个人好像都肿起来了似的。边江弯腰连椅子带人一起扶了起来，小龙睁开肿胀的双眼，从眼缝里看着边江，咧着嘴问："怎么？终于想明白了，肯放老子走了？"

边江叹口气，凝重地看着他说："恐怕还不行。"

小龙眼神一下子就恍惚了，明显流露出惧意，但马上强硬起来，结结巴巴说道："你们不放我，我表哥可……可不是好惹的，别说那个姑娘要死，你们……你们都得倒大霉，别怪我没提醒你们！"

边江认真点点头，撇撇嘴："嗯，这话我马上就要跟你说了。"

边江说着拿出小龙手机，把那张照片传给他，并用小龙手机把照片发给了他表哥神龙。发完还让小龙也看了看："看见没？ π 教授死了，你们什么都没了。"

小龙表情都僵住了，看着照片，咽了口唾沫："就算他死了又怎么样？一码归一码，我表哥手里可是有柴狗把柄的！别忘了那女的还在我们手里！"

边江摇摇头："恐怕还真不是一码归一码。"